悪役令息になんかなりません！
僕は兄様と幸せになります！２

アルフレッド・
グランデス・フィンレー
フィンレー侯爵家の長男で
エドワードの義兄。
エドワードに対する感情に
ただの兄弟愛から変化があり……
エドワード・
フィンレー
ふんわりした前世の記憶と
共に転生した悪役令息（予定）。
大好きな義兄のため、
悪役にならないよう頑張る
真っ直ぐないい子。
人物紹介
Character

パトリシア・
ランドール・フィンレー
アルフレッドたちの母で
エドワードの義母。
優しく朗らかな淑女。
カルロス・
グランデス・フィンレー
エドワードたちの祖父。
寡黙で厳しくも
孫想いな元侯爵。
ウィリアム・
フィンレー
エドワードとアルフレッドの弟。
元気いっぱいで
やんちゃな男の子。
ハロルド・
フィンレー
ウィリアムの双子の弟。
マイペースで
しっかりした男の子。

寝て、起きて、食べて、寝て……

そんな事を一週間以上続けていたら、元気になりました！　でも体力は落ちました！

「寝ているだけって、すごく体力がなくなっちゃうんだなぁ」

僕はそう呟いて、窓の外に広がる青い空を眺めた。


僕の名前はエドワード・フィンレー。六歳。四歳の時に今の父様が引き取ってくれて、フィンレー侯爵家の次男になったんだ。養子になる前はエドワード・ハーヴィンっていう名前だったけど、ハーヴィン家については専属の侍女だったマリーが助けてくれた事以外は、あんまり覚えていない。

しかも気付いた時には僕の中には僕ではない誰かの『記憶』があって、その『記憶』の中の小説と、この世界がとてもよく似ている事に気が付いた。それだけでもびっくりなのに、その小説の僕は兄様を殺してしまう『悪役令息』だったんだよ！

だから僕は『悪役令息』にならないように、兄様を殺さないように頑張っているんだ。

でもね、この世界は確かに『記憶』の中の小説の世界に似ているけれど、違う事も沢山ある。

だって父様も母様も兄様もとっても優しいし、ウィリアムとハロルドっていう小説の中にはいない二人の弟もいて、僕はすごく幸せなんだ。

だけど半月くらい前に屋敷の敷地内に恐ろしい魔物が現れて、僕が魔力暴走を起こしたり、兄様が『転生者』に身体を乗っ取られたりして、ものすごく大変だった。

でも、もう大丈夫！　僕も元気になったし、兄様は『転生者』から身体を奪い返して、僕と同じ『記憶』を持つ『最強の味方』になってくれたんだ。


コンコンコンっていう小さなノックの音がした。「はい」って返事をするとドアが開いて、フィンレーでも僕の専属メイドになっているマリーが入ってきた。

「エドワード様、昼食のご用意が出来ました」

「ありがとう、マリー」

「ご気分はいかがですか？」

「うん。いい感じだよ。今朝はいつもよりも沢山食べられたしね。早くルーカスやマリーと一緒に追いかけっこがしたいな」

「少しずつですよ。ではテーブルの方に移動しましょう」

マリーがそう言うと他のメイド達がやってきて、ベッドから部屋の中にあるテーブルセットのところに移動して昼食を取る。朝も大体こんな感じだ。

「お昼はどうしても、食べられる量が少なくなりますね」

マリーが少しだけ困ったように言った。

「うん。だって、動いていないからお腹が減らないんだもの」

そうなんだ。まだ歩く練習でお部屋の中をマリーと一緒に行ったり来たりするか、マッサージをしてもらいながら足を曲げたり伸ばしたりするくらいしか身体を動かしていない。それでも息が上がるから困る。

「食休みをしたら少し歩く練習をしてみましょう」

「頑張る！」

勢いよく返事をした僕にマリーが小さく笑った。

「歩く練習の前に、気分転換で窓を開けてみましょうか」

「うん！　窓を開けて。出来ればもうちょっと窓に近くしてもらえるといいんだけどな」

「……それはもう少し先ですね。では肩掛けを羽織ってくださいね」

マリーは僕に肩掛けを羽織らせると、窓を少しだけ開けてくれた。閉め切っていた部屋に流れ込んでくる外の風。

「寒くはないですか？」

「大丈夫だよ。気持ちいい」

窓際で風に当たりながら外を眺める事は許してもらえなかったけど、マリーは椅子を窓の方に向けてくれた。ふふふ、さっきよりはよく見える。外の空気に触れるのはやっぱり嬉しいな。

「そういえば、マークが花壇に何を植えましょうか、と言っていました」

「あ、そうか。イチゴは親株が出来たらお終《しま》いって言っていたものね。ネモフィラはどんどん増えるけど、そろそろ鉢に移して他の種を植えようって言われていたし。う～ん、何にしようかな。マリー、サイドテーブルの上にある図鑑を取ってくれる？」

「畏《かしこ》まりました」

僕はマリーに取ってもらった植物図鑑をパラパラとめくり始めた。するとコンコンコンと扉をノックする音が聞こえてきた。

「誰かとお約束していたかな」

「いいえ」

マリーが首を横に振る。まだお勉強もお稽《けい》古《こ》も再開出来ないでいるので、僕の予定は今のところ何もない。

「エディ？　いいかな？」

「……っ！　アル兄様！　は、はい！　どうぞ！」

僕は慌てて返事をした。それを聞いて扉がゆっくりと開かれる。現れたのは僕の大好きな兄様。アルフレッド・グランデス・フィンレー。この前十二歳になったんだよ。

「休んでいるところ、ごめんね」

「大丈夫です。アル兄様はこれからお勉強ですか？」

僕はまだこんな状態だけど、兄様はもうお勉強もお稽《けい》古《こ》も再開しているんだ。お昼が終わって顔を見に寄ってくれたのかなってちょっと嬉しくなった。

「ううん。今日の講義は午前中だけで、あとは少し剣の稽古《けいこ》をするくらいかな。無理をしないで始めていこうって言われているから」

「そうなんですね。でも僕はまだ始められないなぁ」

「エディは食べられなかったり、眠れなかったりした日があったからね。でも最近はちゃんと食べているし、眠れているんだよね？」

「はい。もう大丈夫です」

にっこり笑うと、兄様もにっこり笑ってくれた。

僕が今、兄様たちと一緒に食事をしているのは夜だけなんだ。とにかく体力を戻すようにって言われていて、朝と昼はまだお部屋で食べている。それでもベッドでなくテーブルセットの方で食事が出来るようになったし、お部屋の中で歩く練習も始めた、それに時々、母様や双子たちが遊びにきてくれて賑やかになるんだよ。

「もうそろそろ普通になれるといいなぁって思っているんですけど」

僕の言葉に兄様は「そうだねぇ」と顔を近づけてきて「じゃあ、おやつの時間は一階に下りてみる？」って尋ねてきた。

「いいんですか⁉」

「ふふふ、エディが早く元気になるように、シェフがドーナツっていうお菓子を作るって張り切っているんだって」

「ドーナツ？　わわわ！　どんなお菓子なんですか？」

「う～ん、私もよく分からないけれど、チョコをかけたり、クリームを入れたり、粉砂糖を絡めたり、なんだか色々言っていたよ」

兄様がちょっとだけ困ったようにドーナツの説明をしてくれた。ふふふ、魔熊の事件が落ち着いてから兄様は自分の事を『僕』ではなく『私』って言うようになったんだよ。学園に入るから改まった時以外も全て『私』にするんだって。

「食べたいです！」

「分かった。じゃあシェフに用意するように言っておくね。母上がストロベリーティーを持ってきてくださるそうだから、図鑑は後にして少し眠ってからおいでね」

「はい！」

僕が元気よく返事をすると、兄様は笑いながら「じゃあ、あとで」って部屋を出ていった。

「マリー、ドーナツ楽しみ」

「はい。では図鑑はほどほどにして少しだけ歩く練習をしたら休みましょう」

「うん！」

こうして僕は図鑑を閉じると、マリーの言った通り少しだけ歩く練習をして、まだ見た事のないドーナツについて考えながらベッドに潜《もぐ》った。


「パティ母様！」

「エディ、顔色が良くなってきましたね。本当に良かった」

嬉しそうにそう言って、母様は僕の事をギュッとした。母様は双子たちがまだ皆と一緒に食事が出来ないので、朝だけダイニングで父様達と一緒にお食事をしているんだって。僕は今、夜だけダイニングに行って食事をしているから、会う機会が減ってしまったんだ。

でもあと少しでウィルとハリーも一歳になるし、僕だって夜だけじゃなくて朝も昼もちゃんと食事がとれるようになる。そうしたらまた皆で食事が出来るよね。

「久しぶりのエディとのお茶会ね。今日は王都で流行《はや》り始めたドーナツっていうお菓子よ。食べすぎると大変な事になるけれど、今のエディは食べすぎた方がいいくらい。普通の大きさじゃなくて小さめのものを作らせたから色々な味を楽しみましょうね」

母様はニコニコしてお話ししながら僕の隣に腰かけた。反対側には、やっぱりニコニコしている兄様が座った。

大きなテーブルではなくて、四つの椅子でいっぱいになる小さめの丸いテーブルは、お顔が近くて、楽しくて、嬉しい。

「こちらが新作のドーナツです」

シェフがお皿に載った、可愛いお菓子を持ってきてくれた。

「パンとパンケーキの中間みたいな生地を油で揚げて、色々なものをかけたり飾ったりしているんです」

「ふわぁぁぁ！　可愛いです！」

僕は出されたそれをまじまじと見つめてしまった。まぁるくて真ん中に穴が開いている形のそれはシェフが言ったように粉砂糖が振りかけられていたり、ピンクや白や茶色の小さなチョコレートやナッツが飾られていたり、パリパリのお砂糖で包《くる》まれていたりしていてとにかく可愛い！

「ど、どれから食べたらいいのか分かりません！」

僕の言葉に母様が噴き出すように笑った。

「エディが元気になってきたからお祝いよ。どれでも好きなのを食べなさい。ちょっとずつ齧《かじ》っても誰も文句を言いませんよ。ほら、イチゴ味のチョコレートの粒々がかかったものはどう？　小さいからエディでも三つくらいは食べられるでしょう？」

「イチゴ味のチョコレート……」

そう言われて僕はピンク色の粒々がかかっているドーナツをお皿に取った。すると兄様が「冬祭りみたいに半分こしようか」と笑った。

「はい、これは普通のチョコレートのかかったドーナツ」

「わぁ！」

僕のお皿にチョコレートのドーナツが半分になって載せられた。

「あら、楽しそう。じゃあ、このシトラスのをこうして、はい！」

母様もパリパリのお砂糖で包《くる》まれたドーナツの半分を僕のお皿に載せる。

「エディ、このストロベリーチョコのドーナツも半分にして、こっちのナッツがかかっているのを半分載せよう」

そう言うと兄様は僕のお皿をサッと引き寄せて、半分ずつのドーナツを綺麗に並べてくれた。

「わぁぁぁ、なんだかすごいです。アル兄様、ありがとうございます」

「さぁ、エディ、どれから食べようか？　だけど食べきれないようだったら無理をしてはいけないよ」

ニッコリと笑った兄様に、僕はコクリと頷いてもう一度ドーナツのお皿を見た。

イチゴのチョコレートがかかったピンクのドーナツ。シトラス味のお砂糖がかかった白いドーナツ。普通のチョコレートがかかった茶色のドーナツ。そしてカスタードクリームの上にナッツがかかっているクリーム色のドーナツ。なんだかフィンレーに初めてやってきて色とりどりのマカロンを見たあの時と似ているな。

「ふふふ、迷います」

「そうだね。沢山のマカロンを見て迷っていたエディを思い出すね」

僕はちょっとびっくりしてしまった。兄様はどうして僕が考えている事が分かっちゃうのかな。不思議だけどなんだか嬉しい気持ちになる。

「じゃあ、ピンクのイチゴチョコレートのドーナツを」

そう言ってフォークとナイフを取ると母様が笑った。

「エディ。お行儀はあまり良くないけれど、ドーナツは手で持って食べると美味しいんですって」

母様はそう言って僕と半分こしたドーナツを手で持ってパクリと口に入れた。

「ん～、美味しい」

「ええ……じゃ、じゃあ、僕も……あ、柔らかい！　んん、美味しい！」

「ふふふ、気に入ったみたいね。良かったわ。沢山食べなさい」

「はい！　アル兄様も召し上がってください！　すごく美味しいです」

「じゃあ、ナッツが載ったのを食べようかな……うん。これは確かに美味しいね」

「はい！」

僕は兄様が綺麗に並べてくれたお皿の上の四つの味のドーナツを全部食べてしまった。小さいとはいえ二つ分のドーナツだ。ふぅと息をついていると楽しそうな兄様の声が聞こえてきた。

「エディ、大変だ。新しいドーナツが来てしまったよ」

「ええ⁉」

どうやら僕が喜んで食べていると聞いたシェフが新しいドーナツを作ってくれたらしい。

「アル兄様、僕、もう……」

「うん。でも見るだけ見てごらん。ほら、今度のはなんだか面白いよ」

「面白い？」

そう言われて、運ばれてきたお皿を見た僕は思わず固まってしまった。だって、お皿の上にはウサギとか、ヒヨコとか、お花の形のドーナツが並んでいたんだ。

「か、可愛い！　兄様どうしましょう。すごく可愛いです！」

「エディ、赤いドーナツの中身はイチゴクリーム、白いのはチーズクリーム、ピンクはモモジャム、黄色はレモンクリームだそうよ」

母様が丁寧に説明をしてくれた。

「全部美味しそうです！」

でもどうしよう、お腹はもうそろそろいっぱいなんだけどな。

「……ゆ……夕ご飯はドーナツにします」

僕がそう言ったら兄様が噴き出すようにして笑い出した。

「エディ、そんな悲しそうな顔をしないで。一口ずつ食べてみる？」

「それは、シェフに悪いです」

「大丈夫だよ。ちょっとずつでもエディが食べてくれたらシェフはきっと喜ぶと思うよ。それにあと二つずつくらいなら私と母上で食べてしまえる。ほら、口を開けてごらん」

兄様は白いウサギのドーナツを一口の大きさに切ると、フォークに刺して僕の前に「あ～ん」と差し出した。ううう、やっと「あ～ん」で食べさせてもらわなくてもよくなったのに。

「エディ、早くしないと中のクリームが零《こぼ》れてきちゃうよ」

「わわわ」

僕は慌てて小さくしてもらった白いドーナツをパクリと食べた。

「！　アル兄様！　チーズクリーム美味しいです！」

「それは良かったね」

そんな僕たちを見ていた母様が飲んでいた紅茶のカップをソーサーに戻してゆっくりと口を開いた。

「エディ、一度落ちてしまった食事の量はなかなか元には戻らないと聞きますが、少しずつでいいから頑張って増やしていきましょうね。エディはもう少し太った方がいいわ。それにちゃんと食べないと身長も伸びませんよ。寝て、食べて、遊んでというのが子供の仕事です。魔法も、剣も、お勉強も大事だけど、一番は自分を大事にしてあげる事ですよ。自分を大事に出来ない子は他の人も大事には出来ません。覚えておいて、エディ。父様も、私も、アルも、弟たちも皆エディの事が好きよ。忘れないでね」

「……はい。パティ母様。僕も皆の事が大好きです」

そう答えると母様はにっこり笑って、僕が美味しいって言ったチーズクリームのドーナツを口にして「本当に美味しいわね」と笑った。

ちょっとお行儀が悪かったけれど、僕は残りの味のドーナツも味見するみたいに一口ずつ食べた。兄様がチーズクリームの時みたいに小さくして「あ〜ん」ってしてくれたんだ。

「もうお腹がいっぱいです」

「ふふふ、ごちそうさま。エディ。気持ち悪くはなっていないね？」

「大丈夫です」

でも小さなドーナツを三つ分くらい食べていると思うから、僕としてはかなり頑張った。美味しかったし、色々な味があったし、でも何より……

「パティ母様、アル兄様、ありがとうございました。久しぶりのお茶会、すごく楽しかったです」

「また開きましょう、エディ」

「私も久しぶりにエディに『あ〜ん』って出来て楽しかったよ」

「………今度はちゃんと自分で食べます」

僕がそう言うと兄様は「たまには食べさせてあげたいな」とまた笑った。

部屋に戻る前にシェフにもありがとうって伝えてほしいって頼んだら、兄様は僕の頭を撫でるようにポンポンってしてた。それがなぜか、すごく嬉しかった。

◇◇◇

話はまだエドワードの意識が戻っていなかった頃——東の森にフレイム・グレート・グリズリーという想定外の魔物が現れた事件の翌日の晩に遡《さかのぼ》る。

フィンレーの当主であるデイヴィット・グランデス・フィンレーは三人の友人達に魔法書簡を送った。森の調査が思っていたより進まず、とにかく現状を友人達に把握してもらいたかったのだ。そしてその翌日、三人は全ての予定を投げうってフィンレーにやってきたのである。

「う〜ん……なんとも凄まじいものだね。干からびているんだよね、触ってもいいかな」

どこか楽しげにそう言って、緑に埋もれたような魔物の亡骸《なきがら》に触れているのはハワード・クレシス・メイソン子爵。

「ああ、なるほどな。こういう風に土に足を取られると、フレイム・グレート・グリズリーでも動けなくなるんだなぁ。土魔法は地味だってイメージがあるけど、なかなかどうして使えるね」

しゃがみ込んで足元を観察して唸《うな》っているのはケネス・ラグラル・レイモンド伯爵。

「だけどなんだって、こんな化け物が北寄りの小さな森にいたんだろう。こいつはもっと暖かい土地にいるやつだよな。はぐれて出るって言っても無理がある。ここで生まれたというのもありえないしなぁ」

しげしげと大きな体を眺めながら、草木の生えるその背中をポンポンと叩いたのはマクスウェード・カーネル・スタンリー侯爵。

「ああ、マックス、叩くな！」

青い空と白い雲、五の月らしい爽やかな風と鮮やかな木々の緑。一昨日《おととい》起こった事が夢の中の出来事のように感じる東の森の入口で、四人の男たちはまるで年若い青年たちのような声を出していた。その少し後方にはエドワードの魔術と剣術の指導を行っているジョシュア・ブライトンとルーカス・ヒューイットが控えている。

「なんで出たのかはまだ調査中だよ。あの子たちがここに来る二日前に、この森の中の見回りをしていたんだ。その時にはこんなものはいなかったし、魔素だまりもなかった。大体魔素だまりからこんなものが湧いて出るなんてありえない事だからね」

うんざりしたようにそう言うデイヴィットは本当に疲れ切った顔をしていた。

出るはずのないフレイム・グレート・グリズリーが屋敷の敷地内にある、この小さな森に出たのは二日前。わずか七人で戦うにはあまりにも桁違いの化け物だった。

しかもまだ六歳のエドワードが魔力暴走を起こして倒したと聞いた時は、本当に言葉を失ったものだ。よくぞ生きていてくれたとしか言いようがなかった。

戦いの後、意識を失ってしまった息子たちを神殿に連れていき、治療をしてもらい、護衛たちとメイドのマリーにも治癒魔法をかけて話を聞き、緑色に苔《こけ》むしたフレイム・グレート・グリズリーには、保存魔法と隠ぺい魔法をかけさせた。その日のうちに父であるカルロスにも連絡をした。森を含めた周辺にまで結界をかけたのはカルロスだった。

念のため、森だけでなく屋敷の敷地全てを調査対象として現在も調べを続けているが、これといった手掛かりはない。

「さすがにこのクラスの魔物だと、王室に届け出て、報告をしないとまずいな」

苔《こけ》むした魔熊を見つめたままマクスウェードが口を開いた。

「ああ、分かっている。だが、これを倒したのは私と魔導騎士たちだ」

すかさずデイヴィットが答えたが、その顔は渋く、眉間に数本の縦皺が寄せられていた。

上位の魔物が出たり一度に多数の魔物が出たりした場合は、近隣への注意を促すために王室に報告をする義務がある。そのためにも出来るだけ早く調査をしてまずは届け出を、そしてその後さらに詳しい調査をして最終的な報告をしなければならない。

しかし倒したエドワードはまだ意識が戻っていない。そしてアルフレッドは……

「ううん。どこまで隠し通せるかだな。まぁ幸い屋敷の敷地内の事だから、居合わせた騎士たちにしっかり誓約をさせればとりあえずは大丈夫だろうけど」

ケネスも眉根を寄せながら唸《うな》るように口を開いた。だが、いくら隠してもいつの間にかどこから漏《も》れる事はあるものだ。

「これをそのまま見せるわけじゃない。証拠として緑化の少ないこの爪の部分だけを持っていく。

あとはバラバラになってしまったと言うさ。これ自体は父が研究のために引き取るといっているから、近日中に空間魔法を付与したとんでもないものを持ってきて持ち帰るんじゃないかな。生き物でなければマジックボックスに入れる事が出来るしね」

それを聞いてマクスウェードが信じられないと言わんばかりの顔をした。

「これが入るマジックボックスって……まぁ言うだけ無駄か。どうせあの御仁《ごじん》の事だから、この伸びて絡んでいる木も、脚を固めている土までも持っていくんだろうな」

「ああ、やるだろうね。そのために自ら空間魔法を鍛え上げた人だから」

「きっと今頃、これを置く場所を嬉々として作っているんだな」

ケネスは苦笑しながらそう言った。

「ああ。そうだね。だからカルロス様のところに行けばいつでも見られるって事さ。もうなんて言うか本当に芸術的だよね」

そう締めくくったハワードに、三人は「ああ、ここにも同じような人間がいたな」というような顔をした。

「しかし、こうして実物を見ても、これが炎の魔熊と呼ばれるフレイム・グレート・グリズリーだったとは信じられないな」

マクスウェードがそう口にするのも無理はない。デイヴィット自身、何度見てもそう思うからだ。あちこちの木々から伸びた枝を巻きつかせたまま、干からびて苔《こけ》むした体。土にとらわれた足。窪《くぼ》んで光を失った瞳。まるで咆哮《ほうこう》を上げたまま時を止めた獣のオブジェだ。

「実際の状況を見ていた護衛たちの話を聞くと、エドワードが魔力暴走を起こして空中に浮かび上がり、自分の周りに石や土や水などを旋回させてから一気に飛ばしたと。そしてその後、土が生き物のようにグリズリーの足を固め始め、周りの木や草が伸びてきて、本来なら火に弱い木がまるで緑の鎖のように絡みついたと思ったら、グリズリーが見る間に骨と皮になり、こうなった、らしい」

「見た事も、聞いた事もない魔法だ。それがグランディス様の加護なのか？」

「まぁ、まだエドワード君自身の加護の正式な鑑定をしていないからなんとも言えないけど。おそらくはそうなんじゃないかと思いますよ」

ケネスの問いかけに、ハワードは眼鏡を指で上げながらそう答えた。

「結局のところグランディス様の加護っていうのはどういうものなのか分かったのか？」

「簡単に言うね、マックス。相手はお伽話《とぎばなし》だよ？」

「それは分かっているさ。でも実在したっていう可能性は高いんだろう？」

「可能性ではなく以前にも言ったが、グランディス様は実在されたんだ」

言い切るデイヴィットに「そうですね」と答えながらハワードが言葉を続けた。

「ですがその力に関しては前も言ったように、痩せた土を麦の二期作が出来るような畑に変えたとか、魔素のある森を綺麗にしたとか、森の泉から水を引いてきたとか、干からびていた土地に雨を降らしたとか、そういったものばかりでね。加護自体の力の特定は難しいんです。でもそれらしいものは見つけましたけど」

「見つけたのかよ！」

ケネスが声を上げた。

「ふっふっふ、まぁ慌てずに。まだ確認段階ですよ。とりあえず、フレイム・グレート・グリズリーの現状は把握しました。また何か調べたくなったら今度はカルロス様のところに行きます。ではデイヴ、次はこれが出てきた場所にお願いします」

「ああ。ルーカス、案内してくれ」

「はい」

後ろにいたルーカスが先頭になって歩き出し、ジョシュアは時を止めた魔熊をもう一度眺めてから隠ぺい魔法をかけ直して最後尾に付いた。

「森と呼ぶのを憚《はばか》られるようなところだな。とてもあんなものが出るとは思えない」

ケネスが漏《も》らした言葉を聞きながら、ルーカスは胸の中でため息をついた。

そう、あんなものが現れるなんて誰も想像しなかった。魔熊が暴れ回って走った森の小径《こみち》は、あの日エドワードが嬉しそうにワイルドストロベリーを探しながら歩いていた小径《こみち》と同じとは思えないほど荒れていた。

『わぁ、すごい。きれいだなぁ』

嬉しそうにそう言っていた。走り出して転ぶと注意されると『大丈夫です、アル兄様。僕、毎日鍛錬《たんれん》で追いかけっこしているから』と笑っていた。

愛らしい教え子は未《いま》だに目を覚まさないという。もっと、自分が、もっともっと強ければ。剣だけでなく、魔力量が少なくとも魔法も磨いていればよかった。

「……こちらです。この花の群生の向こうからいきなり姿を現しました」

ルーカスが指差したのは歩いていた道からほんの少し奥に入った場所だった。

森の入口から大人がゆっくりと歩いて十数分。東の森は小さな森なので、ここで中間より少し手前くらいだ。しかも道から外れたといってもそれほど深く入っているわけではない。三ティル（三メートル）ほどで、ここからも覗けるような場所だ。そしてそこは今、群生して咲いていたブルーベルの花も、辺りの樹木も草も無残な状態になっていた。

「こんな浅いところからいきなりあいつが出てきたのか？」

マクスウェードが信じられないと言わんばかりの顔をする。

「はい、しかもこの道は行きにも通っているのです。もう少し先に進んでワイルドベリーを摘んでマルベリーの木を探しながら戻ってきました。そして、エドワード様があそこに咲いていた花を見たいと言って道を外れました。しかしその間、魔物の気配は感じられませんでした」

「……ありえないな」

ケネスがバッサリと切り捨てるようにそう言った。あれだけの魔物がまったく気配を感じさせずに突然現れるなど考えられない。

「例えば……どこかの馬鹿が送り込んできたとか、召喚させたとか。まぁ、ありえないけど」

自分で口にして、すぐさまそれを否定するハワードにデイヴィットは頷いて答える。

「ああ、ありえないな。うちの敷地内にあれを転送したり、ここで召喚などをしたりしたら、いくらなんでも分かるさ。先ほども言ったが、そういった魔法の痕跡は見つけられなかった」

そう、そんな事はもう調べ尽くしているのだ。それでもこうして駆けつけてくれた友人たちにはきちんとした説明をしておきたい。デイヴィットの気持ちが分かっているのか友人達も「そうか」と頷いて、青い釣鐘《つりがね》状の花が咲いていたというそちらへ足を踏み入れた。

「確かに。調べ尽くしたという通り、なぜ現れたのか分かるようなものはないな。空間の捻《ね》じれの痕跡も感じない」

「ああ、何度も調べさせたよ。だが調べれば調べるほど、なぜあんな化け物がいきなり現れたのか分からなくなる」

「だが原因が分からないというのは恐ろしいな。こんな事が他でも起きたら大変な事態になる。たまたまフィンレー家の敷地内にある森に現れて、たまたま魔力暴走を起こしたエドワード君が倒してしまったけれど、これが違う場所だったら大災害だ」

難しい顔をしたマクスウェードの言葉を聞きながら、ケネスがポツリと声を出した。

「……エドワード君の魔力暴走を狙った、とは考えにくいか」

「無理があるだろう。大体エドワードがここに来るなんてその日に決めた事なんだ。第一、エドワードに加護がある件を知っている人間自体限られているし、その加護についても未知の事ばかりだ。あんなものを向かわせる意味がない」

デイヴィットが答える。

「だが、不自然すぎる」

「うん。ケネスの言う事は分かる。あまりにも不自然だ。普通であれば考えられない現れ方も、いる筈のないランクの魔物である事も。だが、厄介なものを始末してしまおうという動きも今のところ見つけられない」

「ハワード、言いすぎだ」

マクスウェードが窘《たしな》めるようにそう言うと、ハワードは眼鏡を押し上げながら振り向いた。

「ああ。だけど今後、エドワード君がいる事でフィンレーがさらに大きくなる事を面白く思わない人間だって出てくるかもしれない。様々な方向から、色々な可能性を考えておかないと、その時に対応出来ないからね。そのためなら私は嫌な事だって言葉にするよ」

「……分かっている。ありがとう、ハワード。どうしたらいいのか、何が起きる可能性があるのか。親として、あの子を守るために、私も考えるよ」

デイヴィットはそう口にしてギュッと目を閉じた。それを見てケネスがポンとその肩を叩く。

「ああ、考えよう。俺たちも考える。何が起こりうるのか。とりあえずはどうやってあれが現れたのかは不明。向けられている敵意は今のところはなし。件《くだん》の公爵家と王家も特別な動きはない。ハーヴィンは自分の領の事でこちらへ目を向ける余裕はないし、エドワード君を取り戻すって話も頓挫《とんざ》しているんだろう？」

「ああ。それどころじゃない感じだね。もう泥沼。そろそろ王家の方にも醜聞《しゅうぶん》が届くはずだよ」

それが届くように画策している本人は、当然だと言わんばかりにそう口にして「馬鹿はとんでもないところで恨みを持つから、今後もしっかりと把握していないとね」と付け加えた。

こいつは昔からこういう奴だったと、三人は頭の中でそう思いながら息をついた。男たちの間に沈黙が流れた。そして……

「なぁ、ふと思ったんだが、こんな事が他でも起きているんだろうか？」

「え？」

「私たちはなぜここに現れたのか、そして、もしも他でこんな化け物が現れたらという話をしていたが、他でも起きているのかという点はどうだろう。こんな上位ランクの奴じゃなくて、例えば以前、そんな事例のなかった街道沿いに魔獣が出たって話があっただろう？　同じように今までであれば考えにくいものが現れているところはあるんだろうか？　以前よりも魔物が多く現れているという噂は聞いているか？」

ケネスの問いに、他の三人は思わず黙り込んでしまった。今回と同様に大きな魔物が現れたなら国に報告されるが、それほどではないものであればその場で終わる。だが、その数はどうなんだろう。

「……ああ。そうだね。もしもそういった事が増えているなら、確かに気になるな。そしてそれとは別に、これほどのものが本当に自然に湧き出たという可能性がほんの少しでもあるのなら、これはもはやフィンレーだけの問題ではない。それも頭の中に入れておかないといけないね」

「……一体、何が起こり始めているのだろう……」

四人はそう言って焼け焦げた森から空に視線を向けた。自分たちの計り知れない事が起こっているのかもしれない。それが何なのか、調べていかなくてはいけない。

過去に同じような事象がなかったか。他のところで同じような事象が発生していないか。

「ところで神殿に連れていったそうだけど、二人の調子はどうなんだ？」

マクスウェードが重い空気を断ち切るように口を開いた。

「ああ……」

その問いにデイヴィットが顔を曇《くも》らせる。

「なんだ？　どうかしたのか？」

「ああ、二人とも神殿からは戻ってきたんだが、エドワードはまだはっきりと意識が戻っていないような状態だ。時折ぼんやりと目を開けたり、うなされたりしている。大きすぎる魔力の放出に身体がついていかなかったのだろう。治癒の後、確認のために見てもらったが、魔力暴走を起こしたにしては、魔力は枯渇していなかったそうだ。精神的なものが大きいと言われたよ。アルフレッドはエドワードの魔力暴走を止めた時の怪我は治してもらったんだが、記憶が……」

「……っ！　なんだって？」

「まるでアルフレッドではないみたいだ。受け答えもおかしいし、分からないとか思い出せないとばかり口にしている。全てが分からなくなっているわけではないようなので、一時的なものだと思って様子を見ている状況だ」

「なんて事だ……」

マクスウェードが信じられないとばかりに首を振った。幼い時から見ていると、お互いの子供たちがまるで親戚の子供のように思えるのだ。

「早く良くなる事を祈っているよ」

「ありがとう」

「さて、では調査は続けていくとして、届けを出した後の国の対応はまた改めて知らせてほしい。私は他でもありえないような場所に魔獣や魔物が現れたという事件が起きていないか調べてみる事にします」

「そうだな。何か今回の事の手掛かりになるかもしれない。私もそちらは注意していこう」

「では今日はここまでにしよう。デイヴ、ひどい顔色だぞ。息子たちも心配だが、お前が倒れたら元も子もないからな。少し休めよ」

「ああ、ありがとう。大丈夫だよ。父が大量の自家製の回復ポーションを送って寄越した。良く効くが相変わらずの味でね。久しぶりに涙目になった」

「ハハハ、カルロス様のポーションか、確かに良く効くんだがな。まぁ、無理をしない事だ」

「ああ。何度も飲むような事にならないように気を付けるよ」

苦笑いを浮かべながら六人は森を出た。

「よし、この森の結界を戻しておいてもらおう。ブライトン、頼むよ」

「はい」

ジョシュアは返事をして、東の森全体に結界を施す。

それを見て大人たちはケネスの魔法で屋敷に転移をした後、それぞれの領へと戻っていった。

この日の夜、エドワードが意識を取り戻すが、アルフレッドとエドワードが以前のような状態に戻るにはまだ一週間ほど時間がかかる事を、この時のデイヴィットは知らなかった。

◇◇◇

「今日からまたよろしくお願いします。ルーカス先生」

僕がぺこりとお辞儀をすると、ルーカス先生は「よろしくお願いします」と答えてくれた。

普段は「ルーカス」ってそのまま呼んでいるけれど、お稽古《けいこ》の時は「ルーカス先生」って呼んでいる。だから久しぶりに「ルーカス先生」って呼んだよ。

東の森での一件からルーカスは少し無口になったんだけど、お稽古《けいこ》は別。体力が落ちちゃったって言うと「また頑張りましょう」と笑ってくれた。

お休みしていた間、歩かないって大変な事なんだって思ったんだ。事件の前は追いかけっこが結構出来るようになっていたのに、今は階段を上がったり下りたりするだけで疲れるんだもの。

ベッドから出られるようになったばかりの頃は、夕食のためにダイニングに行くだけで息が上がってしまって、兄様が途中から抱っこで連れていこうとした。でもそれだと歩く練習にならないからって言ったら「息が上がるほど無理をするのは練習じゃないよ。それによろけて落ちてしまったらどうするの?」って返されたんだ。だからダイニングに一人で行けるようになるまでにも時間がかかってしまったんだよね。

本当に鍛錬《たんれん》っていうのが積み重ねだっていうのがよく分かったよ。出来るようになるには時間がかかるけど、戻るのはあっという間だ。

「では、エドワード様、久しぶりの稽古《けいこ》なので、まずは散歩からにしましょう」

「え？　追いかけっこじゃないんですか？」

僕がちょっと驚いてそう尋ねると「歩く事も十分運動なんですよ」とルーカス先生は歩き出した。

「明日から雨が降るかもしれないので、天気がいい今日は散歩がいいです」

「雨が降る事が分かるのですか？」

「ええ、昔の傷が少し痛むんです。きちんと治さずそのままにしていたら、治せる期間が過ぎてしまったんですよ」

ルーカス先生は歩きながらそう答えた。

「昔の傷は神殿でも治せないのですか？」

「そうですね。あまり昔のものは治せません。もっとも時々少し痛むくらいなので普段はさほど気にならないのです。それに、痛みがあればその時の気持ちを忘れる事もないですしね」

「ええ？」

僕はルーカス先生が何を言っているのか分からずに変な声を出してしまった。何か忘れたくない事があるのかな？　でも痛みはなしで忘れないでいられる方がいいのにな。

「すみません。おかしな事を言いましたね。でもこれがあるおかげで天気の崩れる前兆が分かるから悪い事ではないですよ」

「そうなんですか。それなら、えっと、ルーカス先生が大丈夫なら、いいです」

なんだかおかしな言葉になってしまったけど、ルーカス先生は「はい」と笑った。

「そうそう、痛みではなくても天気が分かる事がありますよ？」

「え？」

てくてくとお庭を歩きながら再びルーカス先生が口を開く。普段は僕の護衛であんまりお話ししないから、こんな風にお話しするのは珍しい。

「ほら、あの鳥。あれが低く飛ぶ時は天気が悪くなるんです」

ルーカス先生が指さした前の方にスーッと鳥が飛んでいくのが見えた。

「ええ！　知らなかったです！」

「それと、あの雲が向こうの山頂付近にかかる時も天気が悪くなります」

「それも知らなかったです！　ルーカス先生はハワード先生みたいに色んな事を知っていますね」

そう言うとルーカス先生は「それは恐れ多いですね」と笑った。

その後もてくてくと歩いて、屋敷の周りをぐるりと回る頃には僕はちょっと息が上がってきていた。

「少し休みましょう」

「え、でもそれだと鍛錬《たんれん》になりません」

「無理をしても鍛錬《たんれん》にはならないんですよ。少しずつ元に戻していくつもりでいれば、元に戻る頃にはちゃんと進歩していますから」

兄様と同じような事を言われて、僕は日の当たる芝生の上に腰を下ろした。マリーがすぐにお水を持ってきてくれる。

「自分が思っていたよりも喉が渇いていたみたいです」

「はい。きちんと水分を取って、休憩をして身体を慣らしていきましょう。もう少し休んだら今度は小サロンの方まで行ってみますよ」

「はい！」

僕たちはまたゆっくりと歩き出した。

「あ、さっきの鳥がいる！」

本当に、あまり高くないところを飛んでいた。

「あ！　あんなところに巣があります！　ほら！　なんていう鳥なのかな。ん？　あ！　雛《ひな》だ」

少しだけ駆け出して、僕は屋敷の張り出したところに巣を作っている鳥を見に行った。

「わぁ！　初めて見た！　可愛い！　ねぇ、マリー！　ルーカス先生！　見て見て、ほら、口をあんなに開けている！」

「ツバメっていうんですよ。ヘビや他の大きな鳥から雛《ひな》を守るために、人がいるところに巣を作るんです」

「そうなんだ。人を信用している鳥なんだね。大丈夫、見ているだけで悪い事をしないよ」

僕がそう言うとルーカスは小さく笑った。

「あ、ごめんなさい。お散歩の途中だったのに」

「こうして色々なものを見つけながら歩くのが正しいお散歩ですよ」

「ふふふ、正しいお散歩ですか？　面白い。じゃあ、次は何が見つかるかな」

僕は笑ってまた歩き出す。

「疲れませんか？」

「大丈夫です」

「じゃあ、少しだけ走ってみますか？」

「！　はい！」

僕が走り出すとルーカス先生もマリーも走り出した。いつの間にか追いかけっこになった。でもすぐに捕まった。

「たの、し、かった」

息を切らしながらそう口にすると、ルーカスは「良かったです」と言う。

本当にちょっとしか走っていないのに息が切れる。それが悔しいなって思った。そんな僕の心の声が聞こえたかのようにルーカス先生は「少しずつです。積み重ねです」って言った。

「はい。分かりました。頑張ります」

「体幹の運動はこれから毎日続けましょうね」

「はい！」

そうだ、体幹だ。体幹を鍛えればきっと、もっと動けるようになる。

「ルーカス先生」

僕は真っ直ぐにルーカス先生を見た。

「なんですか？」

「強くなりたいです」

「え？」

「守られるだけじゃなくて、強くなりたいです。だから、体幹を鍛えるのも、追いかけっこも、色々な運動も、剣も、頑張ります」

ルーカス先生は少しの間、黙って僕を見ていた。

「私が思っている以上に、エドワード様はお強いです」

「え？」

どういう事だろう？　そう思っているとルーカス先生はにっこり笑った。そして。

「一緒に頑張りましょう」

差し出された右手。

「はい！　よろしくお願いします！」

ぎゅっと握手をして、なんだかものすごく嬉しくなって僕が笑ったら、後ろの方でマリーが泣き笑いみたいな顔をしていた。

「マリー？」

「はい。私ももっと頑張ります」

「うん。よろしくね」

再開後のお稽古《けいこ》は、結局お散歩と少しだけの追いかけっこで終わったけれど、明日からまた頑張ろうと思った。強くなるために頑張ろう。

翌日は、本当に雨が降った。

◇◇◇

魔法のお勉強も再開した。

「無理をしないように頑張りましょう」と声をかけてくれたブライトン先生に僕は「やりたい事があります」と言った。

「どんな事ですか？」

「もっと強くなりたいです」

「強く、ですか？」

ブライトン先生がちょっと不思議そうな顔をした。

「はい。僕は魔物が出ても、うまく皆を守る事が出来ませんでした。そして守る事だけを考えていたら駄目だと思いました。怖くても、攻撃をする事も出来なければいけないとも思いました。僕は、誰かを傷つけたりする事が嫌いです。でも守るためには、きっと攻撃の魔法も必要です。魔力暴走を起こして誰かを傷つけないように、しっかりと魔力を制御して、本当に守る事が出来る魔法が使えるようになりたいです」

「……分かりました」

ブライトン先生は静かにそう言った。そして。

「魔力暴走の時の事は覚えていますか？」

「よく分かりません。僕を庇《かば》おうとしているアル兄様に炎の矢が当たったら嫌だと思って、気付いたら魔物は死んでいました」

そう。気付いたら魔物は緑の塊《かたまり》みたいになっていたんだ。僕が覚えているのはそれだけだ。

「そうですか。魔力暴走は魔力量の多い子供が起こす事があります。お兄様を守りたいと思うエドワード様のお気持ちがそうさせてしまったのでしょう」

「でも！　それでアル兄様を沢山傷つけてしまいました。僕がもっとちゃんとした制御が出来ていれば……もっともっとちゃんとした攻撃が出来ていれば」

あんな事は起きなかったんだ。

「エドワード様、落ち着きましょう。そうですね。ちょっと座りましょうか」

ブライトン先生はそう言って魔法の練習場の端っこにある椅子に腰を下ろした。

「ええとですね。強くなりたいと思う事は悪い事ではありません。現状で満足するのではなく、さらにその上を目指して頑張ろうという気持ちはとても大切です」

「はい」

「でも、もっと強かったらとか、もっと攻撃の魔法が使えていたらとか、そういうもしも、という話はあまり意味がないんですよ」

「え？」

ブライトン先生の言葉に、僕はびっくりして声を上げてしまった。

「例えばあの魔物。ああ、思い出して気持ち悪くなったり、怖くなったりはしていませんか？　大丈夫ですか？」

「はい。大丈夫です」

僕の返事を聞いてブライトン先生は「では続けます」と話し始めた。

「フレイム・グレート・グリズリーはA級からS級と言われる上位の魔物で、強い魔法を使える者が一人二人いたとしても、どうにもならないようなランクの魔物です。つまりエドワード様がものすごく攻撃魔法が強かったとしても普通であれば太刀打ち出来ない魔物なんです」

「……………はい」

「なので、あれに関して、もっとこうだったらとか、ああだったらとか考えても意味がありません。生きていた事に感謝をするレベルのものです。私がこんな事を言うのは、本当はいけないのですが、魔力暴走を起こして倒してしまえて本当に幸運だったと思った方がいい」

「…………」

「ですから、あれに対して出来なかったとか、もっと出来たらと考える事はやめてください」

「わ、分かりました」

そうなんだ。あの魔物は倒せたのが信じられないようなものなんだね。

「はい。それで、改めてですが。私はずっと不思議だったんですよ」

「え？」

「エドワード様はどうして誰かを傷つける事をあんなに怖がるのか。もちろん誰かを傷つけたいと思う人は、普通はいないと思います。でも傷つけるかもしれないというだけで攻撃魔法も嫌だと思われていたでしょう？」

「………はい」

ブライトン先生の質問に、僕は俯《うつむ》きながら小さく返事をした。だって、『悪役令息』になりたくなかったんだもの。だから誰かを傷つけるような魔法なんていらないと思っていたんだ。

剣もそう。守るためって言われて、そうだなって思ったけれど、あんな事があって、守るために頑張って練習をするっていうのは全然足りてなかったと思ったんだ。大切な者を守るためには守るだけでなく戦う事も必要なんだって。

だからもっともっと自分を制御するっていうか、自分の力の事を分かって、それを最大限に使えるように、戦うための力っていうのかな、そういうものを持っていなきゃ駄目だって。うまく言えないけど、そんな気持ちになったんだ。

「そう、でした。でも、今は違います。守られているだけじゃ嫌なんです。一緒に戦える強さも欲しいんです。傷つける事を恐れて、傷つけてしまうなんてもう二度と嫌なんです。守る事と、戦う事がちゃんと分かる自分になりたいんです。ブライトン先生が仰《おっしゃ》ったみたいに、あの時出来たらとか、出来なかったからっていうのは考えない事にします。でも、ちゃんと強くなれるように頑張りたいです」

全部じゃないけど、それでも僕の中にあった思いを言葉にする事が出来て、ちょっとホッとした。

「分かりました。うん。強くなったね」

「え？」

僕は笑いながらそう言うブライトン先生を思わず見つめてしまった。

「えっと、えっと、あの、強く、なりたいんです、けど……」

そう。これから、ちゃんと、もっと強くなりたいんだよ？　伝わらなかったのかなって思っていたらブライトン先生はゆっくりと口を開いた。

「魔物が出たり、魔力暴走を起こしたり、色んな事がありましたね。でもそれはエドワード様の中でものすごく大きな強さに変わったんですよ。とても良い事だと思います。強くなるというのはただ魔法や剣の技術を磨く事だけじゃないんです。こうしたい、こうなりたいっていう心が育っていかなければ、本当に強くはなれないのだと私は思っています。だから私もこれからも強くなりたいと願って練習をしています。エドワード様も一緒に頑張りましょう」

「はい！」

一緒に、と言われた事がすごく嬉しかった。ルーカス先生と同じだ。ブライトン先生も強くなりたいって願っているんだ。

きっと、僕にはまだ強さというのが本当は分かっていないと思うけれど、それでも僕は……

「あ、そうだ！　空間魔法のスキルがあるから保存魔法が出来るんじゃないかって言われました。保存魔法も教えてください。押し花のしおりとか色々作りたいんです」

そう言った僕にブライトン先生は「うん、エドワード様だね！」と笑い出した。

◇◇◇

「色々考えたけど、せっかくだから夏は夏らしいお花を植えようかと思います！」

「畏《かしこ》まりました」

庭師のマークに元気よくそう言って、僕は持ってきた図鑑を開いた。

「これです。ピンク色のこれがいいかと思うんです」

「どれどれ、ああ、バーベナですね。うん。夏の暑さにも強い花ですからいいと思います。種からでも簡単に育てられますよ」

「わぁ！　良かったです。これは『家族仲良し』っていう意味の花言葉があるんですよ。七の月はウィルとハリーのお誕生日だから、これを押し花にしてプレゼントしたいんです」

「それは素敵ですね！　では種を手配します。届いたらすぐにお声掛けしますね」

「はい！　それまでに僕はあの花壇の土を起こしておきます」

「よろしくお願いします」

マークと約束をして、僕はそのまま花壇に向かった。後ろをマリーとルーカスがついてくる。

ふふふ楽しみだなぁ。今度こそ皆から畑って言われないように、綺麗なお花を沢山咲かせるんだ。

あ、そうだ。前に兄様にプレゼントしたブルースターも少し植えてみようかな。そうして僕の分の栞《しおり》を作ろう。でも夏は難しいかな。

「後でまたマークに聞いてみようっと」

植えられていたイチゴもネモフィラもすでにマークが鉢に移し替えて綺麗にしてくれたから、土をふわふわになるように起こして、えっと肥料？　を入れておけばいいんだよね。なんの肥料を入れるのか、それも聞かなきゃいけなかった。

「庭師のお仕事って大変だな」

あんなに小さな花壇でも、やらなきゃいけない事が色々あるんだもの。やっぱり水まきは任せてもらうようにお話ししようかな。

そんな事を考えて歩いていると「エディ！」という兄様の声が聞こえた。

「え？　アル兄様？」

キョロキョロとしていると向こうの方から兄様が近づいてくるのが見えた。

「部屋にいなかったから、どこかなと思って捜していたら見えたから」

「わわわ、すみません」

「いや、何も約束してなかったしね。ああ、花壇の手入れをしていたんだね」

「はい。そろそろ夏のお花を考えようかなって」

「そう。ちょうど良かった。実は今日、東の森の方まで馬を走らせていたんだけど」

「東の森！」

ニッコリ笑った兄様から出てきた言葉に、僕は思わず声を上げてしまった。

「うん。まだ調査中だから沢山の騎士たちがいるんだよ。もちろんもう魔物はいないから安心して？」

「ああ、そうなんですね」

良かったとホッと息をつくと、兄様はそのまま言葉を続けた。

「そう、それでね。あの魔物のせいで森も結構荒れちゃったから、少し整備をするみたいで」

「そうですか……」

あんなに沢山色々なお花が咲いたり、実が生《な》ったりしていた森だったのにって残念に思っていたら、兄様はどこからか小さな袋を取り出した。

「エディが魔物の事を思い出して怖いなら嫌だなと思ったんだけど、せっかくだからこれ」

そうしてその小さな袋から土の付いた草を取り出す。

「え⁉ ワ、ワイルドストロベリーだ！」

それはあの日、沢山見つけて、沢山の実を集めたワイルドストロベリーだった。

「アル兄様？ え？ なんで？ え？」

だって、その袋よりもワイルドストロベリーの方が大きいよ？ どうやって入れていたの？ なんで、どうして、そこからこれが出てきたの？

「エディ、落ち着いて。それよりもこれを見て気持ち悪くなったりしていない？」

「だ、大丈夫です！」

「それならいいんだけど。ほら、あの時ワイルドストロベリーは強いから、土ごと持って帰ろうかなって言っていたでしょう？ 整備して刈り取られちゃうなら、せっかくだから少し持って帰ってみようかと思ったんだ」

そう説明しながら、兄様は持っている袋から次々にワイルドストロベリーの株を取り出した。

「………アル兄様、これはどんな魔法ですか？　小さくして持って帰ってくるのですか？」

次から次へと出てくるワイルドストロベリーの株に僕は呆然としてしまった。

「ああ、この袋はね、マジックバッグと言って、お祖父様が昔くださったんだよ。空間魔法で中は時間の経過がなくて、沢山のものが入るんだ。このバッグは多分本が百冊以上入るんじゃないかな」

「百冊!!」

「そこにいた騎士たちも手伝ってくれてね。二十株くらいあるかなぁ。エディどう？　ここで育ててみる？　それともマークに――」

「大丈夫です！　僕が育てます！　アル兄様がせっかく持ってきてくださったワイルドストロベリーだもの。立派なジャムにしてみせます！」

張り切ってそう言った僕に、兄様は一瞬驚いたような顔をして、次にすごく嬉しそうに笑った。

「それなら良かった。魔物の事を思い出して辛くなるようだったらどうしようと思っていたから。バサバサと出してしまったけど、すぐに植えるわけにもいかないから、この中に入れておくね？」

そう言って兄様はさっさとワイルドストロベリーの株をマジックバッグに戻した。うん。何度見ても不思議。

「はい。じゃあこれはエディに預けておくね。取り出す時は中に手を入れてワイルドストロベリーの事を考えるだけでいいよ。やってみて？」

渡されたバッグを受け取って、僕はそっと中に手を入れてワイルドストロベリーの事を思った。

「……っ！　で、出てきました！」

「ふふ。上手に出来ました。植えるのが大変だったら手伝うから言ってね」

「大丈夫です！　頑張ります!!」


結局、ワイルドストロベリーの株を二十も植えると、お花を植えるところがなくなってしまうので、僕はもう一つ同じ花壇を作った。そして右の花壇にピンクのバーベナとブルースターを、左の花壇にワイルドストロベリーを植えた。

うん。完璧！　どれもうまく育ちますように！

「夏の花壇の完成です！」

後ろでマリーとルーカスがちょっと微妙な顔をしていたけど、気にしないよ。

それから少し経ったある日、魔法のお勉強にいらしたブライトン先生が、僕の花壇を見てにっこり笑った。

「エドワード様、今回は花壇と畑を分けたんですね？」

「……両方とも、花壇です」

「え？　だって」

「花壇を作ったんです。なのでブライトン先生、保存魔法を教えてください。お花が咲いたら押し花を作りますから」

僕はそう言って、芽が出てきたバーベナとブルースターの花壇と、可愛い赤い実をいくつもつけているワイルドストロベリーの花壇を見た。

「だってアル兄様が持ってきてくださったんだもの」

怖くなんかないし、畑でもないの。

「花壇だもん」

僕はそう言ってふふふと笑った。

◇◇◇

剣と魔法のお稽古《けいこ》が始まり、花壇に新しいお花も植えて、僕の生活が以前と同じようになってきた六の月の終わり頃、僕と兄様は初めての『作戦会議』を開いていた。

いきなり現れた（元からいたかもしれない？）『転生者』を、力技で捩《ね》じ伏せたらしい兄様には、僕の中の『記憶』と同じ小説の『記憶』がある。

僕たちのいる世界と似た、でも違うところも沢山ある世界の事が書かれている小説『愛し子の落ちた銀の世界』は、『転生者』と呼ばれる異世界の記憶を持つ主人公である【愛し子】が魔物に襲われた事をきっかけにその記憶を思い出して、同時に現れた能力（聖魔法）を使ってバランスの崩れた世界を救うという話なんだ。

そしてその敵役みたいな者として僕、エドワード・フィンレーがいる。だけど『悪役令息』のエドワード自身の話は、実は小説の中ではそれほど多くはないんだよ

「初めての『作戦会議』だからね、まずはお互いの『記憶』の中にある事を話してみようかと思うんだ」

「はい、よろしくお願いします」

まさか兄様とこんな話が出来る日が来るなんて思ってもみなかった。

僕たちはそれぞれの『記憶』の中にある小説の話をした。そして主にエドワードに関する事を挙げていった。

エドワードが幼少期に虐待を受けていて孤独だった事。フィンレーに来てからも周囲に馴染《なじ》めずにいた事。小動物や虫などを殺したりして暗い孤独感を抱えている中、魔力量が多かったエドワードはそれに頼るようになり、やがて魔力暴走を起こして義兄を傷つけてしまう事。エドワード自身が学園に入る前に義兄を殺してしまい、やがてエドワード自身も断罪されて殺されてしまう事を確認してふぅと息をついた。どうしてここまでなのかというと、この後は僕の『記憶』がかなり曖昧《あいまい》になるからだ。

「うん。やっぱりエディの『記憶』の中にある小説と、私の『記憶』の中にある小説は同じものだ。でもこの小説と現実のエディの違いは大きいね。まずは小説にはマリーというメイドがいたという記述はない。それにエディは来た時にはきちんと挨拶が出来たし、家族だけでなく使用人たちからも皆に愛されている。小説には双子の弟たちもいないしね」

ニッコリと笑ってそう言う兄様に、僕はちょっと恥ずかしくなりながらも「はい」って返事をした。愛されている。ふふふ、『作戦会議』の最中だけどやっぱり嬉しいな。

「小説はエドワードが主役ではないから細かい事が書かれていないだけかもしれないけれど、それでも小説のエドワードと今のエディはきっと誰が聞いても別人だって思うよ」

兄様の言葉に「はい」って返事をしながら、自分の行ってきた事が認められていると思えて、僕の胸の中に嬉しい気持ちが込み上げる。

その後も僕たちはさらに擦《す》り合わせの作業を続けた。

「どうして敷地内に魔物が出たのかっていう話は書かれていなかったように思います」

「ああ、そうだね。コミックスやアニメでも特には説明されなかった気がするな。ねぇ、エディ。この小説がどんなところで書かれていたのか思い出せる事はあるかな？　つまりエディの中にある『記憶』の持ち主がいた世界っていうのかな」

兄様にそう言われて、僕は自分の中にある『記憶』を改めて探った。

「…………僕の『記憶』は二十一歳の男の人で、沢山勉強をしていました。それで計算が得意でした。あとは……この世界とは違うのは分かるんですけど、どんな風に違うのかはよく分かりません」

僕がそう答えると兄様は少しだけ目を細めてからゆっくりと口を開く。

「私の『記憶』の中にあるのは不思議な世界だ。大人たちは色々な仕事をし、高度な文化を持っているように思えた。ただ魔法はなく、生活に役立つものも色々あるが、魔道具ではないみたいだ。そして多分、魔物もいないように思う。あの小説はその世界の人間の娯楽のようなもので、前にも言ったけれど小説だけでなく、コミックスやアニメといったものにもなっている。今確認したように私たちの『記憶』の中の小説が同じ小説だとすると、エディの『記憶』の持ち主と私の中に現れたあの者は同じ世界にいたのかもしれないね」

「そうですね……」

僕がうなずくと兄様は困ったような笑みを浮かべて言葉を繋げた。

「エディ。大丈夫だよ。もう彼が出てくる事はないと思うし、多分エディの中にある『記憶』の持ち主が現れる事はないと思うよ」

「はい……」

「それにね、エディ。こうして話をしてみると、私はやっぱり小説は小説でしかないって思うんだ。あの小説の世界とこの世界が同じであるという確証はないし、少し話をしただけでも違っている事が沢山ある。私はこんな風にエディと話が出来て嬉しいよ？」

「アル兄様？」

僕が不思議そうな顔を向けると、兄様はコクリと頷いて言葉を続けた。

「エディが『悪役令息』になりたくないって思っているのと同じように、私もエディの事を『悪役令息』になんてしたくないし、ありえないって思っている。だから私も殺されない。エディも死なない。そのためにこの『記憶』はある。私はそう信じている。だから大丈夫。二人で考えていけば必ずそれは叶うよ」

「はい、アル兄様」

「うん。最初はこれくらいにして、次は小説と現実がどれくらい違っているのかを検証してみよう。違いが多くて安心出来るかもしれないよ？」

兄様の言葉に僕は思わず笑ってしまった。そうであればいい。そうなればいい。ううん。絶対にそうしなければいけないんだ。だって、僕は『悪役令息』になんてなりたくないんだから。

◇◇◇

あと少しで七の月になる。そうしたらすぐにウィルとハリーのお誕生日がやってくる。

一歳だよ。もう歩けるんだよ。よちよちだけど。それでもってこの前は「えーにー」って言ったんだよ！　すごいでしょ？　可愛いすぎだよ！

瞳の色はすっかり落ち着いて、ウィルは綺麗なパステルブルーになった。髪は金髪。

そしてハリーは綺麗なミントグリーン。髪は明るい栗色。

二人とも髪の毛がちょっとクルクルでふわっとしていて、天使みたいなんだ！

「可愛すぎです！　二人とも！」

「えぃーにー」

「はわわわわ！　母様、ウィルがえぃーにーって！　もう少しでエディですよ。お利口さんですね！」

「えーにーに」

「あああ！　ハリー、えーにーにって！　可愛いです！」

「……エディが来ると、三人をずっと見ていられる気がするわ。しかもアルよりも筋金入りの兄バカになっている気がするの」

「引き合いに出すのはやめてください、母上。いいじゃないですか、天使が三人いると思えば」

「そうね。それでエディは何をしたかったのかしら？」

母様の言葉に僕はハッとして双子から視線を外した。

「そうでした！　一歳になる記念に、手形を取ってみたいと思っていたのでした」

「手形？」

母様は不思議そうな顔をした。

「えっと、アル兄様に何か記念になるものがないかとご相談したら、手の形を残すのはどうかと。ちょっと手は汚れるけど、クリーンの魔法をすれば大丈夫だし」

僕がそう言うと兄様が付け足すように説明をしてくれた。

「この前ふと思いついたんです。それをエディに言ってみたらやりたいって。手に絵の具を塗って紙に押すのです。そうすると手の形がついて、後々記念になるなと」

「へぇ、面白いわ。よく考えついたわね」

「ええ、この前、手にインクがついていたのに気付かずノートを触ってしまって思いつきました」

「あら、アルでもそんな失敗をするのね、ふふ」

母様が楽しそうに笑う。

「でもそれで、そんな事を思いつくなんてさすがね」

「はい！　さすがアル兄様です！　手形は二人の瞳の色にしようと思って、水色の絵の具と緑の絵の具を持ってきました」

僕は急いで絵の具を用意した。すると興味を持ったのかウィルが近づいてきた。

「わわわ、ウィル、ちょっと待って。今出来るから待って！」

するとそれを見てハリーもよちよちとやってくる。

「待って！　ハリー、順番だよ！　待って、待って」

「……これはこれで可愛いけれど、大惨事になりそうだわ、アル」

「そうですね」

母様と兄様が素早く二人を抱き上げてくれた。そして、片手ずつだったけど、二人の可愛い手形がとれた。絵の具のついた手は兄様がすぐにクリーンをかけてくれた。さすがです！


そうしてやってきた二人のお誕生日。

「お誕生日おめでとう、ウィリアム！　お誕生日おめでとう、ハロルド！」

「あ～い！」

「えーにーに、とー」

「わぁぁぁ！　ウィルってばお返事しましたね！　ハリー、おめでとうは、えーにーにじゃなくてハリーたちがおめでとうなんだよ～」

「……すごいな。通じている」

僕の言葉を聞きながら父様が呆然と口を開いた。それを聞いた母様が楽しそうに笑う。

「ふふふ、お仕事ばかりだと二人に忘れられてしまいますよ？」

「パティ!?」

父様たちが何か話していた中、僕は二人に一歳でも食べられる小さな二段重ねのふわふわパンケーキを出してもらった。

「ケーキだよ。ふふふ、美味しいかな」

「ぇーき！」

「そう！　そうだよ」

「んまー」

「美味しいの？　良かったね」

「……天使が三人いるね」

「そうなのよ、いつまでも見ていられるの」

父様と母様がにこにこしている。兄様は「エディもお世話ばかりしていないで食べなさい」と、双子たちのケーキよりももう少ししっかりしたケーキを勧めてくれた。

「はい！　でもアル兄様も召し上がってください。大きなモモを仕入れたってシェフが言って、マークが追熟した方がいいって教えてくれたので僕もお手伝いを頑張りました！」

ほど良い気温で直射日光が当たらない、風通しの良い場所に置くんだ。押されたりすると茶色くなるから、簡単そうなのになかなか難しい。

「そうなの？　じゃあ、いただこうかな。ウィリアム、ハロルド、一歳のお誕生日おめでとう。これからもエディをよろしくね」

え？　兄様、僕がよろしくされるのですか？　あれ？

「あ～い！」

ウィルが絶妙なタイミングで返事をして、ハリーがきゃきゃと笑う。

「うん、甘い。エディも食べてごらん」

「は、はい。……うん！　美味しいです！」

口の中に入れたケーキのモモはとろりと甘くて、瑞々《みずみず》しく、舌の上でほどけるような優しい味わいだった。

「あと、これが僕からのプレゼントです。花壇で育てたバーベナというお花を押し花にして飾りました。花言葉は『家族仲良し』だそうです。真ん中の手形は二人の手形です。大きくなってからこんなに小さかったんだねって見られたらいいなって思います」

ピンクの押し花に囲まれた小さなブルーの手とグリーンの手。

「素敵なプレゼントをありがとう、エディ」

「いいお兄ちゃんになってくれてありがとう、エディ」

父様と母様が、まるで僕が誕生日みたいに二人でギュッとしてくれて、僕はびっくりしてしまう。

でも同時にすごく嬉しくなった。

「ふふふ、ピンクのバーベナの通りに家族仲良しだね、エディ」

「はい、アル兄様！」

兄様の言葉に、僕はにっこり笑ってモモのケーキをもう一口食べた。

◇◇◇

七の月が半分くらい過ぎた頃、お祖父様がやってきた。

「元気にしているか？」

「はい」

「勉強は楽しいか？」

「はい。とても」

「この前は大変な事があったと聞いた。何か困った事や分からない事があれば尋ねなさい」

「はい。ありがとうございます」

相変わらずちょっと怖い感じのお祖父様だけど、本当はとっても優しいんだよ。

「あ、お祖父様」

「なんだ？」

「あの、お祖父様は空間魔法がとてもお上手だと聞きました。僕も空間魔法のスキルがあるので、どんな事が出来るのか教えてください。それから、マジックバッグについても教えてください」

せっかく聞いてもいいって言われたんだからお聞きしよう。僕がそうお願いするとお祖父様は少し目を細めて嬉しそうな顔をした。

「うむ。空間魔法か。色々使える魔法だ。今度書き記したものを持ってこよう。マジックバッグもエドワードなら自分で作れるようになるだろう」

「ありがとうございます！」

わ～、僕なら出来るって言われた。すごく嬉しい。

「ところで、庭で色々育てていると聞いた」

「え？　あ、花壇ですか？　はい。今はワイルドストロベリーとブルースターと、ピンクのバーベナが植えられていますが、もう少ししたらお花の方は違うものにしようと思っています」

そう。ワイルドストロベリーは強いからこのまま育てていこうと思っているんだ。兄様が持ってきてくれたものだしね。それにお庭でワイルドストロベリーが摘めるなんてすごいよね。シェフが葉っぱはハーブティーになるって教えてくれたからそれも楽しみなんだ。

「うむ。エドワードは植物を上手に育てる事が出来る【緑の手】というものを持っているかもしれないな。まだはっきりとは分からないが、せっかくだから試してみるのはどうだろう」

「試す……ですか？」

「うむ。植物を育てるのは好きか？」

「はい。好きです！」

僕が答えるとお祖父様はまた「うむ」と頷いた。

「何も難しい事ではない。もしも【緑の手】の加護を本当に持っていたとしても、怖がる必要はない。丈夫に育つように、あるいは美味しくなるように、祈りを込めて育ててみればいい。育てたい植物や食べ物があれば苗や種を取り寄せてやろう」

「え……」

「大変な魔物を倒した褒美《ほうび》だ。生きていてくれて良かった。頑張ったな、よく頑張った」

「……はい。あり、ありがとうございます」

なんだか目がジンと熱くなってきて、僕が慌ててごしごしと擦《こす》るとお祖父様が「赤くなるからやめなさい」とまた少しだけ笑った。

【緑の手】は珍しい加護だと聞く」

「そう、なんですか？」

「うむ。だが恐れる事はない。植物が好きな人間に精霊がくれた贈り物だと思えば良い。ただ、それを悪く使おうとする奴もいるかもしれん。それは分かるか？」

「……はい。なんとなく分かります」

「それで良い。自分の持つ力を知るのは大事な事だ。自分で自分の力の価値を知れば、己がどうすれば良いのかが自然と分かってくるようになる」

「はい」

「持っているものを正しく使う。役に立つように使う。それが加護という贈り物を生かす事になる」

「はい。ありがとうございます。色々育てて、試してみたいと思います」

「うむ。良い子だ。楽しみにしていなさい」

にっこりと笑ったお祖父様に、僕もにっこりと笑った。僕はお祖父様がもっと好きになった。

それから少しして、小さいサロンの近くに僕の温室が出来た。

ガラスのドームみたいな綺麗な建物で、中には僕が気になっていたお花や薬草や果物の木が生えている。もちろん僕が好きなものを植えられる土の部分もある。

「本当にあの人はやる事が極端なんだ」

父様がブツブツと呟いていた。

「こんなにすごいものをいただいてもよろしいのでしょうか」

「エドワードにプレゼントをすると言っているんだからもらっておきなさい。この中でなら好きなだけお祈りをしていいから」

父様が笑いながらそう言ったので、僕は「はい」と返事をして中に入った。

「あ、これ、可愛いなって思っていたお花だ」

花は色々な種類が数株ずつ植えられている。白い花、青い花、黄色い花、ピンクの花……見ているだけでも楽しい。

「わわわ！」

こっちは大きい木だな。え？　バナナ？　図鑑で見たよ。これ、ほんとにここで育てられるのかしら。そしてこっちは薬草だ。お花よりも同じものが植えられている数が多い。

うん。薬草のお勉強もしよう。そしてお祖父様がいらした時に色々お聞きしてみよう。父様がお祖父様はポーションっていうお薬を作られるのが上手だって言っていたもの。

「こっちはまだなんにもない。何を植えようかな」

お外の花壇も楽しいけど、こんな風に色々な植物が沢山集まっているのも楽しいな。

「【緑の手】か」

それがどんなものなのかは分からないけど、お祖父様が仰《おつしや》っていたようにむやみに怖がる事はしない。

『恐れる事はない。植物が好きな人間に精霊がくれた贈り物だと思えば良い』

ふふふ、本当に精霊がくれた贈り物だったら素敵だな。

『自分の持つ力を知るのは大事な事だ。自分で自分の力の価値を知れば、己がどうすれば良いのかが自然と分かってくるようになる』

そうだ、この力の事が分かれば僕は何をすればいいのか、何を守ればいいのか、そのためにどうしたらいいのか、きっと分かるようになる。

「お祈りかぁ。そういえば前にお祈りしたらいきなりごそっと魔力がなくなったんだよね」

もしかしたら、ここは制御の練習場所にもなるようにしてくださったのかもしれないなって思った。お祈りしながらお世話したら元気に育つかな。美味しい果物が出来たら皆で食べよう。

「ふふふ、楽しみ」

空《あ》いているところに何を植えるか、図鑑を見て、マークと相談しよう。あ、兄様や母様にもなんの果物が食べたいか聞いてみようかな。

「エディ？　これがお祖父様がくださった植物のお部屋？」

「はい！　アル兄様。すごいんですよ。入ってきてください！」

僕が声をかけると、兄様が緑の中から顔を覗かせた。

「本当にすごいね」

「はい。薬草とかも勉強したいなって思っていたから嬉しいです。果物も美味しく出来たら皆で食べましょう。アル兄様は何か食べたい果物はありますか？」

「う～ん。そうだね。今はちょっと思いつかないな」

「そうですか。あ！　じゃあ一緒に図鑑を見るのはどうでしょう？　アル兄様のお時間がある時にお茶でも飲みながら」

僕がそう言うと兄様はふわりと笑った。

「そうだね。じゃあ、そうしようか。今日、これからっていうのはどう？」

「はい！　大歓迎です！」

嬉しくなって思わず飛びついてしまった僕を、兄様は笑ってギュッとしてくれた。

◇◇◇

「今日はちょっと面白い魔法を使ってみようと思います」

にっこりと笑ってブライトン先生が言った。

もうすぐ七の月が終わって八の月になる。僕はお庭の水まきを、自分のお仕事にさせてもらった。

魔力量も大丈夫だし、お散歩がてら水まきをしたら鍛錬《たんれん》の一部にもなるしね。

「面白い魔法ですか？」

「土魔法なんですけどね。ゴーレムというのを作ってみましょう。エドワード様はゴーレムをご存じですか？」

「知りません」

「ゴーレムは土人形の事です」

「土の人形、ですか？」

「ええ。魂《たましい》はありませんが、動かす事が出来ます」

「……っ！　土の人形が動くのですか⁉」

僕は思わず大きな声を上げてしまった。だって土でお人形を作って、それが動いちゃうんだよ？

「はい。やってみましょう。まず土で人形を作ります。〈ゴーレム形成〉」

ブライトン先生はそう言って土の上に手をつくと、ムクムクと土を動かして先生よりも大きな人形を作り出した。

「すすすすすごいです‼」

人型というよりは、四角い箱を重ねたような頭と胴体に、手足が付いたみたい。なんだろう、すごく可愛い。箱人形っていう感じかな。

「ははは、形はなんでもいいんですよ。そしてここに魔法文字を吹き込みます」

「吹き込む⁇」

「はい。やってみますね。『汝《なんじ》、我が僕《しもべ》となり命じられるままに動け——Ｅｍｅｔｈ《エメス》』」

先生は呪文のような言葉を呟き、それを手の平の上に載せてふぅっとゴーレムに向けて飛ばした。

すると俯《うつむ》き加減でダラリと手を垂らしていたゴーレムがゆっくりと顔を上げて歩き始める。

「！　う、動きました!!」

「とりあえず歩くだけね。命じれば荷物を運んだり、もっと高度に命じれば敵を排除したりします」

「………なるほど」

それは使いようによってはすごいかもしれない。

「高度に、というのは魔力量が関係しますか？」

「そうですね。今は簡単な命令だけを行えるように魔法を付与しましたが、もっと細かく、正確に命じるならば、必要とする魔力量が大きくなります。ゴーレム自体もこれよりも大きなものや細かい動きが出来るようなものを作れば、やはり魔力量は大きくなります」

「分かりました」

「攻撃力や防御力が大きいもの、瞬発力があるものなど、少しずつお話をしていきます。とりあえず今日はもうちょっと簡単なものを作って動かしてみましょう。形はなんでも大丈夫です。こういう箱を組み合わせたような感じのものでも、うさぎでも、丸でも。想像しにくいようならこの粘土で実際に形を作ってからそれを真似て土魔法で出してみるというのでもいいですよ？」

そう言ってブライトン先生は粘土を僕に見せてくれた。

「えっと、粘土は触った事がないので、先生の真似をしてみてもいいですか？　もっと小さいので」

「いいですよ。これが魔法文字です。これを吹き込みます」

「……分かりました」

僕はいただいた紙を持って、土の上に手をついた。

まずは魔力を練って、土を起こすように「〈ゴーレム形成〉」と唱える。魔法はイメージ。形は箱を重ねたみたいなブライトン先生のものと同じ形。でももっと小さく。お試しだから僕のひざ丈の大きさで……ムクムクと起き上がり始める土はやがて思った通りの人形を作り出していく。

「出来ました。では魔法文字を付与します。『汝《なんじ》、我が僕《しもべ》となり命じられるままに動け――Ｅｍｅｔｈ《エメス》』」

僕は浮き上がったその言葉をフウッと小さなゴーレムに吹き付けた。すると……

「う！　動いた！」

小さな箱人形のゴーレムはカクカクとした動きでゆっくりと手足を動かし始めた。

「かわ、可愛いです！」

「は？」

「動いています！　可愛い！　ほらこっちだよ～、おいで～」

僕が呼ぶと箱人形ゴーレムさんがトテトテとやってきた。

「ふわわわ！　ききき来ました！　今度はこっちだよ～」

方向を変えると同じように方向を変えて箱型のゴーレムが一生懸命追いかけてくる。

「ううう、もう一つ作ってもいいですか？」

「……どうぞ」

「わぁ、じゃあ今度はうさぎさんにしてみよう。〈ゴーレム形成〉うさぎ！」

ずももも土の中からうさぎの形をした土人形が出てきた。

「かわ、可愛いです!! 『汝《なんじ》、我が僕《しもべ》となり命じられるままに動け――Emeth《エメス》』」

うさぎは僕が思っていた通りにピョンピョンと跳ねて動き出した。

「可愛い！　こっちだよ、おいで～」

「…………」

「あははは！　二人とも追いかけっこするよ、ほらほら、こっちだよ～～」

箱人形ゴーレムとうさぎゴーレムは僕が思う通りにトテトテ、ピョンピョンと僕の後を追いかけてくる。すごく楽しい。ものすごく可愛くて楽しい！

「エドワード様……」

「ハッ！　すみません！　お勉強中でした。はい、こっちに二人とも並んで」

箱人形とうさぎは行儀良く僕の横に並んだ。

「………っふ……」

「ふ？」

「はははははは！」

その次の瞬間、ブライトン先生は顔を手で覆いながらものすごい勢いで笑い出した。

「なんだよ、これ。もう可愛いすぎる！　ゴーレム形成でこんな事するなんて初めてだよ！　もうエドワード様、サイコーです！」

「あ、えっと、あの、あの」

僕はどうしたらいいのか分からなくてオロオロしてしまった。

「いいんです。エドワード様、良く出来ました。いやもう。いいものを見せてもらった感じです。クックック！」

「ブライトン先生？」

いいと言いながらも先生の笑いは止まらないし、ちょっぴり涙も出ている。どうしよう。

「形成は小さいけれどとてもスムーズでしたし、動かし方も問題ないです。魔力がきちんと馴染《なじ》んでいる。大成功です」

「や……やったー！」

とりあえず大成功と言われて僕は万歳《ばんざい》をしてみた。いいんだよね？　大成功なんだよね？

「うん。あとは大きいのを作ってみたり、小さいのを沢山作ったりして多数の操作に慣れてください。ただし、やりすぎるとまずいので、これは必ず、マリーやルーカスが一緒にいる時に試してくださいい。一人でやったら駄目ですよ」

「分かりました」

マリーやルーカスはいつもいるから、いつでもやっていいって事だ。それにしても本当にこれは面白い。

「ふふふ、これ、ウィルやハリーにも見せてあげたいな」

「いいですけど、作ったものは出来ればその日のうちに解除してくださいね」

「え！　壊しちゃうんですか？」

「はい。例えば夜の護衛とかそういう必要がなければ解除をした方が魔力を消耗しませんし」

「……そうなんですね」

「ええっと、生きているわけではないんですよ。土の器に魔力を入れて操作しているんです」

「はい。でもかわいそう」

「まぁ……これくらいのものでしたら壊れるまでいても、それほど……」

「……！　ありがとうございます」

「いえ、ちなみに解除は『ｍｅｔｈ《メス》』です」

ブライトン先生はそう言って魔力を抜いた。すると先生が作った大きなゴーレムはサァーッと砂になって消えた。

「はわわわわ」

「エドワード様、魂《たましい》はないのですよ」

「はい……」

それから他の魔法の練習をして、今日のお勉強は終わった。先生が困ったような顔をしていたけど、僕はどうしても魔力を抜く事が出来なくて二つのゴーレムを持ち帰った。そして翌日。

「たぁぁぁ!!」

「うわぁわわぁ」

双子たちのところに連れていったゴーレムは大人気だったんだけど、二人がはしゃいで舐めようとしちゃうので一緒に遊ぶのはやめにした。しかもウィルが乗っかって、うさぎはちょっと壊れてしまったんだ。

時間が経つほど離れがたくなってしまう事に気付いた僕はその日、お庭で魔力を抜いた。砂になった初めてのゴーレムに少しだけ涙が出た。

「エディ？　戻ってきたの？　冷たいココアを飲まない？　氷魔法で冷やしてみたんだよ？」

お部屋に帰る階段のところに兄様がいてそう言った。

「……飲みます」

「うん。エディと遊べてゴーレムたちもきっと楽しかったと思うよ」

「…………はい」

ココアはミルクたっぷりで冷たくて、甘くて、美味しかった。

「ゴーレム、上手に作れていたね」

「はい」

「練習、がんばろうね」

「はい。あの………アル兄様」

「うん？」

「ありがとうございました」

「うん」

そして僕は次の日に新しいゴーレムを作った。うん。大丈夫。毎日作って練習を続けていくよ。

翌週いらしたブライトン先生も「それでいいんですよ」って言っていた。

◇◇◇

八の月に入った。今年の夏は暑いと皆が言う。

貴族の人たちは、夏の暑さを避けて避暑地というところに行くらしい。でも僕たちのフィンレー領は王都から北の方なので、避暑地に行くような事はない。ないんだけど………

「なんで今年はこんなに暑いんだろう？」

そう言ったのは僕じゃなくて、兄様のお友達のマーティン君だった。

以前冬祭りへ一緒に行った兄様のお友達三人――マーティン君にダニエル君、ジェイムズ君と、マーティン君の弟で僕のお茶会のお友達でもあるミッチェル君が避暑のためフィンレーにやってきているんだ。一週間くらいいるって言っていたよ。

「うん、確かに。フィンレーでも結構暑いなって思うからね。作物に影響が出ている領もあるって聞いたよ」

兄様がそう答えた。

「ああ、今年の暑さは異常だよ。アルの言う通り、南の方では干ばつ被害が出始めているらしい」

「干ばつかぁ。あんまり範囲が広いと食糧の事で揉《も》めたりして大変かもね」

「そうだね。父上が色々と調べ回っているよ。もしかしたらフィンレーにも影響があるかもしれないよ、アル。救援とかさ」

「その辺りはさすがに私には分からないよ、ダニー。ただそうなったら父上が悲鳴を上げそうだ」

「収穫が安定しているところをやっかむ連中もいるからな」

兄様たちはソファに座って冷たい紅茶を飲みながらそんな話をしていた。

そうなんだ。暑すぎるのも大変なんだな。そう思いつつ僕は兄様が作ってくれた氷を入れた果実水を飲んでいる。

「エディ！　ワイルドストロベリーをこんなに摘んだよ。このくらいの時季になると小さくなったり少なくなったりするのに、ここのはすごいね！」

ミッチェル君が護衛の人と一緒に花壇のワイルドストロベリー摘みから帰ってきた。ミッチェル君は僕よりも一歳下なんだけど、僕よりも背が高い。お披露目《ひろめ》会で会った時はマカロンの話ですぐにお話が終わっちゃったし、その次に会った初めてのお茶会ではミッチェル君のお父様が倒したマンティコアという魔物のお話をしてくれたんだけど、すごく怖かった。ミッチェル君はピンクパープルの瞳にチャコールグレーの髪でとっても綺麗なお顔なのに魔物のお話が大好きなんだよ。

「でもどうしてあそこにあんなに小さな畑を作ったの？」

「うん？　花壇だよ？　隣にお花が咲いていたでしょ？」

「え？　うん。花壇はあったけど、ワイルドストロベリーの方は」

「花壇なの。ワイルドストロベリーのお花も咲いていたでしょ？」

「あ、うん。そうなんだ。それでこれどうする？」

ミッチェル君が差し出した籠《かご》には本当に沢山のワイルドストロベリーが入っていた。ちょっとだけまだ色味が足りないものもあるけど、赤くなっているし大丈夫かな。

「結構あるからシェフにジャムにしてもらおう。アイスクリームに載せると美味しいよ」

「うわぁ！　楽しみ。いいなぁ、フィンレーは色々なものが沢山あって」

「ふふふ、美味しいものが育つと楽しいよね」

「うん！」

僕とミッチェル君がお話をしているとダニエル君が口を開いた。

「ところでエディはカルロス様から大きなプレゼントをいただいたと聞いたけど」

「はい。植物の温室……というか、お家《うち》を」

そう。温室と呼ぶにはちょっと大きくて不思議なガラスのお家《うち》。バナナとか暑い土地の果物のところは暑くて、薬草のところはちょっと涼しくて風通しがいい感じ。お花のところはなんだかよく分からないけどそれぞれに快適な感じなんだ。僕は丈夫に美味しく育つようにお水を上げるだけ。お祖父様の事だからそういう魔法がかかっているお家《うち》なのかもしれないな。

「ああ、それは私も見たかったんだ。中を見せてもらっても？」

マーティン君がそう言った。

「はい。いいですよ。アル兄様、ご案内してもよろしいですか？」

「うん、大丈夫だよ。父上からもそう言われている」

「はい。では、どうぞ」

僕はにっこり笑って皆をガラスのお家《うち》に案内をした。

「ここかぁ。さすがカルロス様、これをプレゼントっていうのがすごいね」

ダニエル君の言葉を聞きながら僕たちはぐるりと中を見回した。そして。

「うん。すごいね。なんかこう、方向性が見事にバラバラだ」

「ふふふ、農家かな？　農家になるのかな？　ねぇ、エディ？」

「……………面白がっていますね？　ダン兄様、マーティン様」

「それはもちろんだよ！　こんなに面白いものってなかなかないもの！」

嬉しそうなダニエル君に僕は「そうかなぁ」と言った。するとゆっくり見て回っていたジェイムズ君が足を止める。

「これは何？」

「南の国のフルーツで、バナナとマンゴーです。マンゴーは前のお茶会でいただいたものをちょっと植えておいたら芽が出てきて、三十ティン（三十センチメートル）ほどに育っていたので、こちらに移したらどんどん大きくなって。きっと環境が合ったんですね」

「………………………」

「去年のお誕生日にいただいたル・レクチェも植えてみたら育ったので、それもあっちに植えてみました。結構大きくなりました。南国の木とは少し離れた場所に植えてみたんです。ふふふ、どうにかなるものですね。さすがに今年は実が生《な》るのは無理ですけど」

「…………………」

「エディのお世話がいいからだね」

ニコニコと笑ってそう言う兄様に、なぜかジェイムズ君が顔を引きつらせていた。

「いやいや、アル。それを本気で言っているならちょっと……」

「うん。エディはすごいんだよ。私の誕生日に、エディが花壇で育てたイチゴでケーキを作ってもらって皆で食べた事もあるよ。とても美味しかったね」

「はい、甘くて美味しかったです」

「……そうなんだ。エディは植物を育てるのがうまいんだね」

ダニエル君がそう言ってくれて僕はすごく嬉しくなった。

「お祖父様にこんなに素敵なものをいただいたので色々試してみたいと思っています。あ、そうだ。この前ここで採れたブドウがあるんですが、召し上がりませんか？　ちょっと小さめですけど甘かったです。わわわ！」

「エディ！」

言いながら皆の方に向き直った途端、根っこに躓《つまず》いた僕はそのままバランスを崩してしまった。兄様の慌てた声に、ざざっと葉っぱが揺れたような音が重なる。

「あ……れ？　ああ、枝にぶつかって止まったんだ。転ばなくて良かった。すみません」

「……ああ、気をつけて」

「はい。えっと、ブドウ召し上がりませんか？」

「食べたい！」

モモの木を見ていたミッチェル君が戻ってきて、嬉しそうに両手を挙げてくれた。時間経過のないマジックバッグに入れてあるから大丈夫なんだ。

「私たちはもう少し温室を見てから行くよ」

「分かりました。じゃあ、ミッチェル君。サロンの方に行こう？　皆さんも後からいらしてくださいね。最近手に入れたフレーバーティーを淹《い》れますから」

「ああ、ありがとう。楽しみにしているよ」

「はい」

僕は今度こそ転ばないように気を付けつつミッチェル君と一緒に外に出た。だからその後で兄様たちが何を話していたのかなんて、もちろん知る由《よし》もなかった。


「なぁ、今の……」

最初に声を出したのはダニエルだった。

「ああ、伸びたよね、あの枝。まるでエディを守るように。アル、エディはなんの属性なの？　枝が勝手に伸びてくるなんて聞いた事がない」

「……聞いた事がない。枝が勝手に伸びてくるなんて。アル、エディはなんの属性なんだ？」

「さっきの事象といい、この建物の植物たちといい……エディは何か特別な力を持っているのだろうか」

真っ直ぐにそう尋ねてきたマーティンとジェイムズに、アルフレッドは少しだけ困ったような顔をしてため息を一つ漏《も》らした。

「分からない。でもそうかもしれないと思っている。父上も詳しくは話してくれない。ただ、もしも何かあればうまく隠せと言われている。王都できちんと調べないと分からないらしい。だけど分からないままでいいと思っている。もしも人とは違う特別な力を持っていたら、奪い取られて二度と会えなくなってしまうんじゃないかって」

アルフレッドの言葉にダニエルが苦笑いを零《こぼ》す。

「おいおい、兄バカ極まれりだな。そんな風に思い詰めるなんてお前らしくない」

「らしくなくてもいい。私はもうエディの泣き顔を見たくないんだ」

「アル？」

「何があっても守れるほど強くなりたい」

そう口にしてふいと視線を逸らしたアルフレッドの横顔は、これ以上の事は話さないと言っているようにも見える。三人はもしかしたら先日王国に正式な報告があった、フィンレーに出現したという想定外の魔物の一件が関係しているのかもしれないと胸の中で思った。

「…………でもきっと、エディは守られるばかりでは嫌だと言うと思うよ？」

「マーティ？」

「そうそう、見かけによらず強いところがあると思う。少なくとも、あの冬祭りの時よりはずっと、強くなっている気がするな」

ジェイムズもそう言った。

「さて、そろそろエディの育てたブドウを食べに行こうか。アル、行くよ」

話を切るようにダニエルが声をかけて、四人は緑の楽園のようなガラスの建物を出た。青い空が眩しくて思わず目を細めると、小さな笑い声が聞こえてくる。

「ああ、悪い。思っていた以上にアルの兄バカ化が進んでいてつい、ね」

「まぁ、そう言うなよ。ダニー。アル、思い詰めない事だ。皆で見ていれば何かあっても気付いてやれるさ。皆エディの事を気に入っているんだからな」

「大丈夫だよ、アル」

「そう。大丈夫だ」

「うん。大丈夫」

三人の言葉は、ずっとアルフレッド自身がエドワードに言ってきた言葉だった。

思いがけずに手に入れた『記憶』と、何かが起こり始めている世界。やがてあの『記憶』の中の小説と同じ事件が、こんなにも違う事の多いこの世界で始まるのだろうか。

そう考えながらも、この友人たちがエドワードを傷つけるような事はしないだろうとアルフレッドは思っていた。そしていつか、あの話を友人たちに話せる日が来ればいいと思った。

「……ああ、ありがとう」

小さく笑ってそう口にしたアルフレッドは、友人たちと屋敷に向かって歩き始めた。

「本当に甘くて美味しい！　僕はこっちのグリーンの方が好きかな。でもどっちも好きかも！」

ミッチェル君が嬉しそうに言った。

「うん、本当に美味しいな」

温室から戻ってきた兄様たちも口々にそう言ってくれた。

「ふふふ、ありがとうございます。美味しくなるようにいっぱいお祈りしたんですよ」

「秘訣はお祈り？」

「それだけじゃないです、マーティン様。マークやお祖父様にも肥料とか添え木の事とか色々相談をしました。あと、お友達のトーマス君がくれた図鑑に気を付けてあげる点が書かれていて参考にしました」

「へぇ、じゃあ、先行投資としてエディに園芸書をプレゼントしようかな」

ダニエル君が言うと「なんの先行投資だよ」とジェイムズ君が笑う。

「それはもちろん美味しいフルーツや元気になる薬草への投資さ」

「なるほど。それはいいかもしれないね」

えええ!?　何それ。

「アル兄様……」

「あんまりエディを困らせないでね」

僕が慌てて兄様の方を見ると、兄様は少し渋い顔をしながら口を開いた。あ、その顔、なんだか父様に似ている。

「アハハ！　もうほんとに面白いね、アル。なんていうか、君はもう少しドライな印象だったんだけどな。うん。いいね」

「………からかっているると、エディの育てたワイルドストロベリーのジャム載せアイスはなしになるかもしれないね」

「ええ！」

言われていたのはダニエル君なのに、なぜかミッチェル君が悲しそうな声を出したので、僕は「大丈夫だよ」と声をかけた。

夕食のデザートとして出されたワイルドストロベリーのジャムは甘酸っぱくて、優しいミルクアイスの味にとても良く合った。

◇◇◇

楽しい時間っていうのはあっという間に過ぎていく。

兄様たちが剣でお稽古《けいこ》をするのを見て応援したり、僕の水まき魔法をダニエル君とマーティン君が「最高だよ！」と褒めてくれたり、僕とミッチェル君はポニーだったけど、皆で乗馬をしたりもした。

それからミッチェル君とゴーレムを作って遊んでいたら、マーティン君がびっくりするくらい大きなゴーレムを作って見せてくれた。山？　小さい山？　だってお屋敷と同じくらい高いんだよ。

「すすすすごいです!!！」

「ふふふ、魔法を使って戦う事も出来るんだよ。簡単な魔法だけどね」

「ええ!?」

こんな大きなゴーレムはすごく怖いけど、味方だったら心強いよね。しかも魔法が使えるなんて！

そう思って大きなゴーレムを眺めていると、マーティン君が「ゴーレムの手に乗ってお散歩してみる？」と尋ねてきた。

「！　お散歩したいです！」

僕とミッチェル君はマーティン君が作った大きなゴーレムの手の平に乗せてもらって、ゆっくりと歩くゴーレムの太い指にしがみつきながらお庭を散歩した。

「こ、こわいけど、楽しいです～～～！」

「大丈夫だよ。落ちそうになったら僕が風魔法でふんわりしてあげるから」

「ミッチェル君は風の属性なの？」

「うん、風と火だった。でももっともっと練習して、勉強してマーティンお兄様みたいに四属性になるんだ」

「すごい！　僕も頑張るよ」

「でもエディは美味しいフルーツやお花を上手に育てられるから、それもすごいね」

にっこり笑って褒められて、僕は嬉しくて「ありがとう」と答えながら少しテレッとなった。

「そろそろ下ろすよ」

「はーい！」

そう言った途端、ゴーレムはさぁっと砂に戻って消えてしまう。

「え？　わぁぁぁぁ！」

落ちると思ったけど、ミッチェル君は笑っている。え？　どうして？

「エディ、僕たち飛んでいるよ？」

「あ！　ほんとだ」

ゴーレムが消えた後、僕たちは兄様たちの上をゆっくりと鳥みたいに飛んでいた。下では「こういうのはマーティンには敵《かな》わない」と兄様たちが笑っている。

ゆっくりゆっくり空の散歩を終えて戻ってきた僕に、兄様が「おかえり」と微笑んだ。

「ただいま戻りました。楽しかったです。マーティン様、ありがとうございました」

「美味しいフルーツを色々食べさせてもらったお礼です」

そう言ったマーティン君はにっこりと笑って、とても綺麗なご挨拶をしてくれた。


そして明日はいよいよ皆が帰る日。前は馬車で来たけれど、今回は皆顔見知りだから、転移の魔法陣を使う事が許されている。そのおかげで明日の朝ご飯は一緒に食べられるんだ。でも僕はなんだかもう淋しくなってしまっている。

「エディ、三階のバルコニーに出てみない？　すごく綺麗な月が出ているよ。皆で見ようよ」

兄様に誘われて、僕はいつもは閉まっている三階のバルコニーに向かった。兄様たちの他に父様と母様と双子たちもいる。

「わぁ、ほんとだ。大きな月ですね」

少しだけ黄色みがかった大きな月が漆黒《しっこく》の夜空にぽっかりと浮かんでいた。そういえば夜の外なんて、冬祭りとか特別な時しか見た事なかったなって考えていたら、バーンと音がして一筋の光が夜空に上がった。

「――――！」

僕の目の前で空高く上がった光は、花が開くように弾け、星が零《こぼ》れるように散っていく。

「は……なび……だ」

思い出すのは冬祭りの最後の夜、ピンと張りつめて冴えわたる寒空に光り輝いていた雪の花。

それが今、真夏の星空の中で咲いて、零《こぼ》れ落ちていく。

「わあぁぁ！」

「ぱーん！」

ウィルとハリーの声がする。光は真冬の凍てついたような夜空とは違う、夏のどこか華やいだ星空に、鮮やかな色を纏った花を咲かせてキラキラと星が瞬《またた》くように散っていった。

赤、黄色、青、緑、橙《だいだい》……

冬のそれよりは少し小さいけれど、ポンポンといくつも重なるように咲き乱れていて、まるで花束みたいだと思った。

「綺麗……」

僕は空を見上げたまま思わずそう呟いていた。色とりどりの光の花束は、最後に風魔法に乗って虹のような橋を作るとサァッと光の粒になり、真夏の夜空には今の出来事が夢だったかのように、月だけが残った。

「すごいです！　綺麗でした！　花束と、虹と、夏の花火も素敵でした！」

僕は喉が痛くなるくらい大きな声を出していた。だって、この花火を打ち上げてくれたのは……父様と母様が拍手をすると他の人たちも皆拍手した。どこかで見ていたらしい使用人たちも、領の騎士たちからも拍手や歓声が上がっているのが聞こえてくる。

「約束だったからね」

魔法で戻ってきたらしいマーティン君がそう言って笑った。

そうだ。あの最初の冬祭りの日、初めての花火にはしゃいでしまってしょんぼりしていた僕を見て、マーティン君は言ったんだ。

『いつか僕もこんなに綺麗で、エディ君が喜んでくれるような魔法を見せてあげたいな』

すごい。マーティン君はすごい！　こんなにすぐに、こんなに綺麗な花火を見せてくれるなんて。

「見事だったね」

父様がニコニコ笑いながらマーティン君に声をかけた。

「ありがとうございます。冬祭りで見た花火に感動して自分でもやってみたいと思っていました。このような機会を与えていただき、侯爵様には感謝いたします」

丁寧にお辞儀をしたマーティン君を、兄様たちが「やったな」と褒めていた。

「ミッチェル君のお兄様はすごいね」

「うん。すごいんだ。僕も頑張る」

「うん」

そうだね。魔法は守ったり、攻撃したり、何かの役に立つだけでなく、こんなにも楽しくて嬉しい気持ちにさせる力を持つものなんだよね。

「素敵な花火をありがとうございました」

「うん。また今度。次はもっと変わった花火にするよ。楽しみにしていて？」

楽しそうに笑ったマーティン君に、僕は元気に「はい！」と答えた。


翌日、皆は「また会おうね」って帰っていった。

「なんだか、静かになってしまいましたね」

そう呟くと兄様は笑いながら「そういう時はウィルとハリーに会いに行くといいよ」と言った。

「ふふふ、そうですね！　アル兄様は今日のご予定は？」

「とりあえずは家庭教師からの課題をやらないといけないかな。少し遊びすぎてしまった。エディは？」

「僕はいつもの鍛錬《たんれん》と、庭の水まきと、それから、前にやろうと思って途中になっていた怖くない妖精の本を探してみます。見つかったら読んでもらえますか？」

「もちろん！」

兄様が笑って、僕も笑う。胸の中にあった淋しい気持ちはすぅっと消えた。

◇◇◇

四人が帰って少しして八の月が終わり、九の月になった。そろそろ今年最後のお茶会の準備をしましょうと母様が楽しそうに言っている。そんな中、僕と兄様は三度目の『作戦会議』をしていた。

最初の『作戦会議』では『記憶』の中の小説の内容の確認と、その『記憶』を持っていた人のいた世界の事の話をした。そして二度目は小説とこの世界の違っている点を挙げてみた。マリーやお祖父様、そして双子たちは小説には出てこなかったし、家族皆仲が良い。それ以外にも僕の魔法の属性は闇ではないし、お茶会のお友達もいるから僕は別に孤独ではない。さらに【愛し子】の仲間になる兄様のお友達とも仲良くしていただいている。いつの間にかこんなに沢山小説とは違う事が増えていたんだなって思ったよ。

そして三度目の今日は、もう一度小説の中の出来事の擦《す》り合わせをしながら、これからどうしていくのか考える事にしたんだ。

「うん。どれだけ考えても、やっぱりエディが学園に入る少し前までは、私たちの方に大きな動きはなさそうだね」

「はい。僕も頑張って思い出してみたけど、ないみたいです」

ちなみに僕はいくら考えてもエドワードが死んでしまう辺りまでの『記憶』しかない。兄様はもう少し先まであるけれど段々思い出せなくなるみたい。多分小説が完結していないか、兄様の事を乗っ取ろうとしたあの人が小説よりもコミックスとかアニメというものが好きだったのかもしれないと言っていた。地名とか人物の名前も後になってくるほど曖昧《あいまい》になるらしい。きっとあの『転生者』の性格のせいだろうって。うん。そう言われてみれば、何かを覚えるのがあんまり得意ではなかったものね。兄様の記憶も覚えきれないって言っていたもの。

「今までの話をまとめると、小説とコミックスとアニメは少しずつ違う感じだし、小説の方が細かいように思えますね」

「うん。そんな感じがするね。さて、じゃあ確認はここまでとして、これからの事だけれど、考えなきゃならないのはやっぱりこれかな？」

兄様はメモの中から『世界バランスの崩壊』という言葉に丸印を付けた。

小説ではエドワードの死後に『世界バランスの崩壊』が加速して、【愛し子】と仲間たちは必死でこの国を守り、最後の戦いに行く前に【愛し子】は王子と結婚の約束をするらしい。兄様の『記憶』はこの辺りまでで、それからどうなったのかも、最後の戦いというのがどういうものなのかも知らないって言っていた。

「大体この『世界バランスの崩壊』っていうのがよく分からないんだよ」

兄様はそう言って苦笑した。兄様が分からないのだから僕にはもっと分からない。でも兄様が言うには、小説の中のエドワード・フィンレー自身もまた『世界バランスの崩壊』の一つだったんじゃないかって。

そしてその崩壊の一つであるエドワードに義兄のアルフレッドが殺されてしまうのは、この事件がこれから起こる学園での話の序章になるからだって言うんだ。

学園編と呼ばれるその章の、『世界バランスの崩壊』の象徴である『悪役令息』のエドワード。エドワードの学園生活の始まりに殺されてしまう義兄《アルフレッド》。

止めようとする者がいなくなった学園の中で、エドワードは聖魔法を持つ【愛し子】と対をなすように闇魔法を使って【愛し子】とその仲間たちを傷つけたり、引き裂こうと画策したりして、最後は自滅して消えていく。それは次の章の始まりで、恐らく『世界バランスの崩壊』を加速させる引き金になっている。

「む、難しいです」

「うん。そうだね。だけどそんな風にも考えられるなって思ったんだよ。でも今のエディには分からなくても大丈夫。それにエディは『悪役令息』ではないし、私も殺されないし、エディも死なない。そうなると『世界バランスの崩壊』というのはどこに向かっていくのかな」

「えっと。あの、やっぱり、東の森に現れた魔物も、世界バランスというものが崩れてきたっていう事なのでしょうか？」

僕が尋ねると兄様は小さく首を横に振った。

「それは分からない。本当なら父上に相談をして、お祖父様やハワード先生にご協力いただいた方がいいような気がするけれど、さすがに私とエディの中に『転生者』という他者の『記憶』があってエディが『悪役令息』で、私はエディに殺されるかもしれませんなんて言えないからね」

苦笑する兄様に、僕も眉根を寄せながら「はい」と答えた。

「まぁ、はっきりとそういった兆候が出てくるのはもう少し先の筈だし、魔物の事は多分父様たちも調べていると思うから、下手に混乱させるような情報はない方がいいのかもしれないね」

「そうですね」

でもこんなに違っている事が多いのに、本当にこれから世界のバランスというものが崩れてくるのかな。

「アル兄様……以前にも言いましたが、僕の中にある『記憶』はあまりはっきりとしたものではなくて、しっかり思い出そうとしても、この前の魔力暴走みたいに後から浮かんでくる事もあります。それじゃあ意味がないんだけど、『記憶』がはっきりする事で僕が僕じゃなくなってしまったらって思うと怖いんです。でも『悪役令息』にはなりたくないし、アル兄様を殺すなんて絶対に嫌だ。兄様はさっき僕が『悪役令息』じゃないって言ってくれたけど……」

どんどん小さくなっていく僕の声に、兄様がそっと口を開いた。

「エディ。私はエディがこの世界で『悪役令息』になるっていうのは、もうありえないと思っているよ。先ほども言ったけれど、私がエディに殺されるっていうのもね。何度も確認をしてきた通り、小説やコミックスのエディと今のエディは違いすぎるし、私たち家族も仲がいい。小説と違っている事は沢山あった筈だ。それに私の友人たちが【愛し子】という者に心酔してエディを断罪するっていうのも、今の状況だと考えられないと思う。まぁ、【愛し子】がどんな者なのかは分からないけどね。小説では『転生者』らしいし」

兄様はそう言って少しだけ苦笑いを浮かべた。

「そうですね。じゃあ、『悪役令息』の事は、やっぱり時期が来るまで様子見ですね？」

「うん。なんだかよく分からないけど『強制力』っていう言葉が浮かんでくるから、それは注意をしよう。もしかしたら目に見えないような力が、小説に近づけようとするって事なのかもしれないし」

「！　そんなの嫌です！」

僕は思わず声を上げてしまった。

「僕は『悪役令息』になりたくないし、アル兄様を殺すなんて嫌です！　もし、もしも、アル兄様を殺すような事になったら僕の方が死にます」

「エディ、そんな事を言わないで」

「だって……」

窘《たしな》めるような兄様の声を聞きながら、僕は泣き出してしまいそうになって顔を歪《ゆが》めた。

「そうならないように話をしているんだよ。それにエディが私のために死んだりしたら、私は自分が許せなくなってしまう。とにかくこれに関しては、そういう方向に流れていないか。おかしな事が起きていないか。何よりも私たちが私たちのままでいられるか。きちんと見て、お互いに確認をしていこう。いいね？」

「はい」

真剣な顔でそう言う兄様に、僕はコクリと頷いた。それを見て兄様が少しだけ柔らかい表情になる。

「それにしても『世界バランスの崩壊』というのがはっきりどういうものなのか分からないというのは結構厳しいね。ありえないようなところに魔物が出るという描写はあった気がするけれど、それがいつ、どこで、なのかという記載はなかった気がする。天候の不順というのも同じだな。あとは、何か深刻な出来事があったような気がするんだけど、きちんと思い出せない。コミックスやアニメはそこまで話が進んでいなかったからなのかもしれない。小説で読んだ記憶はあっても曖昧《あいまい》なんだ。どこかの村が襲われているという場面は浮かぶけれど、それがどこなのか分からない」

こめかみを指で軽く押さえてそう言った兄様を見つめながら僕はゆっくりと口を開いた。

「【愛し子】の住む村が襲われるのは僕も『記憶』にあります。それがきっかけで【愛し子】自身が前世の記憶を取り戻して、力が発現して、保護されたと思うから」

「そうだね。でも具体的にその子が住んでいるのがどこなのかは分からないな。それにその子の記憶も力もまだ発現されていない筈だから」

「はい……」

村の事が分かっても、今の僕たちにはどうする事も出来ない。悲しいけれどその村が魔物に襲われないと【愛し子】の力は目覚めないから。もしも、【愛し子】の力が目覚めなかったら、この国はバランスというものを崩したまま消えてしまうのかしら。

「そう考えると、『記憶』があってもなくてもあんまり変わらないね。未来への近道はないって事なのかな」

兄様がクスリと笑った。

「近道？」

「うん。だって、エディも『悪役令息』にならないように、そして私を殺さないようにって、その『記憶』を手に入れてから一つ一つ積み重ねてきたわけでしょう？　そうして今のエディがいるわけだ。だから物語と違うところが沢山あって当たり前なんだよ。前にも言ったけど、私もエディもここで生きているんだ。小説に書かれていた事をここで演じているわけじゃない」

「はい」

「やっぱり違う事を前提にして、そうなる可能性もあるくらいに思っていた方がいいのかもしれないな……」

兄様は一度言葉を切って、再び話し始めた。

「フィンレーにありえない魔物が出たように、他の領でも同じような事がないか、おそらく父上たちが調べていると思うから、折を見てその情報を教えてもらえないか聞いてみるよ。何も知らないままでは困る事が出てくるかもしれないからね。分かったらエディにも伝えよう。それとも知らない方がいい？」

「いいえ、何が起きているのか、ちゃんと知りたいです」

僕は兄様を真っ直ぐに見てそう言った。知る事よりも知らない事の方が怖いから。

「うん。分かった。……ねぇ、エディ」

「はい？」

「エディが学園に入学する日はお祝いしよう？　ほら、大丈夫だったって。この世界はやっぱり小説と似た異なる世界で、エディは『悪役令息』なんかじゃなかったって、二人でお祝いしよう」

「！　はい、アル兄様！」

よし！　絶対にお祝いするぞ。兄様の言葉に僕は大きく頷いた。

◇◇◇
「お久しぶりです。皆様お元気でしたか？」

小サロンには、いつものお茶会のメンバーが集まっていた。

「今年の夏は暑かったですね」

ニコニコしながら声をかけてきたのはトーマス・カーライル君だった。カーライル子爵家の次男。本好きでお話ししていてとても楽しいんだ。ライトブラウンの髪に瞳は明るめのエメラルドグリーン。僕と同じくらいの身長で、それも嬉しい。

「ええ、本当に。トーマス君は、夏はどこかに避暑へ？」

「母方の祖父母の領地が北寄りなのでそちらへ。でもそれほど涼しくはなかったですね。朝晩が過ごしやすかったのでそれは良かったんですけど。エディ様は？」

「ここは北の方だから」

「そうですよね。いいなぁ」

「今年はアル兄様のお友達とミッチェル君が避暑で遊びにいらしてくれました」

「それは賑やかで楽しそうですね」

「はい。楽しかったです。でもフィンレーも去年より暑かった気がします」

そんな話をしているといつの間にか皆が傍に来ていた。

「フィンレーもそうでしたか。今年の夏はうちの領はとても暑かったです。もう少し南部の方では干ばつも起こって収穫にも影響が出そうです」

そう言ったのはエリック・フーパー・マクロード君。マクロード伯爵家の嫡男で花言葉にも詳しいんだよ。以前ライラックのお花をくれたのはエリック君だ。黒に近いような銀色の髪に綺麗なヴァイオレットの瞳で、少し大人びた感じがする。

「私の領は干ばつ被害の報告はありませんが、それでもやはり暑かったですね」

こちらはユージーン・ロマースク君。大きな港を持っているロマースク伯爵家の次男で、緩いウェーブのある淡い金色の髪を肩口で結わいていて、瞳の色はローズグレイ。ちなみにエリック君とユージーン君は後からお茶会に参加するようになったんだ。

「うちの領もいつもよりも暑くて、夏の果物の収穫に少し影響が出た。まぁ、南の方の領ほどではないけどな」

友達の中で一番大柄なのはクラウス・モーガン君。剣術が大好きな、フィンレーのお隣のモーガン伯爵家の次男。金髪で瞳は琥珀色《こはくいろ》。ミッチェル君はよく「脳筋」って言っているよ。

「今のところ干ばつなどによる収穫の被害が出そうなのは南の方の領ですが、それでもなんとか自領の中で賄《まかな》えるくらいだとは聞いています」

冷静にそう言ったのはスティーブ・オックス・セシリアン君。セシリアン子爵家の嫡男だけど領地はなく、お父様はフィンレーの役人として働いている。カーキアッシュの髪にシルバーブルーの瞳。算術が得意で綺麗な石や珍しい物に興味がある、とてもしっかりしたお兄さんみたいな子だ。

「そうなんだ。食糧難になると他領からの援助が必要になる場合もあるから、そこまでの被害ではないなら良かったね」

そして、金髪に明るいマリンブルーの瞳の、初めてのお茶会の時から色々と助けてくれたトールマン侯爵家の三男レナード・トールマン君も話に加わった。やっぱり気になっていたのか、スティーブ君の話を聞いてほっとしたような声だ。

僕は皆と会話をしながら、兄様と話していた『世界バランスの崩壊による天候不良』という言葉を思い出していた。本当に少しずつ崩壊というものが始まっているんだろうか。今皆が言っている事がその始まりのうちの一つなんだろうか。

「あのさ、エディ。話は変わるけど、フィンレーにとても大きな魔物が出たと王国に正式な報告があったって聞いたんだけど。避暑の時は僕は知らなくて聞けなかったんだ」

尋ねてきたのはミッチェル君だった。

「あ、うん。でも父様と領の騎士団が倒してくださったの」

表向きにはそういう事になっているんだ。

「うん。でも出たのって……あ、ここで言ってもいいのかな」

「大丈夫だよ。このメンバーだけだもの。えっと、座ろうか」

ふんわりと笑った僕に皆はコクリと頷いた。父様が話してくれたんだけど、フレイム・グレート・グリズリーみたいな上位の魔物が出ると王国に届け出をしないといけないんだって。それで出現して討伐をしたっていう届け出自体は僕と兄様の意識がしっかりした半月後くらいにしたらしい。さらにその後はどうして現れたのかとか、色々詳しい状況や事後処理などをきちんとまとめて、正式な報告をする義務がある。それを夏の間にしたって言っていたから皆にも伝わっているんだよね。

皆が椅子に座ったのを見て、僕はいつも通りに「じゃあ、食べながら」って口を開いた。だけど最初のお茶会の時みたいに誰も食べようとはしない。

「ええと、うん。そうだよね。やっぱり気になるものね」

僕がそう言うとクラウス君が口を開いた。

「うん。お茶会なのにごめん。でも隣だから気になっていてさ。父上とかは最初の届け出があった時点で色々情報を集めたりしていたみたいだけど、俺までは伝わってこなかったし。正式な報告が出てやっと教えてもらったんだ。フレイム・グレート・グリズリーって本当なのか？」

「うん。本当。すごく大きかった」

「！　見たのか？」

「ああ、ええっと」

しまった。魔物はバラバラになっちゃったって事にしているって父様に言われたんだ。

「……うん。実は僕たちがお庭の端っこの方にある東の森に遊びに行った時に現れたんだ」

「本当に敷地内だったんだ……」

全員が驚いている感じだった。

「それですぐに騎士団と父様が来てくださって。あとはよく分からない」

「そうなんだね。でも、こんなところに現れる魔物じゃないよね。出るならもっと南の、火山の方だよね」

ミッチェル君が付け足すように口を開いた。さすがミッチェル君。

「火山……そう、なんだ。僕、よく分からなくて……」

そんな土地にいるような魔物がどうしてフィンレーに出たんだろう。改めてそう思っていると今度はユージーン君が口を開いた。

「ありえないようなところに魔物や魔獣が出ているという話を聞く事が増えている気がします」

「それは私も感じていました。幸い私の領ではそういった報告はありませんが」

エリック君も続く。

「あのさ、ハーヴィンで魔物が出ているって話を聞いたんだけど……」

ミッチェル君がそう言うと、ハーヴィンの隣領のユージーン君が苦い表情を浮かべた。

「ああ、その噂はどうやら本当みたいだよ。実際魔物を恐れて逃げてきた人もいる」

「え？　そんなに出ているんですか？」

ユージーン君の言葉を聞いて、僕は思わず眉根を寄せてしまった。

「他領の事だから詳しくは分からないけれど、あまり多くの人が逃げてくるようなら考えなければならないと父上たちが話をしている」

「王国に報告された魔物は、今のところフィンレーで出たフレイム・グレート・グリズリーだけですが、冒険者たちの間では魔物を多く見かけるようになったと言われているようです。どこかのダンジョンから溢《あふ》れ出したのではないかという話もあります。もっともそちらに関しての信憑性《しんぴょうせい》はありませんが」

スティーブ君がそう言うと、トーマス君が顔を強張らせながら口を開いた。

「うちの領でそんなレベルの魔物が出たら大変な被害になりそうだ」

「トーマス君」

「もう少し自領の騎士団を大きくしたらどうかって話も出ているけど、なかなか難しいみたい。こういう時って子供でいるのが歯痒《はがゆ》いね」

「確かに」

「情報も子供には詳しく知らせないっていう事があるからね」

久しぶりのお茶会はちょっとしんみりした雰囲気になってしまった。

「だけど、俺は今日この話が出来て良かった。ちょっとでも情報を共有するっていうか、他の領の事が分かると考える材料になる」

「確かに。なかなかこんな話は出来ないものね」

クラウス君らしい言葉にエリック君が頷いた。

「うん。知らないで怖がっているより、知っていてどうしようかって考える方がいいものね」

僕がそう言うとトーマス君たちが「そうですね」と答えてくれた。

「ただ大人たちが考えている事の邪魔にはならないようにしないといけないね」

さすが、レナード君が少しだけ釘を刺す。

「そのために情報が必要なんだよ。エディのところみたいに自分の屋敷の敷地内にいきなり上位ランクの魔物が現れてみろ。普通だったらとんでもない事になる。そんな事がどこかで起きたって知っているのと知らないのとじゃ大きな差がある。まぁ、間違っても自分で戦うような真似はしないよ」

「うん。それはそう。正解」

クラウス君の言葉にピシャリとそう言い切ったミッチェル君を見て、僕たちはようやく笑った。

「でもエディ様が無事で良かったです」

「うん。まさか見たなんて思ってもいなかったから」

「万が一、魔物が現れた時の、助けを求める方法なんかも考えておいた方がいいのかもしれないね」

「魔法で声を送るとか」

「それは結構高度だよ」

「練習あるのみ！」

「なんかそういう魔道具みたいなのがあればいいのにね」

「他国にないのかな」

「魔法のない国だってあるんだから、探せばありそうだよね」

そんな事をそれぞれに口にしながら、僕たちはようやく食事を始めた。

「じゃーん、今日はクリのお菓子づくしです！」

本日のメイン？　の登場です！

「わ〜、すごい!!」

「ふふふ、今年最後のお茶会を開くって言ったらお祖父様がいっぱい送ってくださったんだ。色々あるから沢山食べて？」

モンブラン、クリのタルト、クリの甘露煮が入ったシュークリーム、クリのパイ、クリのクリームで飾ったチーズケーキ、クリのエクレア、クリのプリン……

「小さめに作ってもらったけど、さすがに全種類は無理かな」

「確かに。でもどれも美味しそう」

「一度にこんなに沢山のクリのお菓子を見たのは初めてだよ」

「ふふふ、シェフが昨日から張り切っていたんだよ」

僕たちは皆で笑いながらクリのお菓子を食べた。怖い話も、不安な話もあったけど、それでもこうして集まって、また色々な話が出来るといいなと思う。

「エクレアが美味しかったなぁ」

「パイもサクサクで、小さなクリが入っていて美味しかった」

そんな話をしているとそろそろ終わりの時間になってしまった。

「また何か気付いた事があったらお手紙を出しますね」

「はい。来月はエディ様のお誕生日がありますから私もお手紙を書きます」

「ありがとうございます」

そうして皆それぞれのお家《うち》に帰っていく。もう馴染《なじ》みのお家《うち》の子たちばかりなので、転移の魔法陣を使っていい事になっているから馬車に乗って帰る子はいない。

僕が小サロンから出てくると控えていたマリーとルーカスが付いてきた。

「あんまり話したらいけなかったかな、魔物の事」

「いえ、あれくらいでしたら大丈夫だと思いますよ。皆様それぞれ気にされていたと思いますし、その他の情報もございましたから」

マリーがそう言ってくれて、僕はちょっとホッとして、それからそっと声を出した。

「皆不安なんだよね」

「そうですね」

「でもマリーが言ったように、色々話が聞けて良かったし、楽しかったよ」

「はい」

僕が笑うとマリーも笑った。とりあえず、今日の事は後で父様にもお話をしよう。そう考えながら部屋に戻ろうと階段の近くまで来ると、こちらへやってくる兄様が見えた。

「アル兄様！」

剣のお稽古《けいこ》から戻ってきたところみたい。

「ああ、エディ。お茶会は終わったの？」

「はい！　アル兄様もお稽古《けいこ》はおしまいですか？」

「うん。終わりだよ」

「ではクリのお菓子を召し上がりませんか？　シェフが張り切って沢山作ってくれたんです」

「クリのお菓子か。ふふふ、お祖父様のところから届いたクリだね」

「はい。僕のオススメは新作のモンブランです」

意気込んで言うと兄様は「それは気になるね」と笑った。そして着替えをしてきた兄様とリビングでお茶を飲んでいると珍しく父様がやってきた。

「おや、いいものを食べているね」

「お茶会で出した、お祖父様のクリで作ったお菓子です。父様もいかがですか?」

「そうだね。ではいただこうかな」

それを聞いてメイドたちがサッと紅茶とケーキを用意する。なんだかお茶会の続きみたいになったけれど、僕は今日のお茶会の事を父様にお話しした。父様も兄様も頷きながら聞いていた。

「なるほどね。子供たちも皆不安なんだね。でも色々な話が出来て良かったね。魔物の話もそれくらいなら問題ないよ」

「はい」

父様の言葉に僕はホッとして、部屋の端にいるマリーをチラリと見た。マリーは小さく笑ってくれた。うん、ほんとに大丈夫だったね。なんだか色々嬉しくなって、僕はモンブランを口に入れた。

さっきも食べたけど、やっぱり美味しい!

「私も何か大事な事が分かったら二人にもきちんと話をするようにしよう」

「……!」

それはまさにこの前の作戦会議で兄様が話していた事だった。改めてお願いをしなくても、父様の方からそう言ってくれるなんて。僕と兄様は「よろしくお願いします」と二人でお辞儀をした。

「新作のモンブラン。本当に美味しいね、エディ」

「はい」

はっきりと分からなくて不安な事も多いけれど、それでもこうして皆で話が出来るっていうのはすごくいいなって思った。もしかしたらお祖父様のクリの魔法かな？

◇◇◇

大人たちはフィンレーの別棟の応接室に集まっていた。

「王国への正式な報告後は、思っていた以上の反響だったな」

どこか楽しそうにケネスが口を開いた。それに渋い顔を向けたデイヴィットは「ああ、結構領内にも間者が入り込んできていたよ」と返す。

「入ってきてもとっくの昔に魔熊はいなくなっているし、敷地内の事だから情報も手に入れられないだろう？」

「第一、敷地内の話が表に出るようなら、フィンレーの品位に関わりますよね」

マクスウェードとハワードの言葉を聞きながら、デイヴィットは短く「当然だ」とだけ言った。

「出たのがフレイム・グレート・グリズリーというのはやっぱり脅威だったんだろうさ」

「その辺に現れるような魔物ではないからな」

「正式報告での王家の反応はいかがでしたか？」

「どうもこうもないよ。結局内容は最初の届け出とほとんど変わらないものだったからね。向こうの反応も変わらないさ。どこからか送られてきた可能性はあるのか、それとも昔からの言い伝えの通り、本当に魔素だまりから魔物が湧き出たのか。一番知りたかったのはそれだからね。南の火山地帯にいるような魔物が、なんの前触れもなく北の端にあるフィンレーに出たんだ。元からそこにいたというのは考えられない。だとすれば誰かが送り込んできたか、魔素だまりから魔物が出てくるような言い伝えが本当に起きたのかという事になる。王室としても、そこはなんとしても知りたいと思うだろう。いきなり王城にそんなものが出てきたら大変な事態になるからね。こちらとしてももちろん突き止めたかったけれど、いくら調べても分からなかったのだから仕方がない。信じられないって顔をしていたよ。一緒に報告を聞いていた公爵家の面々は、これほど時間をかけたのにこのざまかとか、もっときちんと調べろとかうるさかったな」

「言うだけの奴は楽でいいな。フィンレーが全力を上げて調べて分からないんだから、分からないんだよって答えてやりたいね」

ケネスが言うと、デイヴィットは「まったくだよ」とため息をついた。

「それで、エドワード君の事は？」

「幸い、情報を掴んでいそうな人間は今のところいない」

「息子二人が神殿に運び込まれたのは掴まれている可能性があるんだろう？」

「その辺は仕方がないと思っているよ。でも倒したのは私と領内の魔導騎士たちだ」

「ああ、そうだな」

渋い顔をした男たちはそのまま黙り込んだ。そして。

「ところで、ハーヴィンの件が王室に伝わったね」

ハワードの突然の話題転換にマクスウェードが「ようやくか」と口を開いた。

「エドワードについてはこちらがきちんと処理をしているから、王室としても何も言えないだろう。大体、一侯爵家の養子問題にいちいち王室が絡んでくる事自体が間違っているんだ。母親である伯爵令嬢が他の男と駆け落ちをしたのは事実だし、父親のレオナルドとの離婚も成立している。私は私の弟の忘れ形見を養子にした。それだけの事だ。亡くなっている元伯爵の念書もあるからね。これで何か言ってきたら、陛下のお手を煩《わずら》わせるような事ではございませんの一点張りだな」

「ああ、いいんじゃないか。まぁ何か言ってフィンレーの不興を買うのも、ハーヴィンに肩入れするのかと邪推されるのも王家としては避けたいだろうしね」

ケネスがそう言うと、ハワードは紅茶を一口飲んで笑みを浮かべたまま口を開いた。

「遅かれ早かれ、ハーヴィンは自滅だよ。爵位は後継者なしでいずれ剥奪《はくだつ》される。国に納めるものも納めていない事など調べれば簡単に分かる。時間の問題だね。余計な事で騒ぐと自分の首を絞める羽目になる典型的な例だ。色々なところで恨みも買っている様子だし、借金もあるみたいだからね」

おそらくその情報を少しずつ流しているだろう本人はそう言って再び紅茶を口にした。

「ところで前に言っていたグランディス様の加護の事だが、その後はどうなんだい？」

マクスウェードの問いにハワードは「ああ」と頷いて、何かを書いた紙を取り出した。

「これは？」

「『ペリドットアイ』の子たちについて調べ上げた」

「……すごいな」

三人は出された紙をマジマジと眺める。するとハワードはその中の一点をトントンと長い指で叩いて言葉を続けた。

「この子だ。きちんと書かれてはいないが、二百年ほど前、他の子供たちとは違う力を持っていたと思える子がいてね。調べてみると、どうやらこの子は魔物を殺しているらしい。はっきりとした記述はないが『吸血鬼』という言葉があった。魔物が『吸血鬼』に襲われた。似ていないかい？」

「吸血鬼……」

デイヴィットたちの脳裏に緑に苔《こけ》むした魔熊が浮かんだ。「吸血鬼」という魔物はルフェリットには存在しない。お伽話《とぎばなし》の中で語られている、生き血を啜《すす》る悪鬼の事だ。

「残念ながらこの子は周囲の人間に恐れられて殺されているんだ。調べた限りこの子の他にはそういった力を持っている子はいないように思える。しかもこの子は確実に【緑の手】、つまり植物を育てる力を持っていた。そのために当時の領主に囲われている事は調べがついている」

「それはつまり……」

「ああ、要するにグランディス様の力と『ペリドットアイ』の力は別物って事だよ。『ペリドットアイ』は精霊たちが好きな色の瞳を持って生まれた子に対してのお祝いっていうのが一番近いのかもしれない。その子が生まれた場所の植物が元気に育ったり、魔物たちに荒される事が減ったり、珍しいものが採れたり、そういう何かいい事が起きるくらいのお祝いだ。だがグランディス様の加護を持っている子は、グランディス様が使った力が使えるようになっているんじゃないかと思っているんだ。あの深い森の中で生と死を司《つかさど》っている精霊王の力をね」

「生と死？」

「そう。グランディス様は大地の神となった。それは作物の恵みを与えるだけではなく、自然界の中で繰り返される生と死の力も兼ね備えている。分からないかい？　生み出す力とそれを終わらせる力は表裏一体だよ、デイヴ。大地に命を吹き込み、育《はぐく》む力があるならば、今ある命を終わらせる力も持っているとは考えられないだろうか。誰も知らない、見た事もない魔法を使って、命を吸い取り大地の一部にしてしまうような」

デイヴィットは言葉を失っていた。彼の蒼い顔を見ながらハワードは自らが導き出した仮説を口にする。

「多分、殺されてしまった『ペリドットアイ』の子供にはその力があったんだろう。そしておそらくエドワード君にもね」

デイヴィットは微かに震える両手で顔を覆い、絞り出すような声を出した。

「私は……私はどうやったらあの子を守ってやれるだろうか」

「……何も変わらないさ。今まで通りに大事に守って慈《いつく》しんでやればいい」

「そうさ。あの子の力がどんなものなのかを知る人間は、ここにいる者と君の父上様くらいだろう」

ケネスとマクスウェードも頷きながらそう言った。そして……

「はっきりさせる事を遅らせる事ばかりを考えていたけれど、加護をはっきりさせて未成年である事を盾に完全に囲い込んでしまう方がいいのかもしれないね」

ハワードの言葉にデイヴィットは困惑した様子で「それはどういう意味だ」と小さく尋ねた。

「聖神殿で調べれば、おそらくエドワード君の加護がグランディス様の加護である事がはっきりするだろう。その上で他から奪われないようにすればいいのさ。未成年の子供を領から一人で出すつもりはない事と、以前君自身が言っていたグランディス神の加護なのだからフィンレーに在るべきだと主張すればいい。幸い私が調べた加護の力は簡単に分かる代物《しろもの》ではない。しかも仮説だ。聖神殿では加護の名称は判明するが、それがどのような力を使えるのかまでは分からない筈だ。力が分からないというのにそれを使おうなどとは笑止千万。なんならエドワード君と同じ土魔法の属性を持つカルロス様に教えを乞うているとすればいい。陛下はカルロス様の事を大変苦手……ああ、尊敬されていた。カルロス様自身、何かあれば聞けとエドワード君に仰《おっしゃ》っているそうじゃないか」

「……一生をフィンレーに縛りつける事になってしまうのではないだろうか」

過去の『ペリドットアイ』の子供たちのように。

「おいおい、君らしくないな、デイヴ。縛りつけるのと望んでそこにいる事は違うだろう。全てはエドワード君が成人してからだ。あの子が決めた事を助けてやればいいだけの話だよ。まだ六、あ、もうじき七歳か？　どちらにしてもまだ先は長いぞ、落ち着け。ここにいたいと言うなら、そう出来るようにしてやればいい。余っている爵位など沢山あるだろう。どこかに出たいと言うならば地固めをしてやればいい。それだけだ。親が出来る事なんて限られている」

「……すまない。マックス。ああ、そうだな。気が動転して、情けない」

「ははは、皆同じさ。他領の動きも王室の動きも、あとは公爵家の動きも注視だな。とりあえずハワードの仮説だとしても、加護の力が知れた事は大きい。ああ、他領で思い出した。魔物についてだが、大きなものは現れていないようだが、やはり活性化しているところもあるみたいだな」

ケネスがそう言うとハワードが頷いた。

「そうですね。フレイム・グレート・グリズリーほど高ランクのものは聞きませんが、ありえないようなところに出ているという話は増えてきている気がします」

「子供たちからの話でまだきちんと調べていないが、冒険者たちの間でどこかのダンジョンから魔物が溢《あふ》れたんじゃないかという噂があるらしい」

デイヴィットの言葉を受け、ケネスが続ける。

「南のモーリス領だな。私もその噂は耳にしたが確認は出来ていない。あそこは元々魔物が多く、冒険者たちの出入りも激しいところだ。魔素が濃い場所も多い。彼らにとってみれば稼ぎ場所なんだろう。だが、本当にスタンピードが起きていたり、その兆候があったりするようなら早急に届け出がある筈だ。近隣領への影響も大きいからな」

「ええ、でも嫌な噂ですね。ダンジョンがある他の領も調べた方がいいかもしれない」

ハワードが眉間に皺を寄せ、マクスウェードがため息をついて口を開いた。

「はぁ、集まるたびによくもまあこんなに次々と確認をしたり、調べたりする事が出てくるな」

「分かった事も増えているじゃないですか」

「ハワード、お前のそのポジティブ思考には本当に脱帽するよ」

「調べる事は面白いですよ。分かった時の嬉しさと達成感がいいんです！」

本当に楽しそうなハワードを全員が温《ぬる》い目をして見つめた。

「では、今日はこれで。デイヴ、ダンジョンについて調べるなら教えてください。重複すると時間がもったいないので一緒に調べましょう」

「分かった。各地での魔物の出現についても引き続き情報を共有しよう」

「ああ、そうだな。ではまた。デイヴ、ため込むなよ」

トントンと胸の辺りを拳で叩き、小さく手を上げるとケネスはそのまま転移をした。そして残りの二人も設置されている転移陣からそれぞれの領へと帰っていく。

「囲い込む……か……」

デイヴィットはため息を落としながら部屋にかけた遮音の魔法を解いた。重ねてきた話し合い。これに助けられた事は本当に多い。

「大丈夫。まだまだやるべき事も、やれる事も沢山ある」

頭の中に浮かんできた幼い笑顔。なんとしてもそれを守らなければならない。デイヴィットは自分に言い聞かせるように呟いて、別棟から本邸に向けてゆっくりと歩き始めた。

◇◇◇

十の月の十一日。僕は七歳になった！

ふふふ、今日は皆が僕の誕生会を開いてくれるんだって。

もちろん五歳のお披露目会《ひろめ》みたいな大きなものじゃなくて、家族でのお祝いなんだ。昨日の夜、兄様が、僕の誕生会を小サロンで開きますから来てくださいっていう招待状をくれたんだ！　もうほんとにびっくりしちゃった。朝はシェフが楽しみにしていてくださいなんて言うし。

ドキドキワクワクしていたけれど、いつものように朝食を食べた後に鍛錬《たんれん》をして、水まきをして、それからマークが肥料を運ぶのをゴーレムさんたちと一緒に手伝ったりしているうちに約束の時間になった。本当は温室の中も毎日確認をしているんだけど、お祖父様が少し改良したいと仰《おっしゃ》って、明日までは入れないんだ。父様はちょっと顔を引きつらせていた。でも、僕はどんな風になるのかすごく楽しみ！

着替えをしてから小サロンに行くと、入口のところで兄様が待っていて「エディ、お誕生日おめでとう」って言ってくれた。

中に入ったら父様と母様とウィルとハリーと、それからハワード先生とブライトン先生とルーカスとマリーとテオがいて、皆でおめでとうってお祝いしてくれる。

飾られたお部屋の中にあるテーブルの上には美味しそうな食事とデザートが並んでいて、部屋の端に沢山のプレゼントが届いていた。家族だけって言っていたのに、こんなに大きなお祝いになるなんて思っていなかったから、びっくりしたのと、嬉しい気持ちで胸の中がいっぱいになる。思わずじんわりと目頭が熱くなってしまった僕のところに、よちよちとウィルとハリーがやってきた。

「えーにーに、おめ……と！」

ウィルが父様と一緒に小さな花束を差し出してくれた。

「わぁ！　綺麗なお花だね。ウィルありがとう。お部屋に飾るね」

ほっぺにチュッてするとキャッキャッと笑っている。天使！

「エ～イにーに、おええとぉ」

ハリーは母様と一緒に、綺麗なノートと便箋《びんせん》をリボンで結んで持ってきてくれた。

「ハリー、沢山ありがとう。綺麗なノートと便箋《びんせん》。大事に使うね」

同じくほっぺにチュッてしたら、ハリーもほっぺにチュッとしてくれてびっくりしたけど嬉しかった。天使！

父様は少し難しい魔法書をくださった。

「ありがとうございます」とお礼をすると「おや、私にはほっぺに口づけはないのかい？」と言うから思わず赤くなってしまったけど、掠《かす》めるように父様のほっぺにチュッてした。

母様は去年と同じく冬のお洋服。だってね、背が百二十八ティン（百二十八センチメートル）になっていたんだよ！　まだお友達と比べると小さいけど、それでもやっぱり嬉しい。

だから背丈に合うお洋服だって。

「ふふふ、エディ。母様にもお願いね」

ううう、お誕生日なのになんだかすごく恥ずかしいな。母様のほっぺにチュッとすると母様は僕をギュッとした。

「元気に、大きくなって嬉しいです。これからも皆で仲良くしましょう」

「はい」

そして兄様は……

「なんだかこの流れだととても恥ずかしいけれど、エディお誕生日おめでとう」

「ありがとうございます」

差し出されたのはグリーンの文箱《ふばこ》だった。研磨された石が嵌《は》まっていてキラキラと輝いている。

「お手紙をいただく事も多くなっているみたいだし、使ってもらえると嬉しいな。いつものリボンはその中に入れてあるから」

「ありがとうございます！」

嬉しくなって蓋を開けると、文箱《ふばこ》の内側は綺麗なブルーの布張りで、中にはいつも通りのブルーのリボンが入っていた。

「気に入ってもらえたかな」

「はい！」

僕は兄様に飛びついてほっぺにチュッてしてしまった。だって僕の色だけじゃなくて内側が兄様の色になっていたのがすごくすごく嬉しかったんだもん。

兄様は笑って僕のほっぺにチュッてお返しして、そのままギュッてしながらもう一度「おめでとう」って言ってくれた。僕は赤い顔でテレッとしつつ「ありがとうございます」ってお礼をする。

それから皆で食事をして、デザートを食べて、先生たちやマリーにもお祝いの言葉とプレゼントをいただいた。でもさすがにほっぺにチュッていうのはしなかったよ。

他にも本当に沢山のプレゼントをいただいた。その場で開くわけにはいかないから、全部僕の部屋に運んでもらう。でもクラウス君からのル・レクチェはそのままシェフに持っていってもらった。食べ頃になったら出してもらうようにね。

そして今年も兄様のお友達からプレゼントをいただいたのだけど、皆珍しい果物の種とか苗とか植物図鑑だったから、ちょっと笑ってしまった。

兄様に伝えたら「まったくもう」と困ったように言っていた。


お誕生日の翌々日。

「わぁぁぁぁぁぁ、すごいです！　ほんとにお家《うち》みたいです」

「まったくやる事が規格外というか、遠慮がないというか……」

温室を新しくしたと連絡が来たから父様と兄様と一緒に見に行くと、そこには本当に小さなお屋敷みたいになったガラスの温室があった。

「小さいサロンが三つくらい入るような気がしますね」

兄様が苦笑いを浮かべてそう言った。前の温室も結構大きかったんだけど、今度のは本当に大きい。ガラスのドームみたいな今までの温室の横にもう一つドーム型のガラスの温室がついて、その二つのドームの後ろには少し背の高い四角のガラスの温室がついている。

入ってみると……

「うわぁ、ここはお花だけになっているのかな。空《あ》いている花壇もあるからまだ色々植えられそう。あっちのドームは……あ！　南国の木や草花を集めたんだ。図鑑で見たもの。うん、こっちの方が暖かい。どうやっているのかな。ふふふ、ここもまだ植えられるんだ。面白いです！　じゃあ、あっちの四角のお家《うち》は何かなぁ。すごいなぁ、新しいところも今までのところも全部繋がっているんだ。この中を見るだけでもお散歩になりそう！」

改良されたガラスの温室は全部繋がっていて、ぐるりと回って戻ってこられる仕組み。でもちゃんとそれぞれのところからも出られるようになっている。さすがお祖父様。

「ああ、確かにお散歩にはなりそうだね。でも手入れも大変そうだ。大丈夫？」

兄様がそう言うので僕は「マークに相談してみます」と答えて次の四角の建物に入った。

「わわわわ！　色々な木が生えている。森みたいです！　ああ、ここは自然に近い感じで薬草とかが植えてあるんだ。ここもまだ植えられる場所がある。わぁぁぁ！　お水も流れている。小さい川だ！　父様すごいです！　ああ、きのこが生えている！　ふわわ！　こっちは少し暗くなっていてほんわり光っています！　発光する植物かな？　すごいです！　本当にこんなすごいものをいただいてしまってもいいのでしょうか？」

「……いいんじゃないかな」

父様が疲れたような声を出した。

「なんだか探検した気持ちになりました！」

新しくなった温室から出てきてそう言うと、兄様が「ほんとだね」と笑った。

「いくらそれぞれ温度管理が出来るようにしておけば怪しまれないっていっても限度があるだろう。まったく」

父様はブツブツ呟きながら頭を抱えていたけれど、僕は本当にワクワクしていた。沢山の種や苗もいただいたし、図鑑もいただいたし、すごく嬉しい。

ほんとはね、東の森は好きだったけど、まだ行くのは怖いんだ。兄様は整備して小さくなってしまったって言っていた。でもやっぱり怖い気持ちが残っている。

もしかしてお祖父様が温室に森を作ってくださったのは、僕の気持ちが分かったからなのかな。

「お祖父様にもお手紙を書きます。とても素敵だったって。それと空間魔法も教えてもらわないと。楽しみです！」

そう言うと父様はもっと渋い顔をした。

◇◇◇

十一の月に入ると、急にウィルとハリーの言葉が増えてきた。

「エ～イにーに、ないない」

「え～、ウィルってば、もうボーロを食べちゃったの？　早すぎ」

ボーロっていうのは小麦粉にお砂糖や卵黄、そしてちょっぴりミルクを加えて丸くして焼いたお菓子で、口に入れるとホロホロって溶けてなくなっちゃうんだ。素朴《そぼく》だけど優しい味で美味しくて小さな子供でも安心して食べさせられるから、二人もとても気に入っているんだよ。

今日はそれをシェフが作ってくれて、おやつに出したら大興奮。

それぞれのお皿に出したんだけどね、ウィルはものすごく食べるのが早くて、ハリーはゆっくり味わって食べるからさ………

「やぁぁ！」

「ウィル、ハリーのボーロを取っちゃ駄目でしょ」

「ないない！　エ～イ、ウィウない！」

「ないのはウィルが食べちゃったからだよ」

「う……わぁぁぁぁぁ！　ない～、エ～イにーに」

「ああ、泣いた」

僕は頭を抱えたくなったけど、隣で自分のペースを崩さずに食べているハリーってすごい。

「あらあら、ウィルはエディ兄様を困らせているの？」

まるでこの世の終わりみたいな顔をして泣いているウィルを母様が笑いながら抱き上げた。

「ないぉぉ」

「食べちゃったからでしょう？」

言われるとウィルはまだ食べているハリーを見てさらに泣き出した。

「うわあぁぁぁ」

「ふふふ、我慢、我慢」

そう宥《なだ》めている間にハリーのボーロが一つになった。

「エ～イにーたま、おいち」

「よ、良かったね、ハリー」

うん、すごいね、ハリー。ウィルが泣いていても全然動じない。最後の一粒を口に入れたハリーを見てウィルが絶望したように泣いた。ハリーは「おいちぃ」とニコニコしている。

「ふ、ふふふ、双子って面白いですね。母様。見ていると僕の精神力も鍛えられそうです」

「そうねぇ。ウィルは目の前の事が一番だし、ハリーは周りを見てウィルからの被害を受けないようにしているみたいね。始めのうちは巻き込まれて泣いていたけど、学習したのかしら。言葉もハリーの方がちょっと早い感じ。同じ日に同じように生まれたのに、ちゃんとそれぞれ違うのね」

エグエグと泣いているウィルに母様が「我慢出来てえらかったわね」と声をかけた。そして再びハリーの隣に座らせると「はい、ご褒美《ほうび》」とウィルの口にボーロを一つ入れた。

え!? 僕とハリーの目が点になった。すると、すかさず母様は……

「最後までちゃんと食べられてえらかったわね。はい、ご褒美《ほうび》」とハリーの口にもボーロを一つ入れた。そして。

「依怙贔屓《えこひいき》しないで二人をちゃんと見ていられて偉かったわね。はい、エディにもご褒美《ほうび》」

「!!」

僕の口の中に優しい甘さのボーロが入って、溶けた。

「ふ、ふふふふ、ウィル、ハリー、ご褒美《ほうび》のボーロは、甘くて美味しいね」

二人の頭をそっと撫でて頬っぺたにすりすりとすると、二人は揃ってキャッキャッと笑い出した。

こんな感じでウィルとハリーはそれぞれに我慢をしたり、考えたりしながら成長しているんだけどある日、ちょっとした事件が起こった。

「あああああ！　エ〜イにーたま！　ウィーが、ハーイの……っ……う……うあぁぁぁ!!」

うまく伝える事が出来ない事がまた悔しいと言わんばかりに泣き出すハリーに、僕はその身体を抱き上げた。母様がなんとしても返さないという顔のウィルを抱いて僕の隣に来る。

「何があったのですか？」

「ハリーが気に入って遊んでいたおもちゃをウィルが横取りしたのよ。でもね、その前にそれで遊んでいたのはウィルなの。ウィルがちょっと目を離した途端にハリーが掴んだのよ」

「ハーイのなの！」

「ちが！　ウィウの！」

「ハーイの！」

「やぁぁぁぁ！」

抱っこされながらまだ取り合いを続ける二人を離しつつ、僕はウィルの手の中でくしゃくしゃになっているものを見た。

「…………これって」

「……ハーイのなの」

大粒の涙をポロポロと零《こぼ》して、ハリーはウィルの手の中にあるくしゃくしゃの鳥型の紙を悲しそうに見ていた。そう。それは僕が風魔法を使えるようになりたくて、ブライトン先生に相談して練習をしていた時に使っていたものだった。どうせ飛ばすなら鳥の形にした方が可愛いって思って、飛ばすのを二人にも見せてあげた事がある。

「この紙を二人ともずっと持っていてくれたの？」

二人がコクリと頷いた。そしてハリーが自分のものだと言い続けていたわけも分かった。鳥はグリーンの紙で出来ている。だからハリーはこれを自分のものだと思っていたんだ。

「ちょっと待っていてね」

僕はハリーをメイドに預けると急いで自分の部屋へ行き、予備にしまっておいた鳥の形の紙を出した。そして保存魔法をかけてすぐに二人の部屋へ戻る。

「エ〜イにーに！」

「エ〜イにーたま！」

「喧嘩《けんか》はしないで、ウィル、ハリー。ほら、見ていてごらん」

僕はグリーンとブルーの鳥型の紙を風魔法で飛ばした。

「わぁぁぁぁぁ!!」

僕の風魔法はまだ軽いものを飛ばす事しか出来ない。でも見ている人を幸せな気持ちにする魔法が出来るなら嬉しいって思ったよ。

「にーに、あお！　ウィウの！」

「にーたま、とい！　かーいい！」

「うん、鳥さん可愛いね。はい、ハリーはグリーンの鳥、ウィルはブルーの鳥。そっちの鳥は羽を治すからエディ兄様にちょうだい？」

「あい」

ウィルからくしゃくしゃになったグリーンの鳥を受け取り、二人がそれぞれの鳥で遊び始めたのを見て、僕は思わずホッと息をついた。その途端。

「上手に出来ていたね、風魔法」

後ろから聞こえてきた声に慌てて振り返った。

「アル兄様！」

「エディがものすごい勢いで走っていたから何事かと思ったよ。二人ともご機嫌だね」

「はい。こんなになるまで遊んでもらえたなんてびっくりしました。それに、喜んでもらえる魔法はやっぱり嬉しいです。もっとうまく飛ばせるように練習します」

そう言うと兄様は「うん。頑張ってね」と笑ってくれた。それを見て母様は「うちの子たちは皆天使！」と言ったんだ。

◇◇◇

十二の月になった。でも今年は兄様が学園に行く準備もあるから冬祭りには行かない。

エディだけでも行ってくれれば？　と言われたけど、ちょっとでも長く兄様と一緒にいたいんだ。だってもうすぐ王都へ行っちゃうんだもの。

一の月になったら兄様がここからいなくなってしまうのは分かっていた事なのに、ずっとずっと一緒にいてくれたから、何かあるとすぐに助けてくれたから、考えるだけで泣きそうになる

今日は風の日で僕はお稽古《けいこ》もお勉強もないし、お外はもう雪で真っ白になっているから、お庭で兄様にばったり会う事もない。兄様のお勉強が終わったらお茶に誘ってみようかな。それとも色々準備があって忙しいかな。

「マリー、僕、小さいお部屋で図鑑を見ているね」

結局色々考えて、僕はひざ掛けと図鑑を持って一階にある小部屋にやってきた。

そこは小さな子の遊び場や、食事の後にゆっくりするように作られた、ローソファが置いてあるさほど広くはない部屋だ。僕たちは小さい頃から「小さいお部屋」と呼んでいた。

あまり使われる事はないけど、温度調節の魔道具が置いてあって、冬は暖かい風、夏は涼しい風が出るように魔石で調整が出来るんだ。兄様にご本を読んでいただく時はこのお部屋が多かった。

兄様のお部屋で読んでもらったり、僕のお部屋で読んでもらったりする事もあったけど、ゆったりした低いソファに座りながら、兄様がご本を読んでくれる声を聴いているのが、僕はすごく好きだった。母様の具合が悪くなって神殿に行った時もこのお部屋で兄様とお話をしていたなって、そんな事を思い出しつつ僕は部屋の中に入って……

「え？　アル兄様？」

ソファには兄様が座っていた。でも返事はない。もしかして具合でも悪くなったのかしら。
不安になって僕はそっと兄様に近づいた。そして……

「え……」

うわ〜〜！　珍しい。兄様がソファで眠っている！　兄様がこんな風に眠っているのを見るなんて初めてだよ。どうしたんだろう？

ほんとに具合が悪いのかな。それともただ眠くなってきて、つい寝ちゃったのかな？　僕はそういうのが結構あるからね。前にお部屋に入ってベッドまで辿り着けずに床の上で眠っちゃって、着替えをさせに来てくれたマリーにものすごく心配されて起こされた事があるんだ。

「…………」

僕はじーっと兄様の顔を見た。うん。苦しそうでもないし、顔色も普通だよね。お勉強が終わってちょっと一休みしていたのかな。だけどこのままだと風邪をひいちゃうよね。だとしたら起こした方がいいのかな。でも気持ち良さそうに眠っているのにな。

「そうだ、もう少しだけこうしていて、起こしてあげればいいんだ」

ちょうど持ってきたひざ掛けもある。

「ふふふ。いきなり僕が隣に座っていたらびっくりするかな」

なんだか楽しくなってきて、僕は兄様の隣にそ〜っと腰を下ろした。そして兄様の肩口にひざ掛けをかける。ここでお会いできるなんて思ってもいなかったからすごく嬉しい。僕はちょっとだけドキドキしながら植物図鑑を開いた。お祖父様がくださった温室のおかげで色々な植物が順調に育っている。でも春になったらまたお外の花壇もちゃんとしたいんだ。なんのお花にしようかな。また青いお花を探してみようかな。でも淋しかったり怖い花言葉のお花だと嫌だなぁ……

魔石の入った魔道具は温かい風を送ってくる。ふんわりしたソファと隣で眠っている兄様がすごく温かい。

（お花を決めたら、風邪をひきますよって起こして差し上げよう……）

僕はそう思いながらパラリとページをめくった。

「エディ……エディ……」

兄様が呼ぶ声でゆっくりと目を開けた。

「にいさま……？」

自分がどこにいるのか、どうして兄様が隣にいるのかよく分からなくてぼんやりとしていると兄様がクスリと笑った。

「少しうたた寝をしていたみたいだ。目が覚めたら隣にエディがいて驚いたよ」

そう言われてぼんやりとしていた頭がはっきりしてきた。

「……っ！　すすすみません！　アル兄様が眠っているのを見て、風邪をひいたらいけないから少ししたら起こしてあげようって思っていたのに」

「ふふふ、温かいと眠たくなっちゃうんだよね。でもあんな風に寝ちゃったのは久しぶりだったな。ありがとう、エディ。エディのお陰で温かくて風邪をひかずにすんだよ」

「あ、はい。えっと……ぼ、僕も温かくて、気持ち良くて、風邪をひかなくてすみました！」

僕の言葉に兄様は笑って「エディも風邪をひかないで良かった」って言った。

「あの……お忙しいのですか？　学園の準備とか……」

「ああ、いや、父上に少し領の事を教わっているだけだよ。大丈夫。エディはどうしてここに？」

「えっと、ご本を沢山読んでいただいたのを思い出して。図鑑でも見ようかなって。もうちょっとしたら、もうご本を読んでもらう事も出来なくなりますね。ああ、でも七歳にもなって本を読んで聞かせてもらうなんておかしいですよね」

「おかしくはないよ。そうだね。最近は確かに読まなくなっていたね。久しぶりに何か読んであげようか。ああ、初めて読んだ『お姫様と騎士』なんて懐かしいな」

「はい！　何度も読んでもらいました！」

僕は思わず大きな声を出してしまった。

「じゃあそれにしよう。私もエディと一緒に本が読みたくなった。もうすぐ夕食だから、食事の後にここで一緒に本を見よう」

「はい！　よろしくお願いします！」


僕と兄様は夕食の後、約束通り小さな部屋にいた。低いテーブルの上にはシェフに作ってもらったホットチョコレート。そしてローソファに並んで座りながら、兄様は懐かしい『お姫様と騎士』のお話を読んでくれた。あの頃と違って兄様の声は少し低い。

「『そんな事はさせない。お姫様はお前のところへなど行かせない。騎士は王様からいただいた金色の剣を魔物に向かって振り下ろします。魔物はひらりと飛んで剣をよけました』」

兄様はそこでいったん読むのをやめて僕の顔を見た。

「もう読んでいる時に喋らなくなってしまったね。ちょっと淋しいな」

そう言ってクスリと笑う兄様に、僕は少しだけ顔が熱くなった。

「…………ちゃんと静かに聞いていられますよ」

「とべるなんて……まもの、は笑いをこらえるのが大変だった」

「あれは！　だって本当にそう思ったんです」

「ふふふ、とても可愛くて、私はエディと本を読むのが大好きだったよ」

「僕もアル兄様に本を読んでもらうのが大好きでした。今も大好きです」

そして僕は一度言葉を切った。

「……やっぱり淋しいです。王都の学園。遠いです」

言葉にするつもりはなかったのに、思わず声を出してしまった僕に、兄様は再び口を開いた。

「父上から最近は色々物騒な事があるから、行き来には魔法陣を使っていいと言われているんだ。さすがに毎週というわけにはいかないけど、何も予定がない時は帰ってくるよ。もちろん長い休みには必ず帰ってくる」

絵本を広げたまま兄様はそう言って僕の背中をポンポンとしてくれた。

「はい。僕も一生懸命、剣や魔法の練習をします。そしてフィンレーの事とか、植物の事もお勉強をします。今度は僕がウィルたちにご本を読んであげないと」

「あ～、ハリーはともかくウィルが大人しく本を見ていられるか、だね」

「確かにそうですね」

僕たちはふふふと笑った。再び始まる物語。本の中では騎士が魔物を光る金色の剣で倒している。

こんな時間がずっとずっと続けばいいのにって思うけど、それでも時は休みなく進んでいくんだ。

「ありがとうございました。やっぱりこのお話は大好きです」

読み終わった本を両手で抱え込むようにしてそう言うと、兄様は「大事な思い出の本だものね」

と笑った。

「はい、大事な、大切な本です」

ああ、駄目だな。せっかく兄様が本を読んでくださったのに、すぐに泣きたくなってしまう。

「エディ」

「はい」

「王都の様子を知らせるよ」

「はい」

「学園の様子もね」

「楽しみです」

王都の学園。どんなところなんだろう。マーティン君も、ダニエル君も、ジェイムズ君も皆いるんだよね。皆が揃っている姿を見たかったたな。

「でも、アル兄様が出発する日はきっと泣きます」

「ええ？」

「ううう、考えるだけで泣きそうです」

そう言ってうっすらと涙を滲《にじ》ませてしまった僕のペリドット色の瞳を覗き込むようにして優しく笑いながら、兄様はミルクティー色のふわふわの髪をそっと撫でてくれた。

「大丈夫だよ。淋しくなったらエディもタウンハウスに来ればいい。父上に聞いてごらん？」

「……っ！　それは考えてもみませんでした！　そうですね。聞いてみます。アル兄様不足になったら行ってもいいか聞いてみます！」

真剣に答えた僕に、兄様は噴き出すようにしてまた笑った。

「じゃあ、私はエディ不足になったら帰ってこないといけないね」

「はい！　よろしくお願いします」

ぺこりと頭を下げると、兄様は分かったよというように僕の頭をもう一度ポンポンとした。

◇◇◇

ついに一の月が来てしまった。七日までに王都に入って学園の手続きをしなければならないそうで、兄様は三日に出発する事になった。

王都にはフィンレーのタウンハウスがあって、父様も時々そこでお仕事をしているけど、兄様は学園に通う間、そこで暮らす事になる。

タウンハウスに務めている執事や使用人ももちろんいるけど、専属の使用人は王都へ連れていくみたいで、その人たちは色々な荷物と一緒に十二の月の内に馬車で出発しているんだ。

いよいよ明日は兄様も出発。僕は本気で泣き出しそうだった。だって、朝起きて食事をしても兄様に会えないんだよ？　お庭で鍛錬《たんれん》したり、花壇の手入れをしたり、水まきをしたりしている時に「エディ」って偶然声をかけてもらう事もなくなっちゃうんだ。何か相談したくなっても、楽しい事があっても、すぐにお話し出来ないなんて！

「エディ……」

困ったような笑みを浮かべている兄様を見て、僕はクシャリと顔を歪《ゆが》めた。

「ううう、すみ、ません。でもやっぱり泣きそうです……」

「大丈夫だよ。ちゃんと帰ってくるし、会いたくなったら魔法陣で会いに来て？」

「毎日お会いしたいです。だって、毎日お話ししていたもの」

「そうだね」

そう言って兄様は僕の背中をトントンとしてくれた。

「父上も母上も双子たちも皆いるよ。お手紙も書くし、声を送る魔法も練習する」

「僕も、練習します。毎日送っても嫌にならないでください」

「嫌になんかならないよ。大丈夫」

「ふぇっ……」

「あらあら、エディ、アルに甘えているの？　出発は明日ですよ。今から泣いていたらお顔が大変な事になってしまいますよ。アルも立派な兄バカですもの。きっとしょっちゅう帰ってくるわ」

「母上……」

「あら、本当の事でしょう？　ふふふ、エディが来た時からとても仲良くしていたものね。淋しいわね。でも貴族の子供なら学園に通わなくてはいけないのよ」

「はい……」

「あと五年したら、ウィルとハリーが今日のエディみたいに泣くかもしれないわね」

「それは賑やかになりそうですね」

兄様が小さく笑った。

「だい、大丈夫です。我慢出来ます。僕もお勉強頑張ります」

「うん。私もエディに負けないように頑張るね。王都に面白いものがあったら送るよ。楽しみにしていて？」

「はいぃぃ……」

言っている傍からグズグズしていると、父様がやってきた。

「…………何をしているんだい？」

「ふふふ、明日のお別れの予行練習かしら？」

母様が笑いながら口にして、父様はちょっと苦笑いをしながら「ああ、そう」と言葉を続けた。

「じゃあ、せっかく練習しているのに申し訳ないけれど、明日はエドワードも一緒に王都へ行くよ」

「へ？」

「急だけど聖神殿での鑑定が受けられる事になった。ほら、グランディスの神殿の大神官が言っていただろう？　何か加護があるって。それは王都の聖神殿で調べるという話だったね」

「あ、はい」

そうだった。スキルっていうギフトの他に、加護っていうものがあると、グランディスの神殿で言われたんだ。それで父様に王都の方に行く用事があったら調べようってお話しした。

「エディ？　そうなの？」

兄様が少しだけ眉根を寄せて尋ねてきた。

「はい。加護というのが王都の聖神殿じゃないときちんと鑑定出来ないって言われたんです」

「……そう、なんだ」

兄様が難しい顔で黙ってしまって、どうしようって思っていたら父様が口を開く。

「アルフレッドも一緒に行こう」

「はい」

兄様はすぐに返事をした。

「えっと、じゃあ、えっと」

もしかして、もしかすると、明日は……

「お別れじゃない？」

僕が小さな声でそう言うと兄様が笑った。

「はじめからお別れじゃないよ、エディ。お別れなんかしない。私は学園で勉強して、エディはここで勉強する。それだけの事だよ。会いたくなったら会えるし、声も聞けるし、何かあったらすぐに来るよ？　大丈夫」

「……はい」

「ああ。まぁ、勉強もあるから毎日というわけにはいかないが、魔法陣も好きな時に使いなさい」

「父様！　ありがとうございます」

「ふふふ、良かったわね、エディ。でもウィルとハリーの事もよろしくね」

母様も笑う。

「はい、もちろんです」

「あ～、じゃあそういう事で、明日出かけられるように準備をしなさい」

「はい！」

というわけで翌日の涙のお見送りは、にこにこの出発となったのだった。


翌朝、皆で朝食を食べてから着替えをして、僕はマリー達と一緒に魔法陣が設置されている別棟へと移動した。兄様も父様も母様も揃っている。

「遅くなって申し訳ございません」

「大丈夫だよ。では最初に私たちが行く。次にアルフレッドと側近。最後にエドワードと側近だ」

「父上」

「なんだい？」

「チェスターも同行ですか？」

「ああ、そうだよ」

「分かりました」

家令のチェスターが出かける事はあんまりないから確認したのかな。そういえば僕を助けに来た時もチェスターが一緒だったな。

「じゃあ、エディ、先に行っているからね」

兄様がそう言って魔法陣の中へ消えた。

「よし、マリー、ルーカス、ゼフ、僕たちも行こう」

僕の護衛はルーカスだけでなく魔導騎士のゼフが加わった。誕生日の後からは、部屋から出る時はこの三人が僕と一緒に行動しているんだ。時々ルーカスとゼフが稽古《けいこ》をするのを見せてもらっているんだよ。本当に稽古《けいこ》なのかなって思うくらいすごいんだ。

「まさかアル兄様と一緒に王都に行けるなんて思ってもいなかったよ、マリー」

僕がそう言うとマリーは「そうですね」って頷いてくれた。別々になる事は変わらないけれど王都に一緒に連れていってもらえるのはやっぱり嬉しい。

母様に「行ってきます！」って挨拶をして、僕たちは魔法陣に乗った。王都ってどんなところだろうってドキドキしている間に目の前の風景が変わって、僕の前には先に出発した兄様がいた。

「いらっしゃい、エディ。ここが王都のタウンハウスだよ」

「アル兄様！」

にっこりと笑った兄様に、僕は嬉しくなって飛びついた。

「さて、お茶でも飲んでから王都を見て回ろうか。エドワードは王都は初めてだな」

「はい！」

うわぁ！　すぐに聖神殿だと思ったのに王都の街を見て回れるなんて思ってもみなかった。

「鑑定は明日だ。せっかく来たんだから少しくらいは街を見て楽しまないとね」

「ありがとうございます」

ぺこりと頭を下げると、父様はうんうんと頷いてリビングルームのソファに腰を下ろした。

「どこに行こうか。何か見ておきたいところがあるかな？」

そう言われても僕は王都に何があるのか分からない。

「ええっと、有名な場所はどこですか？」

「有名……有名ねぇ。来ても仕事ばかりだから観光なんて分からないなぁ。どうかな、チェスター」

「さようでございますね。最近の王都の流行《はや》りのようなものも良いかと思いますが、知っておいた方が良いものを見ておく方がよろしいかもしれませんね」

「知っておいた方が……か。ああ、では城を遠目に見ながらアルフレッドが通う学園の前を通ってパティの好きな菓子屋に寄ってみようか。買ってきて食べてみて、美味しかったら土産《みやげ》にしよう」

「わ～！　アル兄様が通う学園が見られるのですね？」

「エディも通うんだよ？」

「はい。でもアル兄様、まだまだ先です……」

言葉にすると悲しくなってくる。そんな僕を見て父様は苦笑しながら「エドワード、紹介してお
こう」と近づいてきた男の人に視線を移した。テオより少しだけ若い、優しそうな男の人。

「エドワード様、初めてお目にかかります。王都の屋敷で執事をしておりますロジャーと申します。

どうぞよろしくお願いいたします」

「初めまして、エドワードです。よろしくお願いします」

「この屋敷について分からない事があればロジャーに聞きなさい」

「はい」

僕が返事をするとロジャーはにっこりと笑ってくれた。

お茶を飲んで一息入れた後、僕たちは馬車に乗っていた。
「アル兄様、準備があるって言っていたのに、すみません」
「エディが謝る事じゃないよ。それに準備って言っても制服は出来ているし、揃えるものはもう揃
えてあるからね。あとは王都の環境に慣れるくらいかな。手続きも書類の最終的な確認のようなも
のだからね。大丈夫だよ」
「そうなんですね。それなら良かった」
僕はホッとして馬車の窓から外を見た。フィンレーの街よりも窮屈そうに立ち並んでいる建物。

石造りの建物は、外観も同じように揃えられていて綺麗なのに、どこか冷たく感じてしまうのはどうしてなのかな。

フィンレーは今、一面の雪景色だけど、ここは普通に人も馬車も行き交っている。雪のない石畳の道。雪のない街並み。馬車の窓から見ているせいなのか空も狭く感じてなんだか息苦しくなるような気がした。

冬祭りを開くグランディスの街ももちろん沢山の建物があって、沢山の人がいる。でもね、少し外れれば普通に畑が広がっているし、牧草地帯や果樹園だってある。だけどここは雪も、畑も、山々も、沢山の木も、広い空も見えないんだ。

「エドワード、あの大きな城が王城だ。王室一家とその家臣たちがこの街を支えている。王室の事は習っているかい？」

「少しだけ。テオから聞いています」

「うん。少しずつでいいから王室の歴史も学んでおくといい。もちろん今の王室の事もね」

「はい」

父様が指した先に見えた大きなお城。その周囲には森みたいなものがあるように見えた。緑が見えて少しだけホッとする。

「初めて見る王都はどう？　エディ」

隣に座った兄様が声をかけてきた。

「はい。えっと、綺麗だなって」

「うん」

「雪も全然ないし。皆普通に歩いているし、馬車も沢山走っていて」

「そうだね」

「でも建物ばかりで淋しいなぁ……」

「エディ？」

「僕はフィンレーみたいに山が見えたり、森が見えたり、麦の畑が広がっていたり、牧草地で牛たちが休んでいたり、一面の雪景色が綺麗だったりしている方が好きかなぁ」

僕の言葉に父様は「そうか」と言い、兄様は「うん。フィンレーと比べるとちょっと狭苦しく感じちゃうよね」と笑った。

同じような風景の中をしばらく進んだ後、僕たちは馬車を降りた。するとすぐにそれぞれの護衛たちに周りを囲まれてちょっと驚いてしまった。でも仕方がない。だって父様と兄様と僕、三人分の護衛が付いているんだもの。マリーはタウンハウスで僕の泊まるお部屋を整えてくれていて、僕にはルーカスとゼフが付いてきている。

「この先にね、大きな噴水があるんだよ。まずはそれを見よう。そして、その少し先に学園がある」

「わぁ！　楽しみです」

馬車の中では分からなかったけど、やっぱり冬らしく、空気は冷たかった。それに馬車の中から見た街はなんとなく灰色ばかりに思えたけれど、降りて見れば色々な看板や、路面の大きなガラスの中に綺麗な商品を並べているお店もあって、ちょっとワクワクした。

「寒くない？」

「大丈夫です。でも思っていたよりも空気が冷たくてびっくりしました」

「石畳で、石造りの家が多いから冷えるね」

「そうですね。アル兄様、風邪をひかないようにしてくださいね」

「ふふふ、ありがとう。エディもね」

　雪のない道を歩いていくと、兄様の言った通り大きな池みたいなものが見えた。あれ？　噴水って話だったよね？　そう思った途端、石で造られた池の中から、いきなり水がパァッと高く噴き上がり、波打つような動きを見せてシュッと消えた。

「え？　な？　ま、魔物？」

「初めての時はびっくりするよね。夏場はずっと流れているんだけど、冬は人が近付いたり、神殿の鐘と連動して特定の時間になると凍結防止のために噴き上げたり、面白い動きをしたりするんだ」

「そ、そうなんですね。最初池かと思ったから、水の魔物でも出てきたのかとびっくりしました」

「水の魔物か、エドワードは面白いな」

「だって、父様、急にバーッてなるんだもの」

「笑っているんじゃないよ。発想が面白くて可愛いって思ったんだ。ほら、ここからでも見える。あれが君たちが通う王都の学園だ」

「ふわぁぁぁぁ！　大きい」

　そこには三角の屋根の塔がいくつもある、見た事がないような建物があった。大きな門と石壁に囲まれていてよく見えないけれど、中の建物は左右対称になっているみたい。なんだか不思議な感じだけど、怖い感じはしない。

「初等部と高等部に分かれているんだよ。十二歳から十五歳までの三年が初等部。十五歳から十八歳までの三年が高等部」

えっと十二から十三になる子が初等部一年、十三から十四になる子が二年、十四から十五になる子が三年。そして十五から十六が高等部一年、十六から十七が二年、十七から十八が最終学年。

僕も十二歳から学園に入るけど、その時、兄様は高等部の最終学年なんだよね。

「アル兄様とご一緒出来るのは一年だけですね」

「そうだね」

しかも校舎も違うみたいだ。

僕はちょっとがっかりしてしまった。でもそうだよね。初等部と高等部だもの。

だけど何よりも気をつけなければいけないのはその年だ。僕が学園に入る前が、僕と兄様の大勝負なんだ。僕は絶対に兄様と「ほら、大丈夫だったよね」ってお祝いをするんだから！

「エドワード？」

「ふふふ、楽しみです！」

思わず拳を握り締めた僕に、父様がびっくりしたように声をかけてきた。

「ああ、楽しみなのは良かった。まぁ、まだ先だけど目標が出来たのなら何よりだ。さて、学園の中には入れないから、また馬車に乗って今度はお菓子の店に行ってみよう。王都の流行《はや》りはチェックしておかないと、母様に叱られてしまうからね」

父様のその言葉に僕と兄様はふふふと笑って馬車に向かって歩き出した。

その晩デザートに出てきたのはリンゴのクリームチーズタルト。

リンゴを甘く煮てクリームチーズに混ぜて、ビスケットで作ったお皿に入れて固めているんだって。すごく美味しかった。これはきっと母様もシェフも気に入るね。

こうして僕の初めての王都一日目は終わった。

◇◇◇

王都での二日目。今日は聖神殿に行く日だ。

僕は朝からドキドキしていた。グランディスの神殿で父様は「加護というのは神や精霊から与えられる、特別な力の事だ」って言った。

特別な力。僕はそんなものは別に欲しくない。『悪役令息』にならずに、皆と仲良く暮らしたい。それだけでいいの。でもあの魔物との戦いの後から、僕は剣も魔法も強くなりたいって思うようになった。守られるだけでなく守れるようになりたい。自分の力で大好きな人とずっと一緒にいられるようにしたいって思ったんだ。

今日これから分かる加護が僕にとってどういうものなのか、本当は少しだけ知るのが怖い。

でもそう思った時に、なぜかハワード先生の言葉が浮かんできた。

『良いものとか悪いものというのは、実は周りの人間たちが勝手につけた評価です。時代が変われば評価すら変わる事がある。そんな事もあるのです』

言われた時は半分も理解出来なかったし、先生は別に加護の事を言っていたわけじゃない。だけどこれから鑑定を受けて、それがどういうものなのか分かったとしても、僕が自分の中できちんと良い、悪いという基準を持っていれば、どんな加護でも、きっと悪いものにはならないんじゃないかなって思えて、僕は怖くてもやもやしていた気持ちが軽くなった気がした。

「もうすぐ着くよ。そんなに緊張しなくても大丈夫」

「ふふ……久しぶりに父様の『大丈夫』を聞きました」

「おや、そうかい？　エドワードがそれで安心出来るならいつでも言ってあげるよ。父様も母様もアルフレッドも皆エドワードの味方だ」

「はい」

僕はコクリと頷いた。

「……父様」

「なんだい？」

「お祖父様が温室をくださった時に仰《おっしゃ》っていた【緑の手】っていうのが僕の加護なんでしょうか」

「どうだろうね」

「そうだったらいいいな」

「うん？」

「欲しがる人もいるだろうけど、お祖父様は植物が好きな人間に精霊がくれた贈り物だって仰《おっしゃ》っていたから。もしもそれだったら嬉しいなって」

「そうか」

返事と一緒に大きな手が僕の頭を撫でた。そして……馬車がゆっくりと止まった。


「ようこそいらっしゃいました。聖神殿の大神官を務めておりますブルームフィールドと申します。本日はどうぞよろしくお願いいたします」

ゆっくりと深く頭を下げた大神官様は、お祖父様よりも年上に見えた。フィンレーの神殿の大神官様よりも金色の刺繍が多い、ストンとした白いお洋服の上に、同じく白地に金色の刺繍が入ったマントみたいなものを羽織っていらっしゃる。

「フィンレー当主のデイヴィット・グランデス・フィンレーです。鑑定をお願いするのは私の次男エドワード・フィンレー。本日は嫡男も同席させていただきたい」

「畏《かしこ》まりました。本来ですと他の神官たちも同席いたしますが、お申し出のありました通り、私一人での鑑定とさせていただきます」

「感謝します。よろしくお願いいたします」

「それではこちらへ」

大神官様はそう言って神殿の奥へと歩を進めた。神殿の中の通路は天井が高いアーチ型になっていて、その両脇には石像が一定の間隔で祀《まつ》られている。

どこかで水が流れているのか、微かに聞こえてくる水音。そんな道をしばらく進むと、目の前にキラキラと光っている扉が見えた。大神官様はその扉の前で立ち止まり、深くお辞儀をしてからゆっくりとその扉を開いた。

「どうぞお入りくださいませ。ここでの話は神と私たちだけが聞く事が出来ます」

「はい」

僕は父様に続いて部屋の中に入った。後から兄様も続き、全員が入り終わると扉が音もなく閉じた。中の部屋はそれほど広くはなかったけれど、壁や柱には綺麗な装飾が施されていて、正面に何体もの神様の像が祀《まつ》られていた。そしてその前には六歳の魔法鑑定の時と同じように大きな水晶が台の上に載せられている。僕たちは大神官様と一緒に神様の像に向かって膝を折り、頭を下げた。

「ご心配をされずとも大丈夫ですよ。加護というものは神や精霊たちからの贈り物です。それをどのように使うかは、これからご自身で考えていかれればよろしいのです」

「……はい」

「では、エドワード・フィンレー様、こちらの水晶に手を当ててください」

「はい」

ドキンドキンと胸の鼓動が速く、大きくなる。

水晶に両手をそっと当てた。そしてあの日と同じように僕は祈る。

（いつもありがとうございます。今日はよろしくお願いします。いただいたご加護が、皆の役に立

てるような加護でありますように。大好きな人たちといつまでも一緒にいられますように）

大神官様が何かを呟いて、聖水を銀色の棒のようなものにつけて、僕の両手と頭にトントンと触れた。その途端、水晶の玉がキラキラと光って、僕の瞳の色に輝いた。

同じだ。あの日と同じだ。

やがて光が収まると、隣に置いてあった白銀の紙に文字が浮かび上がる。

「鑑定が終了いたしました。どうぞご家族様のお隣へおかけください」

言われた通りに僕は水晶から手を離して、父様と兄様の隣に並んで座った。それを確認して、大神官様は文字が浮かび上がった紙を見つめ、ゆっくりと口を開いた。

「エドワード・フィンレー様　七歳。〈魔法属性〉土、水。〈取得魔法属性〉風。〈スキル〉鑑定、空間魔法。〈加護〉グランディス神の加護・【緑の手】、【精霊王の祝福】以上」

父様も、兄様も、そして僕も何も言わなかった。違う。言えなかった。

「素晴らしい力をお持ちです。神に祝福をされた【愛し子】様です」

「い……としご？」

違う、それは僕じゃない。僕は、ううん、僕が【愛し子】の筈がない。だって【愛し子】は……

「他言は無用だ。どこかに漏《も》れないように、万全の注意を」

父様が鋭い口調でそう言った。

「畏《かしこ》まりました。けれどそれだけのお力とご加護。神殿でお預かりして、お力を正しく伸ばすお手伝いをさせていただけないでしょうか」

「……っ！」

信じられないようなその言葉に僕はヒュッと息を呑んだ。だけどすぐに父様が口を開いた。

「まだ幼い子供を家族から引き離すつもりはない。それよりも大神官殿は加護の力について詳しくご存じなのであれば、具体的にどういった力なのか教えていただきたい」

「それは、修行のようなものから探っていく形になります」

「分からぬという事か」

ジリリと肌が痛むような冷たい眼差しと、僕が聞いた事のないほど低い声だった。

「加護の力は神の持つ力。正しく導き――」

それでも尚《なお》、言葉を続ける大神官を、父様は冷たい瞳のまま遮った。

「何が正しいのか、それはこの子が決めていく事だ。力を使わせるために修行をさせるつもりはない。まして、祀《まつ》り上げて雁字搦《がんじがら》めにしたくない。これが親の気持ちだ。分かってくれないか」

僅かな沈黙を破ったのは、少しだけ苦い笑みを浮かべている大神官様だった。

「……………驕《おご》った事を申し上げました。申し訳ございません。聖神殿は【愛し子】様の意に染まぬ行為は神に誓っていたしません。どうぞお健《すこ》やかにお過ごしくださいませ。素晴らしき瞬間に立ち会えました事を、ブルームフィールド、心より感謝いたします」

「ありがとうございます。この子を守り、慈《いつく》しみ、育てていきたいと思っています」

「はい。【愛し子】様の瞳の輝きが何よりそれを物語っております。グランディス神もお喜びでございましょう。この老生で何かお役に立つような事がありましたら何なりと。本日は良き日でございました」

「ありがとうございました」

僕たちは深くお辞儀をして、穏やかな表情で微笑む大神官様に見送られて聖神殿を出た。

「このまま真っ直ぐタウンハウスに帰ろう。いいね？」

「はい」

余計な事を口にしてはいけない事は僕にも分かっていた。

「エディ、帰ったら昨日見たワッフルケーキを作ってもらおうか。クリームとフルーツたっぷりで」

「はい、おいしそう……」

そう言っていつもと変わらずに笑ってくれた兄様に、僕はなぜだか泣きたくなるような気持ちでその腕にしがみついた。

「エディ？」

「大丈夫です、でもちょっとだけ」

「……うん。大丈夫だよ。帰るまでこうしていようね」

怖い加護ではなかった、悪い加護でもなかった。そう思えた。でも、僕は【愛し子】じゃない。

僕は……『悪役令息』にも、【愛し子】にも、なりたくないんだ。

神殿から戻ってきて僕は父様と兄様とお話をした。僕がお話ししたいって言ったんだ。だってどう考えたらいいのか分からなくなっちゃったんだもの。

僕は【愛し子】なんかじゃないのに、そんなものにはなりたくないのに！

お部屋に遮音の魔法を使って、父様が口を開いた。

「私から話しておきたい事もあるけれど、まずはエドワードが話したい事、不安に思う事を話してごらん？」

「………………」

自分から話したいと言ったのに、うまく言葉が出てこない。そんな僕に父様が言葉を続ける。

「なんでもいい。思った事をきちんと言葉に出しておかないと、後になってからどうしていいのか分からないまま色々と考えてしまうかもしれないだろう？　今日の事だけじゃなくてもいいんだ、思った事を話してごらん」

励まされるように言われて僕はゆっくりと言葉を紡《つむ》いだ。

「僕は……」

「うん」

「グランディス様の加護は、嫌じゃないです。【緑の手】ってお祖父様も仰《おっしゃ》っていたけど、植物が好きな人への精霊からの贈り物だとしたらすごく嬉しい。もう一つの方は、よく分からないけど、でも、祝福は悪いものではないと信じたいです。ハワード先生が良い悪いっていうのは周りの人間たちが勝手につけた評価だって仰《おっしゃ》っていました。だからもしもその力が必要になるのなら、その時は僕が良いと信じられる事に使えばいいんだって思うんです」

「そうだね」

父様が頷いた。兄様は黙って聞いている。

「でもそう思うそばから怖くなります。僕は自分がどんな力を使えるのか分からない。自分の持っている力を知る事は大事な事で、価値が分かれば自分でどうしたらいいのか分かるってお祖父様は仰《おっしゃ》っていました。だけど僕は、その力が分かる事が怖い気持ちもある。力が分かって、皆が僕の事を【愛し子】って言い出したら怖い。僕は……僕は【愛し子】なんかじゃない！　そんなものになりたいわけじゃないもの！」

だって、本当の【愛し子】はこれから現れるんだもの。僕と兄様はそれを知っている。

でもそれは確定ではないからもちろん言えない。小説の世界とこの世界は違う事が多い。だから言えないいんだ。でも！

「うん。そうだね。【愛し子】なんて大神官が勝手に言った事だ。気にする必要はないよ」

父様の言葉に、なぜか涙が出た。

「ほんとに、そう思いますか？」

「思っているよ。エドワードは私たちの大切な子供だ。どんな力を持っていても、エドワードがエドワードである事は変わらないよ？」

「……今日の大神官様が仰《おっしゃ》っていたように、僕は、僕が持つ力のために、父様や、兄様や、家族から離されてしまう事があるんでしょうか？　お祖父様が、力を悪く使おうとする人間もいるかもしれないって仰《おっしゃ》っていました。【愛し子】とか勝手に思われて、どこかへ連れていかれるような事はありますか？」

嫌だ。そんなの、絶対に嫌だ！

「そんな事はないようにするよ。約束する。私の大事な息子をどこか遠くへやるなんて考えられない」

「ど、どこにも行きたくないです。フィンレーにいさせてください」

「当たり前さ。不安なら何度でも言おう。どこにもやらない。どんな力を持っていても、エドワードはエドワードだ。私たちの大切な息子だ。それにエドワード自身がさっき言っていたように、周りの人間たちが勝手につけた評価に躍らされる必要はないんだ。自分が良いと思う事があった時に、使える力があるのなら使えばいい。それだけの事だよ。花壇にお祈りをするのと同じさ」

「花壇と？」

「そう。父上のガラスの温室も、かな。丈夫に育て、綺麗に咲け、美味しくなれ。それと同じさ」

「……はい」

うっすらと涙を浮かべながらコクリと頷いた僕に、父様は笑った。

「他に不安な事や聞いておきたい事はないかい？」

「大丈夫です。僕は、僕だから」

「そうだ。エドワードはエドワードだ。私たちの大事な。ね、アルフレッド」

「はい。大事な、大好きな家族です。だからエディ、一人で抱えないで。悲しくなったり、苦しくなったり、話をしたくなったらちゃんと言って。私はいつだってエディの味方だから。エディを大切に思っているから」

「はい。ありがとうございます。アル兄様」

兄様の言葉に思わずしがみつきたくなったけれど、ちょっと我慢。でも嬉しい。大切って言葉にされて嬉しい。加護っていうわけの分からない力があっても、兄様が変わらないでいてくれたのが嬉しかった。

「さて、じゃあ今度は私からの話だ」

「はい」

「グランディス様の加護について、ハワードに色々調べてもらった」

「ハワード先生に？」

僕はつい聞き返してしまった。

「思い出すのが辛いかもしれないけれど聞いてほしい。去年、魔力暴走を起こした時に、魔物が沢山の木や草に絡まれ、土に足元を固められて、死んでいたのを覚えているかい？」

「詳しくは覚えていないけど、緑色になって、干からびていたように思います」

うん。正直あんまり記憶が確かじゃない。でもあれは僕がやったのかって兄様に尋ねた気がする。

「大地の神グランディス様は、作物の恵みを与えるだけではなく、生命の神でもある。私はそれを『命を与えて育《はぐく》む』事だと思っていた。大地に命を与え、恵みをもたらす神だと。でもね、エドワード。命の始まりだけでなく、命の終わりも生命の輪の中にある。それは分かるかな」

「………はい」

「初めての鑑定の日、エドワードは魔素で穢《けが》れた土地を浄化し、そこに芽を吹かせた。私と秘密にすると約束をした力。命の力だね」

「はい」

視界の端で兄様が驚いているのが見えた。ああ、そうだ。これは兄様が知らなかった事だった。でも僕の視線に気付くと、兄様は僕の手をギュッと握りしめてきた。

「アル兄様？」

「うん。エディが不安そうな顔をしていたから。大丈夫の印にこうさせていて？」

「はい。ありがとうございます」

ほら、やっぱり兄様は僕がしてほしい事がちゃんと分かるんだ。

「続けるよ。魔力暴走の時、あの魔物は苔《こけ》むすように命が尽きて大地の一部となっていた。これもまた命の力だ。分かるかな？　エドワード」

「分かります」

怖かった。でも兄様の手が温かくて、大丈夫って思える。

「ハワードは、生み出す力とそれを終わらせる力は表裏一体だと言っていた。生命の神ならば命を生み出す力と同時に、命を終わらせるような力も持っているんじゃないかとね」

「………生み出す力と、終わらせる力」

土から芽吹かせた力、土に還した力。

「エディ！」

グラリと傾《かし》いだ身体を兄様が抱きとめてくれた。

「大丈夫、大丈夫です」

それを聞いて兄様はゆっくりと腕を緩めて、再び手を握ってくれた。

「大きな力だと思う。制御を間違えればエドワード自身も危ない。分かるかい？」

「はい……」

「でもそれを使うのも使わないのもエドワード自身で決めればいい事だ。何度も言っているが良い悪いを決めるのも、使う使わないを決めるのも自分自身。ただ」

父様はそこで一度言葉を切った。

「自分を大事にしなさい。神殿送りは連れていく方もきついんだ。そんな風に力を使わないような人生であってほしい。それが私たちの願いだよ」

うん。フレイム・グレート・グリズリーみたいな魔物が出てくる事は想定外で、僕だってそんな事が何度も起きてほしくない。あの力は使わないでいられる方がいいんだ。きっと。

そしてあんな風に生き物の命を巻き取るように終わらせてしまう力は、どうしても使わなければと思う時以外は……ううん、違う。そんな時はきっとない方がいい。でもそれは力が悪いわけじゃない。それが分かっていればいい。

「はい。父様。僕も終わりの力は使わないでいられる方がいいんだと思います。でも、もしも使わないといけないような、大切なものを守るような時があったら、僕は僕自身も守れるようにきちんと制御が出来るようになりたいです。だからちゃんとそんな力を持っているって分かっておく事にします。お話ししてくださってありがとうございました」

怖くないと言えば嘘になる。うまく制御出来ずに思いがけないものの命を奪ってしまうような事があったらどうしようと不安だ。でも……

父様がどこにもやらないって言ってくれたから。

兄様がいつでも味方だって言ってくれたから。

きっと他の皆も大丈夫だよって思ってくれると信じられるから。だから、僕は僕が出来る事を頑張ろう。『悪役令息』にも【愛し子】にもならずに。

「えへへ、安心したらお腹がすきました」

そう言うと二人が笑った。

「そうだね。食事にしようか。お昼がまだだった」

「温かいスープが飲みたいです」

「ああ、シェフに言ってみよう」

「お話を聞いてくださって、ありがとうございました」

「ああ。いつでも聞くよ」

「私もね。話をしたくなったらいつでも言ってね。さあ、行こう。エディ」

「はい」

そして僕たちはダイニングルームまで手を繋いで歩いていった。

王都の三日目。僕はまだタウンハウスにいた。鑑定が終わったらすぐにフィンレーに帰ると思っていたんだけど、父様にお仕事が入って戻れなくなってしまったので、どうせならもう少し滞在して、兄様の入学式を見てから帰ろうかって言ってくれたんだ。すごい！　絶対に学園の中には入れないし、制服姿の兄様も見られないと思っていたのに。

今日は最後の手続きがあるので兄様は学園に出かける事になっていて、父様もお仕事でいない。でも兄様ともう少し一緒にいられる事が嬉しくてさっきから顔がにやけてきちゃうんだ。

「ふふふふ、ご褒美《ほうび》みたい」

「エドワード様、何か良い事がございましたか？」

「うん。父様がアル兄様の入学式を見てから帰ろうって」

「それはようございました」

「うん。ねぇマリー。一昨日《おととい》はケーキ屋さんに行ったけど、王都には他にどんなお店があるのかな。今日は父様もアル兄様もいらっしゃらないから、ルーカスやマリー達とちょっとだけ街の中を散歩するのは駄目かしら」

「それは、侯爵様にお聞きいたしませんと」

「そうだよねぇ。ああ、じゃあ、このタウンハウスの中を探検するっていうのはどうかなぁ。入ったらいけないお部屋とかもあると思うから、見てもいいお部屋を教えてもらって」

「ふふふ、ではロジャーに確認をしてみますね」

「うん！」

マリーの返事に、僕は大きく頷いた。

◇◇◇

その頃、デイヴィット・グランデス・フィンレーは王城の中を歩いていた。

(まったく、何が王都に来ているなら顔を出せだ。この前魔物の件で報告に来たばかりじゃないか)

「では、私はこちらで控えておりますので」

「ああ、なるべく早く戻ってくるようにしたいね。チェスター、何か動きがあったり時間がかかったりしていると思ったら、すぐにあちらへ連絡をするように」

「畏《かしこ》まりました」

供の者はこれ以上奥へは進めず控えの間で待つ事になる。意味深な一言を口にして、デイヴィットは奥の間へと進んだ。

「フィンレー侯爵がお見えになりました」

「ああ、入ってもらって」

のほほんとした声がして、謁見の間よりかなり小さめの部屋に通される。

「呼び出して悪かったね」

悪いと思うなら呼び出すなという言葉を胸の中で留めて、デイヴィットは礼をとって口を開いた。

「本日は陛下のご尊顔を」

「うん、いいから、いいから」

「陛下、それでは他の者に示しがつきません」

「さようでございます」

頭を上げる前に、ルフェリット王国国王グレアム・オスボーン・ルフェリットの他に誰がいるのかが分かって、さらに気分が下がる。

「今日はいいんだよ。他の者って誰もいないし。お前たちだって呼んでもいないのに勝手に来ているんだからね」

「それは……」

「だから今日は旧友とのお茶会みたいなものなんだって言っているのに。ちょっと話をしたいなと思っても本当に面倒だね。デイヴィット、とりあえず座ってくれるかな」

「はい」

家名でなく名前を呼ばれ、デイヴィットは頭を上げると、言われた通りに用意されていた椅子に腰を下ろした。

思っていた通り、グレアムの他にオルドリッジ公爵と、先日魔物の出没報告の件で散々嫌味を言っていたベウィック公爵の姿が視界に入った。

ちなみにオルドリッジ公爵はエドワードの囲い込みを疑っており、ベウィック公爵はハーヴィン元伯爵夫人の実家と繋がりがある。どちらもあまり会いたくない人物だ。

「ああ、まずは、この前の件でその後、何か進捗があったら聞いておきたいと思ったんだ」

「は、その件でしたら申し訳ございませんが未《いま》だ」

「まだ分からんのか。フィンレーも案外無能だな」

さっそくベウィック公爵が口を挟んだ。

「申し訳ございません。ですが、私は陛下と話をしておりますので、無用な言葉は控えていただきたく存じます」

「なんだと？」

「陛下から先ほど呼んでもいないのに、というお言葉がありましたので」

「こ、侯爵家の分際で」

今度はオルドリッジ公爵が顔を歪《ゆが》めて声を出す。それをうんざりとした気持ちで聞きながらデイヴィットは顔色を変えずに口を開いた。

「陛下とのお話に割って入るのが公爵家の作法と解釈してもよろしいでしょうか？」

「デイヴィット、悪態はそれくらいで。オルドリッジもベウィックも話をかき回すなら退席を」

「陛下の御前で失礼いたしました」

まったく失礼したとは思っていない口調でそう言うデイヴィットに、二公爵は苦虫を噛み潰したような顔をして口を噤《つぐ》んだ。

「先ほどの件ですが、正式な報告の通り、出現地には魔力跡もなく、魔素だまりの形跡もございませんでした。森も全て開き、整備をいたしましたが、残念ながらこれ以上の解明は難しいかと思っております」

「しかし不思議だな。それだけの魔物が急に現れるというのは。そんなものがいきなり王都に現れたら恐ろしい被害が出る。なんとか出現の経緯をと思うが、フィンレーでも難しいか」

「出来うる限りの事をいたしましたが」

デイヴィットが頭を下げると、グレアムは「そうか」と頷きながら話題を変えた。

「ところで最近魔物の出現が多くなってきている話は届いているかな？」

「今回の事で気になって情報を集めているところでございます」

「そう。こちらも調べてはいるんだけどね。何か分かったらそれも報告してくれるかな」

「御意《ぎょい》」

「それと、シルヴァンの側近候補をそろそろ決めたくてね。そちのところは嫡男だったね。誕生会は参加してもらったけれど、その後のお茶会は魔物の騒ぎで来られなかっただろう？　学園も始まるし、またお茶会を開きたいと思っているんだよ。よろしくね」

「…………畏《かしこ》まりました」

「いずれはフィンレーの当主になる子だから顔繋ぎはしておきたいんだ」

「ありがとうございます」

「それから」

まだあるのか！　思わず舌打ちをしたくなったが、そこはにっこりと笑って「はい」と答える。

「ハーヴィンから引き取った子だけどね」

来たか。その思いが先に立った。だが心を乱してはいけない。デイヴィットは表情を変えないまま「手続きは全て疾《と》うに終わっておりますが」と口にした。

「うん。手続き自体はなんの問題もない、伯爵家のゴタゴタを王室に持ち込むつもりもないし、させる気もない。そこは心配しなくても大丈夫だよ。私も十分心得ている」

「ありがとうございます」

「それでね、その子が『ペリドットアイ』だと聞いてね。何かの加護があって聖神殿に行ったんじゃないかって噂があったんだよ」

「ほう。随分と噂好きの雀《すずめ》がいるようですね」

デイヴィットの冷えた声にグレアムは面白そうに笑い出した。

「ははははは。まぁまぁ。加護の事はともかく、その子も来ているなら一度会えないかなと思ってね」

「まだ七歳になったばかりですし、身体がそれほど丈夫ではありませんのでご容赦ください」

「そうなのかい？　オルドリッジの下の子と同じ年で、何度か茶会にも誘ったが断られたと聞いていたけれど」

「領内での茶会を年に一、二度行っている程度なのです。王都まで手を広げるつもりはございません。辞退をしておりますのも公爵様だけではございません。幼い時期に辛い思いをしていた子供ですので、無理をさせるつもりはないのです」

「だそうだよ、オルドリッジ」

「……はい」

苦々しい顔つきで返事をする公爵をデイヴィットはそのまま無視した。

「さて、じゃあ、噂の事はそれまでにしようかね」

そう言ったグレアムの言葉を遮るように、ベウィックが口を開いた。

「お待ちください、陛下。もしもその子供の加護が王国にとって重要なものであれば、王室への届け出が必要なのではないでしょうか？」

「魔法属性などの鑑定の結果を届け出る義務はなかった筈ですが？　ベウィック卿」

すかさずデイヴィットが声を上げる。

「それは普通の場合だろう。王国にとって重要な——」

「王国にとって重要とはどういう事でしょうか？　ベウィック卿は学園にも入らぬ幼子に何を求めておられるのか」

「わ、私は大きな加護持ちであればそれは」

「もう一度繰り返しますが、個人の属性などは届け出の義務がなく、またぺらぺらと喋るものでもないと思っておりましたが、いつから王国の法は変わったのでしょうか？」

「王国に仕える身で、強い加護を受けたのであれば」

「ほう、今までそのような前例がありましたでしょうか？」

「もしもの事を言っておるのだ」

「もしも？　もしもなんでございましょう？　ベウィック卿は王国に、もしもの事があると思われているのと？　どのような事なのか、ぜひともお教えいただきたい。もっとも、仮にどんな力があったとしても、幼き子が王国を守らねばならないような事など、私には考えられません。王国に有事があれば、先に立つのは子を守る大人たちでございましょう。それとも王国はそこまで人手不足なのかと他国の失笑を買われるおつもりですか？」

「……っ……」

畳みかけるようなデイヴィットの指摘に、ベウィックは言葉を詰まらせた。

「ベウィック、どうだろうね。例えばそなたの息子が類《たぐい》まれなる力を持つとしたら、そなたはその背に隠れるか」

「陛下！」

「ああ、例え話だよ。まぁ確かに外聞は悪いよね。ふむ。加護ねぇ。まあ、どうであれ、それを公《おおやけ》にするというのは、あまり好ましくはないな。そういう力があるとすれば囲い込みたくなる者も出てくるだろうしね」

「はい。次男ですし、成人して、自分の好きな事を見つけてほしいとそれだけを願っております。やりたい事が見つかるまでは手放すつもりはございませんし、どうしたいのかが決まればそれの地固めまではきちんとしてやりたいと思っております」

「なるほど。親としてはもっともな事だね」

「ですが、陛下」

ムッとして黙り込んだベウィックを見て、今度はオルドリッジが口を開く。これだけ言ってもまだ言うか。

「もし特別な力を本当に授かっているのであれば、それを伸ばしてやる事も親の務めではないでしょうか」

ああ、本当にうるさい。どんな力があってもお前には関係ないだろうと怒鳴ってしまいたい。

だがもちろん、そういうわけにもいかない。デイヴィットが大きなため息を胸の中で吐き出して口を開きかけた瞬間、ドアをノックする音が聞こえた。

「お話し中に失礼いたします。フィンレー侯爵の補佐人の方がお見えです」

「補佐人？」

グレアムが不思議そうな顔をした。今日はどうも予定にない者がやってくるようだ。どういう事かと顔を向けるとデイヴィットが頭を下げた。

「私では説明が足りないところがあるかもしれないと、頼んでおいた専門家です。同席をお認めいただきたくお願いいたします」

「……認めよう」

「ありがとうございます。では入室を」

その言葉と同時に開かれた扉から入ってきた人物を見た途端、二公爵の椅子がガタンと音を立てた。

「お久しぶりでございます。陛下におかれましてはご健勝の事とお慶《よろこ》び申し上げます」

現れたのはカルロス・グランデス・フィンレー元侯爵だった。

「……これはまた、珍しい御仁《ごじん》が。さてデイヴィット、これは一体どういう事なんだい？」

グレアムの問いにデイヴィットはにっこりと微笑む。

「言葉の通りでございます。今回のお呼び出しにてどのようなお話になるのかは分かりませんでしたが、魔物の件での進捗状況などを含め、説明が足りぬところがあるかもしれないと思い、時間が長くなった場合には補佐人として同席をお許しいただこうと父と相談をいたしました」

一旦言葉を切って、デイヴィットはカルロスに向き直る。

「ちょうど良いタイミングでした、父上。魔物の件はフィンレーを含め他領でも同じような事がなかったかなど、改めて分かった事があればご報告をするという結論になりましたが、それとは別件で、ベウィック公爵様より加護などを授かった場合は、王国に仕える身として、もしもの事を考え、届け出の義務があるのではないかという話がありました。また陛下からは公《おおやけ》にするのは好ましくはなく、囲う者が出るのではないかとのお言葉が。そしてそれを受け、オルドリッジ公爵様からは本当に特別な力を授かっているのであれば、親としてそれを伸ばしてやるべきなのではないかという話が出ております」

まったくこの親にしてこの子あり。何が説明が足りないだ。つい先ほどまでベウィック公爵をやり込めていた男がスラスラと言葉を紡ぐ様子をグレアムはどこか楽しげに眺めてしまった。

「ふむ。陛下、発言を許可していただけますでしょうか？」

「許す」

「ありがとうございます。まずはさすがグレアム・オスボーン・ルフェリット陛下。ご推察、このカルロス感服いたしました。加護の報告義務の件につきましては実施するのであれば、より一層の話し合いが必要かと存じます。その際には、なぜそれが必要なのかもじっくりと話し合わねばなりません。また行う場合には、公平を期すためにどこまで遡《さかのぼ》って開示をするべきかも話し合う必要があるかと存じます」

「なるほど。確かに。今回の事だけの問題ではないね」

「はい」

「そしてもう一点。加護を授かろうがそうでなかろうが、力を正しく伸ばしてやるための手助けをするのは確かに親の役目」

カルロスの言葉にオルドリッジは少しだけ目を見開いて、ニヤリと笑いながら頷いた。

「ですが、どこで教えを乞う事が正しいのかはそれぞれかと存じます。我が孫に関しましては魔法に長《た》けた者を師に置き、さらにこの私自らがよくよく成長を確認し、どのような力があり、どのように伸ばしてやればよいのか考慮して指導に当たっておりますゆえ、ご心配いただかなくとも結構。フィンレーにて、伸び伸びと育ててまいりたいと思っております。幸い私もまだまだ身体も、魔力も衰えてはおりませんので、私どもに関しましてのご心配は無用に存じます」

「………」

顔色をなくして黙り込んでしまった公爵たちにカルロスもニヤリと笑った。

「いやいや、さすが元侯爵。お元気で何よりです。ですが、ひとつ」

「なんでございましょう、陛下」

「十分な教育を行っておられるのは分かりましたが、なぜその子供のみ自らご指導を？」

グレアムは真っ直ぐにカルロスを見つめた。

穏やかな顔つきとは裏腹な眼差しに、一瞬だけ目付きを変え、カルロスもまた穏やかな顔をしたまま口を開く。

「『ペリドットアイ』だからでございます」

迷う事なく言い切ったカルロスにグレアムはわずかに目を見開いた。

「…………ほう。噂は本当でしたか」

「どういった噂であるかは存じませんが、瞳の色など見れば一目瞭然《いちもくりょうぜん》。隠しようもございません。昔からフィンレーには『ペリドットアイ』の子供には不思議な力があるというお伽話《とぎばなし》のようなものがございます。それを信じて大事な孫に何か悪さをする者が現れましたらと心配で。いやいや、年を取ると孫は可愛くて、爺馬鹿《じじばか》というものにもなるようでございますな。もっともそれの力に関しましては未《いま》だに分からず、やはりお伽話《とぎばなし》に過ぎぬのかとも思っております」

何が爺馬鹿だ。やはりこの男は苦手だ。グレアムは胸の中でそう思いながら口を開いた。

「……お伽話《とぎばなし》か」

「はい。ですが、土魔法はなかなかの力がある様子。私も手前味噌《てまえみそ》ではございますが、土魔法は色々と調べ、使えるよう努力をしてまいりましたので、無理のないように受け継いでいかれればと思っております」

「そうか。ふふふ。さすがカルロス。相変わらず隙がない」

「いえいえ、とんでもございません。田舎《いなか》暮らしの好々爺《こうこうや》を目指しております」

「ふ、ふふふ。好々爺《こうこうや》とは。まぁよい。元気そうな顔を見られて良かった。オルドリッジもベウィックも久しぶりに話が出来て良かったな。カルロスが溺愛している孫にもいつか会ってみたいものだね」

「瞳の事もございますので、目立つ場はご容赦いただけますよう、何卒《なにとぞ》お願い申し上げます」

「ふむ。デイヴィット」

「は」

「やりおったな」

「有能な補佐人がおりますゆえ、お陰様でフィンレーは安泰でございます」

まだまだ不出来な息子という体《てい》を装《よそお》った笑顔に、グレアムは鼻白んだ顔をして口を開いた。

元より、老人とは言い切れない目の前の男が出てきた時点で、今の自分に勝ち目などないのだ。

「今日は予定のない参加者が多く、なかなか面白い時間を過ごせた。ここでの話は他言を禁ずる。公《おおやけ》のものではない発言で他者を惑わせる事がないよう、それぞれ十分に考慮を。漏《も》れた場合はどこまでも調べる故《ゆえ》、心得るように。同じくここでの事で互いに何かを起こす事も禁ずる。よいな。オルドリッジ、ベウィック、フィンレー」

「はい」

「では、また会おう」

グレアムはそう言って立ち上がるとカルロスを見た。

「カルロス」

「はい」

「爺馬鹿はなかなか見ものだった」

「ははは、本音でございますよ」

「まったく、変わらんな。相変わらず食えん奴だ」

「ふふふ、親にとってはいくつになっても子供は子供、孫はさらに可愛いものでございます。守らねばならぬと思えば尚《なお》の事」

「そうか。覚えておこう」

「はい」

微笑みながら退室をする国王とは対照的に、苦々しい表情で退室する公爵二人を見送ると、デイヴィットは父に深々と頭を下げた。人の気配はないが、どこに耳があるかは分からない。

デイヴィットは素早く周囲にだけ遮音をかけた。

「ありがとうございました」

「うむ。面倒な小物がおると伝わってきたからな。今後も動きをしっかりと把握しておくように」

「はい」

「改めてフィンレーにあれの顔を見に行こう」

「温室をとても喜んでおります」

「うむ」

そうして何事もなかったかのように遮音を解くと、二人は控えの間に向かって歩き始めた。

◇◇◇

「父様、お帰りなさいませ。お城でのお仕事は無事に終わりましたか？」

奥から出迎えると、父様は「ああ」と言って僕を抱き上げた。

「わぁ！」

「ああ、疲れた。タヌキとキツネとイタチの相手は本当に疲れる」

「ええ⁉　お城に行かれていたのではないのですか？」

どうしてタヌキやキツネやイタチが出てくるんだろう？　お城で飼っているのかな？

「うん。行ったよ。行ってムカついていたら頼んでいた調教師がやってきて、とりあえずは大人しくさせたって感じかな。お茶を用意してくれ」

「畏《かしこ》まりました」

ロジャーに指示して父様は僕を抱き上げたままリビングに入った。そしてそっとソファに下ろすとその隣にドカリと腰かける。

「ええっと、お城の中で動物たちが暴れていたのですか？」

「うん。まぁ、そんな感じだね」

「王都のお城にはタヌキやキツネやイタチが出るのですね」

「ふふふ、そうだね。ああ、それにしてもせっかく王都に来たのに、どこにも出られなくてつまらなかっただろう」

そう言う父様に僕はにっこり笑って首を横に振った。

「大丈夫です。今日はこのタウンハウスの探検をしたんです。ロジャーに聞いて、入ってはいけない部屋以外の場所を見て歩きました。沢山のお部屋があって面白かったです」

僕が答えると父様は「そうか」と笑った。

父様は本当にお疲れみたいだったから、僕は王都のお菓子以外のお土産《みやげ》を見に行きたいとお願いするのを今日はやめる事にした。

少しすると兄様もやってきたので、皆でお茶を飲みながら、ロジャーが用意してくれた王都のクッキーを食べた。シナモンという不思議な香りがするクッキーはサクサクしていて美味しかったけど、なんとなくフィンレーのミルクとバターがたっぷりのクッキーの方が美味しいなって思った。


王都に来て四日目。

父様は今日もとても忙しそうだった。昨日のうちに外出してもいいか聞く事が出来なかったから今日は中庭の手入れを手伝わせてもらう事にした。兄様は僕の予定を聞いて、昨日は一人にしちゃったからって、午前中は一緒に花の入れ替えを手伝ってくれるんだって。

タウンハウスの庭師がものすごく恐縮していたけれど、兄様と一緒にお花の手入れが出来るなんて嬉しかったたし、兄様が「植え替えるだけでも結構大変だね。エディはすごいな」って褒めてくれたんだ。そして、植え替えた中に黄色の可愛い花があって、兄様が「見ていると元気が出てくるね。エディみたいだ」って言っていた。僕はちょっとテレッとなったけど「ありがとうございます！」って返事をした。僕がフィンレーに帰っても、この花を見て兄様が元気になったらいいなって思ったよ。

昼食後は、少し調べ物があるって言って、兄様は自分のお部屋に行った。

「ごめんね、エディ」

「大丈夫です！　昨日回り切れなかったお部屋の探検をします！」

僕はそう言ってマリーと一緒に探検の続きを始めた。でも今日は父様が帰ってきたら明日はお土産《みやげ》を買いに行きたいってお願いするんだ。それから、買いたいものを言って、お勧めのお店をロジャーに教えてもらおうって思った。そんな僕を見てロジャーは「もう一か所探検しましょう」って書庫を見せてくれた。珍しい植物の本があってそれを借りる事にしたよ。

そしてお茶を飲みながらお勧めのお店の事を聞いて、その後は本を持って自分の部屋に戻った。すごく詳しい絵が入った図鑑みたいな本を見ているうちに時間が経っていて、部屋から出てこない僕を心配した兄様が覗きにきてくれた。

夕食は兄様と一緒に食べた。そして、今日も父様に会えなかったなって思っていたら、寝る前に父様が「ロジャーから皆のお土産《みやげ》が買いたいって聞いたよ」って会いに来てくれて、明日は兄様と一緒に街に買い物に行く事になったんだ。


そして王都五日目。

「アル兄様！　ロジャーに教えてもらったのはあのお店です！」

「エディ、転ぶよ。古い石畳は滑りやすいから気をつけて」

「はい！　わぁぁ！」

「エディ！」

言っている傍からバランスを崩して転びそうになってしまった僕を、傍にいたルーカスが支えてくれた。

「気をつけてください」

「うん。ごめんね、ルーカスありがとう」

「いえ、どこか痛むところはないですか？」

「大丈夫」

それを見たアル兄様が少しだけ怖いような、何かを考えているような、うまく言えないけれど普段あまり見ない顔をしていて、僕はすぐに兄様に声をかけた。

「アル兄様、すみませんでした。注意された途端転びそうになって」

「ううん。ルーカスがすぐに気付いてくれたから怪我をしないで良かった。今度は注意してね」

そう言った顔はいつも通りの兄様で、僕はホッとして「はい」って返事をした。

いけない、いけない。転ばないように注意をして歩かないとね。でもロジャーに聞いた中で、次のお店が一番楽しみなんだ。ふふふ、いいものが見つかるといいな。そう思っているとルーカスとゼフがなぜか周囲を窺うようにしてそっと僕の両側についた。

「ルーカス？　ゼフ？　大丈夫だよ。もう転ばないようにゆっくり歩くから」

「はい。そうしてください」

お店はもう目の前。ほらね、転ばないで歩けたでしょう？

「アル兄様、入ってもいいですか？」

「エディ、護衛が先だよ」

そう言うと兄様は僕の隣に来てくれた。

「はい」

そうだった。ルーカスと兄様の護衛が先に入ってからだ。さっきのお店もそうだったものね。

「裏口も注意を。この先に馬車を回しておいて」

「はい」

兄様は素早く護衛たちに指示を出して、僕と一緒に店の中に入った。

「わぁぁぁ！　すごい」

色々な小物を扱っているという店内は、本当に沢山の品物があって、僕は目移りをしてしまいそうだった。うん。すごいよ、ロジャー。これならきっと良いものが見つかりそう。

「好きなものを見ていいよ。気に入ったものが見つかるといいね」

「はい！」

僕は商品が並べられている棚やショーケースを夢中で眺めた。文具に小物入れ、可愛らしい置物や実用的なブックバンド。標本らしいものまであって、ロジャーが言っていた通り本当に宝物箱みたいなお店だ。

「エディ？　欲しいものはありそう？」

横から覗き込むように尋ねられて、僕はケースの中に入っていた箱を指さした。

「ウィルとハリーに何かないかと見ていたんですけど、このクレパスという絵を描くものにしたら母様とメイドたちが泣きそうだなって思って」

「ああ、確かに。これはやめた方がいいかな」

「そうですよね。食べても困るし」

「ふふふ、ウィルがやりそうだね」

兄様も同じ事を考えていて、僕も笑ってしまった。

「じゃあどうしようかな。やっぱりあっちの鳥の模型みたいなのにしようかな」

「模型？」

「はい。以前二人にあげたのは、風魔法の練習用に紙を鳥の形に切っただけのものだったけど、あの木の細い棒と布で作ってあるのは本物の鳥みたいです。本当は上から吊るす飾りだけど、あれを風魔法で飛ばしてあげたら喜ぶかなって」

二人の顔を思い出しながらそう言うと、兄様はなんだか不思議な表情で僕を見ていた。

「……ああ、そうだね。二人とも喜びそうだ」

「アル兄様？」

そう答えた兄様の顔がいつもと違っていて僕は思わず名前を呼んでしまった。兄様はすぐに表情を元に戻してコクリと頷いた。

「でもすぐに壊してしまいそうだから、飛ばす前に保存魔法をかけたほうがいいね」

ああ、その心配をしてくれていたのか。

「そうですね。じゃあこれにしよう。喧嘩《けんか》をするから形は同じで色違いに。緑と青はあるかな」

お店の人に尋ねて出してもらっていると、後ろで護衛の一人が「アルフレッド様」と兄様を呼ぶ声が聞こえてきた。

「うん。分かった。エディ。馬車が来てしまったよ。選んだら支払いは私の護衛に任せて家の方に回してもらおう。他の馬車とかち合ってしまったらしい。急がせてごめんよ」

「わ、分かりました！　じゃあ、これと、これ。あ、あとさっきのもお願いします。プレゼントにしたいんです」

お店の人の「畏《かしこ》まりました」って返事を聞いて、僕たちは護衛たちに囲まれるように店を出て、すぐ先に停まっている馬車に乗り込んだ。

「ふふふ、忙《せわ》しないな。ゆっくり見られなくてごめんね、エディ。もし他に気になるものがあったら後で送ってあげるからね」

「大丈夫です。欲しいなぁと思っていたものはすぐに見つかりましたから」

「そう？　それなら良かった」

「はい！　えっと、最後はカフェですね！　僕、コーヒーというものを飲むのは初めてです。マリーがずっと前に飲んだ事があって、すごく苦かったって言っていたんですけど。苦いですか？」

「うん。そうだね。そのまま飲むとちょっと苦いかもしれないね」

「……そうなんですね」

うううう、やっぱり苦いんだ。どうしよう。一度はカフェというところにも行ってみたかったし、コーヒーも飲んでみたかったんだけどな。そんな僕の心の声が聞こえてしまったかのように兄様はクスリと笑って口を開いた。

「ミルクとお砂糖を入れると飲みやすくなるって聞くよ。試してみる？」

「……ちょ、挑戦してみてもいいですか？」

「いいよ。飲めなかったら私が飲むから安心して？」

「えええっ!!　だだだ駄目です。僕が残したのをアル兄様が飲むなんて駄目です！　そんな事出来ません。お行儀が悪いって叱られます」

「分かった。じゃあ、冬祭りみたいに半分こをしよう。それなら試すのにちょうどいいんじゃないかな？」

クスクスと笑いながら兄様がそう言ってくれたので僕はコクリと頷いた。

「そ、そうですね。試してみるならそれくらいがいいかもしれません。アル兄様ありがとうございます」

「うん。初めてのコーヒー。楽しみだね、エディ」

「はい。ふふふ……」

「どうしたの？」

「えっと、冬祭りを思い出しました。すごく楽しかったなって。去年は行けなかったけど、今年はまたご一緒出来たら嬉しいです！」

「そうだね。また一緒に回って、楽しい思い出を沢山作ろう」

カフェに着いて馬車から降りる時、兄様の護衛がまた何かを兄様に伝えていた。どうしたのかなって不思議がっていたら、個室を予約していたから大丈夫だよって言われて、さすが兄様って思ったよ。そして、初めてのコーヒーは、やっぱり僕には少し早かったみたいで、ミルクとお砂糖を入れても一口飲むのが精一杯だった。

◇◇◇

約束の時間になって書斎を訪ねると「入りなさい」という声が聞こえてきた。

「失礼いたします。今日はお時間を取っていただきありがとうございました」

「いや、遅くなってすまなかったね。話を聞こう。座りなさい」

父であるデイヴィットの言葉にアルフレッドは「はい」と返事をして、書斎の中にある応接セットのソファに腰かけた。

聖神殿での鑑定の翌日、アルフレッドは「お話をしたい事があるのでお時間をいただきたい」とデイヴィットに願い出ていた。デイヴィットからの返事はその日の夕食後にきた。明日の夜に時間を取るという事だった。

おそらく父は父で、色々と動いているのだろうと歯痒《はがゆ》い気持ちを抑えながら、アルフレッド自身もデイヴィットがエディに話した内容を聞いて、自分に何が出来るのかを考えていた。

『悪役令息』の事、大神官からエディが【愛し子】と呼ばれた事、『世界のバランスの崩壊』の事、そしてこれから現れるのだろう、小説の世界の【愛し子】の事。

もちろん、そんな異世界のお伽話《とぎばなし》のような事を話すつもりはなかった。

エディが、自分が『悪役令息』で、アルフレッドを殺してしまうという未来を隠し、それを変えたいと思っていたように、アルフレッド自身もそうならないように、そして今この世界で何をすればいいのか考えていかなければいけない。だからそのために情報が欲しいと思ったのだ。

「教えていただきたい事があります」

そう言ってアルフレッドは、エディが持つ力の事。それによって何が起こると予想されているのか。魔物が現れた事についてどう考えているのか。その影響はどんな風に出ているのか。それがエディに関係してくる可能性があると考えられるのか。そして今後、エディの事をどうしたいと思っているのかについてデイヴィットに質問した。

「私に何が出来るのか、そしてこれから自分がどうしたいのかを考えるための情報が欲しいのです」

デイヴィットは黙ってそれを聞いてから、深く息を吐き、ゆっくりと口を開いた。

「そうだね。アルフレッドにはきちんと話をしておいたほうがいいね。まずはエドワードの力についてだが、先日聖神殿に同行してもらって、その後エドワードと話をした通りだよ。初めての鑑定では土と水の属性があって空間魔法と鑑定のスキルを持っていた。そして加護も持っていると言われたが、加護の詳しい事は聖神殿でないと鑑定出来ないと言われていた」

デイヴィットはそこで一度言葉を区切った。

「でもね、その帰り道で、私たちは魔獣によって魔素に穢《けが》された麦畑を見たんだよ。街道沿いに魔獣が現れる事は珍しいから騎士たちを派遣して調査をしていた。そこでエドワードが祈ったんだ」

「祈った、ですか？」

「ああ、そうだよ。祈ったんだ。『元気な畑に戻りますように』ってね。すると彼の中からごそっと魔力が抜けて、土の上に手をついた途端、光が舞い上がった。そして土は浄化され、そこに芽が吹いた」

「そ……」

そんな馬鹿なと目を見開いたアルフレッドを見ながらデイヴィットは言葉を続ける。

「私は居合わせた者たちに誓約書を書かせて他言無用とした。この時点でエドワードの加護がおそらくグランディス神の加護だと思ったからだ。アルフレッド、フィンレーにはお伽話《とぎばなし》のような話があるのは聞いているだろうか」

「はい。グランディス様の事は」

アルフレッドの答えにデイヴィットはコクリと頷いた。

「うん。グランディス様はフィンレーの神。大地の守り神だ。エドワードにも話したが、私はずっとそう思っていた。グランディス神は大地に命を吹き込む恵みの神だとね。その象徴が【緑の手】と言われる力だと考えていたんだ。もっとも【緑の手】の力自体もどういったものかはっきりとは分かっていないのが現状だったから、エドワードが発現させた魔法が【緑の手】だと思った。領主としてあるまじき事だったけれど、私はどこかで【緑の手】自体が現実ではない、お伽話《とぎばなし》のようなものだと思っていたんだよ。確かにフィンレーはグランディス様のお陰で麦の二期作が出来、他領に比べて作物が豊かに実る。神の力はあると感じていたけれど、それだけだった。だからエドワードがその力を使った時に隠さなければいけないと。守らなければならないと思った」

「はい」

「私はすぐに友人たちに協力を仰《あお》いだ。情報が欲しかったし、どうやって守ってやればいいのか助言も欲しかった。信頼出来る協力者が必要だった」

それが、自分の友人達の父親である事にアルフレッドは気付いていた。デイヴィットの話は続く。

「加護だけでなく、エドワードは『ペリドットアイ』と呼ばれる瞳を持っていた。『ペリドットアイ』の子供が生まれるとその年の作物の収穫量が上がったり、魔物が出にくくなったり、作物の成長が早まったりするという、本当か嘘か分からない話があるのは知っていた。でも私は『ペリドットアイ』の事もどこかお伽話《とぎばなし》のように思っていたんだ」

デイヴィットの言葉はどこか懺悔《ざんげ》のようだとアルフレッドは思っていた。

「『ペリドットアイ』について思い出したのは、マリーにエドワードがおそらくそうだと言われてからだったが、はっきりとそれを意識したのはハーヴィンの神殿で治療をして、あの子の瞳に生気が戻ってきてからだ。これが『ペリドットアイ』なんだと。伝説ではなかったんだと。お伽話《とぎばなし》は本当の事なのかもしれないとね」

「『ペリドットアイ』……」

アルフレッドの脳裏にエディの美しいグリーンの瞳が浮かんだ。確かに他では見ない色だと思っていたが、まさか伝説の瞳の色だとは予想もしていなかった。

「私はハワードにグランディス神の加護だけでなく、過去の『ペリドットアイ』の子供たちの事も調べてもらった。そして知れば知るほど恐ろしくなった。フィンレーに縁《ゆかり》がある土地に生まれ落ちた彼らは、その力がどのようなものかもはっきり分からないというのに、伝説の『ペリドットアイ』を持つというだけで、囲われて閉じ込められてしまったり、異端として殺されてしまったり、おかしな事が起きると生贄《いけにえ》として捧げられてしまっていたと分かった。成人出来たのは僅かで、さらに子孫を残した子供は一人。フィンレー当主のもとに生まれた子だけだという事も知った」

「そんな………」

アルフレッドはそれ以上声を出せなくなってしまった。グランディス神の事はお伽話《とぎばなし》のように聞いてはいたが、『ペリドットアイ』の事は初めて聞く。しかもその子供たちがペリドット色の瞳を持つというだけで、自由や命を奪われていたなんて思ってもみなかった。しかしデイヴィットの話はさらに続く。

「二百年ほど前にエドワードと同じように、おそらくはグランディス様の力を使える加護を持っていた子がいた事も知ったよ。その子が力を恐れた者たちに殺されてしまったと言われた時には身震いがした。鑑定の後にエドワードにも話した通り、グランディス様の力は恵みの力だけではなく、命の力だった。あの魔物を干からびさせたような、命を吸いつくして終わらせてしまう力が、他の人間たちからどう見えるのか。畏怖《いふ》されるとしたら、エドワードも殺されてしまうのではないかと思って恐ろしくなった」

「……っ……」

クラリと軽い眩暈《めまい》がした。思っていたよりも状況がひどい。囲い込みの危険は考えていたが、自分の予想が甘かった事をアルフレッドは今更ながら痛感していた。

「はじめはね、そのままのらりくらりと加護の事は引き延ばして隠しておこうと思っていたんだ。だけど魔物の件があって状況が変わった。もちろんエドワードが魔力暴走を起こして力を使ったという事は全力で隠したけれど、いつ、どこから漏《も》れてしまうか分からない。それならば加護をはっきりさせて、未成年という事を盾に守る方向に舵《かじ》を切ったんだ。グランディス神の加護であるならフィンレーに在るべきだと。力の詳細は分からなくても、そう言い切ってしまえばいいとね」

「は……い」

「瞳の色は隠せないから、『ペリドットアイ』というだけでもフィンレーのお伽話《とぎばなし》を信じて欲しがる人間はいるだろう。実際にそのために動いている者もいる。ちなみにね、エドワードの髪と瞳はフィンレーの精霊の森に在ると言われている精霊樹の色なんだよ。父上に言われて気付いた私は本当に大馬鹿者だ。アルフレッド、フィンレーのお伽話《とぎばなし》を調べ尽くせば、エドワードがグランディス神の加護を持っている可能性が高い事が分かるんだ。もっとも、あのハワードが相当大変だったと言うのだから簡単に調べる事は出来ないだろうけどね」

「精霊樹の色……」

なるほど、あの温室の植物たちの成長も納得だと、アルフレッドは呆然としながらそんな事を思った。エディが大事にしているあの植物たちは明らかにおかしな成長をしている。だから何かの力があるのだろうと思っていた。聖神殿での話を聞いて、加護の力だったのかと納得していたが、どうやらそれ以上ものがあるようだ。

話を聞いて良かった。エディの本当の力やそれに対する周囲の思惑は、アルフレッドが想像している以上のものだった。そして、考えなければいけないとさらに強く思った。

何が出来るのか。何をしたいのか。何が一番大切なのか。

でも、多分答えはもうそこに出ている。

「という事で、現時点で起こりうる危険は囲い込みだ。強引に略奪するような輩《やから》も出てくるかもしれない。聖神殿に行った事で加護持ちの可能性は高いと思われている。加護の力ははっきりとは分からないにしろ、恵みの力による収穫量の増加はおそらく想定内だろう。以前はこの力によってフィンレーの力がさらに大きくなる事を恐れる者がエドワードの命を狙うという可能性も考えていたんだが、私はその可能性は低くなったと思っている」

「魔物の命を奪った力ですね？」

アルフレッドの問いにデイヴィットが頷いた。

「そうだ。なんとしても隠して、守り通すつもりだが、万が一エドワードの力でフレイム・グレート・グリズリーの命を奪ったと知られてしまったら、戦力としても使えると思われるだろう。エドワードが魔力切れになっても、たとえ使い捨てになったとしても、手に入れたい、使いたいと思う人間はいる筈だ。そしてそれを恐れて先に消してしまえばいいと思う人間も出てくるだろう。過去にもあった事だ。わけの分からない巨大な力は、自分たちのものにならないならなくしてしまった方が早いと思う人間はいつの時代にも一定数いるものだ」

「はい……」

確かにそうだ。自分もそれを歴史として習ってきた。そして歴史は愚かにも何度でも同じ事を繰り返す。

『アル兄様！』

エディが奪われる。

エディの命が狙われる。

考えただけでも胸が苦しいとアルフレッドは思った。万が一にでもそんな事になったら。否《いな》、そんな事はさせてはならない。

「まぁ、今のところは、囲い込むというか、手の内に入れたいっていう方が多いかな。力の詳細が分からなくとも、フィンレーと繋がりを持ちたい輩《やから》もいるだろう。その証拠に釣書は山のように来ている。さすがにフィンレーから出すつもりはないとは言えないからね。フィンレー自身で囲い込むのかという反感を買う事は、今は得策ではないと判断して、未成年のうちは外に出さず、その後は本人の気持ちに任せると言って断っているから、成人したらとんでもない事になるだろう。それまでに私は何が出来るかを考えなければならない。王国から独立する可能性も含めてね」

「釣書……独立……」

欲しいと思っていた以上の情報に頭の中がいっぱいになりそうだった。けれどそんな事は言っていられない。現に今日の外出中もどこかの影が動いている気配があった。そして、それだけではない事も十分すぎるほど知った。さらに、想定外の父の覚悟も聞かされた。

「…………」

苦い気持ちが込み上げてくる。それは昼間感じたモヤモヤとした気持ちに似ていた。

エディの護衛が、エディの身体を支えただけで感じた気持ち。そして、嬉しげに双子の事を話すエディに感じた淋しさ。

守る、と言うのは簡単だ。でもそれを言うだけでは何もならない。本気で守りたいと、幸せにしたいと思うならば、他者ではなく自分自身がそうしたいと思うならば……と考えて、そうではないとすぐに気付いた。この気持ちは、『思うならば』というような、そんなものではない。そしてそれは考えれば考えるほど、アルフレッドの中ではっきりと形をとってきた。

自分でなければ嫌なのだと。あの子の一番でなければ嫌だと、胸の中で子供のように駄々をこねている自分がいるのが分かる。そして、その気持ちがなんなのか。自分はすでに答えを持っているとアルフレッドは思った。

エディが転びそうになった時に差し出された護衛《ルーカス》の手を見て感じたモヤモヤとした気持ちは、あの子を支える手はいつだって自分のものでありたいと思うからだ。

そして、双子たちの事を考えながら嬉しそうにしているエディの顔を見て感じた淋しさは、あんな風に嬉しそうに笑う顔はいつだって自分の近くにあったし、大好きだと伝えてくる幼い声や向けられた笑みに応えてやりたいと思ってきたからだ。

エディの一番近くにいたのは間違いなく自分だった。エディが淋しいと泣いていたように、自分もエディの傍にいられなくなってしまうのが、本当はこんなにも淋しいのだ。大丈夫だと言いながら、そんな簡単な事に今頃やっと気付いた。

『だいすき、アルにーさま！』

あの笑顔を大事にしたい。それは初めて会ったあの時からずっと、変わらない思いだった。この身体の中に閉じ込められていた時でさえ、そう願っていた。

「あとは、ああ、魔物に関してはどうして現れたのかは現状ではお手上げだね。他領で同じような事が起こっていないか調べている。それに関する影響も分からない。自分のところにもいきなり恐ろしい魔物が現れる可能性があるのかと恐れている各領がエドワードを戦力目的で手に入れようとする可能性だが、幸い今のところはその動きは出ていないと思っている」

「はい」

「それから、エドワードをどうしたいのかという質問だったかな。もちろん、守ってやりたいと思っているよ。あの子があの子のやりたい事が出来るように。そのためにどうしたらいいのか全力で考えている。協力者も増やしているし、学園に入る事を想定して友人も厳選している」

そう言ってデイヴィットはふぅと息を吐き出した。

「一気に話して悪かったね。どこまで、どう話せばいいのか難しくてね」

「いえ、お話ししてくださってありがとうございました。もう一つ教えていただきたいのですが、フィンレー当主のもとに生まれた『ペリドットアイ』の子供はどのようにして守られて天寿を全うしたのでしょうか」

「ああ、当主が持っていた爵位を与えて、領内で嫁を取って子孫を残したようだね」

「なるほど」

「エドワードがこれからどうしたいのか、しっかりと考えられるようにしてやるのが一番だね」

「そうですね」

そう言ってアルフレッドは黙り込んでしまった。

「大丈夫かい？」

そんな息子を見てデイヴィットは気遣うように口を開いた。

やはり一気に話しすぎてしまっただろうか。これでも話の内容は抑えたつもりだったが、聞いた時にはデイヴィット自身もショックを受けたのだ。大人びて見えても目の前にいるのは十二歳の少年だ。大切にしている義弟《おとうと》の事をどう思っただろうか。いくら聞きたいと言っても負担になってしまったのではないだろうか。

そんな事を考えていると、アルフレッドから「父上」と声をかけられた。

「なんだい？」

「以前、エディが部屋に閉じこもった時、私は父上に『父様は心配ではないのですか』と食って掛かった事がありました」

「ああ、あったね」

「その時に父上は仰《おっしゃ》いました。心配をするだけでは解決しないと。何を思って、何がそうさせたのかきちんと話を聞いて寄り添ってやる事が大事なのだと」

「そうだったな」

「私はその時に、自分が小さくて、情けないと思いました。もっと周りをきちんと見られる人間になりたいと心から思いました。相手の気持ちも、自分自身の気持ちも、推し量れる人間になりたい。大切な存在に寄り添える人間でありたいと思ってきました」

「うん」

その時の事をデイヴィットは思い出していた。二人とも見ていて可哀そうなくらい落ち込んでいた。それでもお互いにお互いの事を考えていた。

高見台の丘から戻ってきた時、大好きだと言って泣き出しそうな顔をして二人で抱き合っていた。思えばあんな顔のアルフレッドを見たのは初めてだった。

「お願いがあります」

「うん？」

真っ直ぐに見つめてくる明るいブルーの瞳。

「私を、エディが幸せになれる選択肢の一つに加えていただきたい」

「……なんだって？」

デイヴィットは思わずそう聞き返していた。

「私は、私自身が考えていた以上にエディを大切に、愛おしく思っています。あの子に幸せになってほしい。いつでも笑顔でいてほしい。でもそれは、誰かがそうしてくれるのではなくて、あの子を支える手は私でありたい。あの子を、他の誰でもなく私が、幸せにしたいと思っています。もちろん、エディの気持ちが一番ですから、今は選択肢の一つに加えていただくだけで結構です」

「ア、アルフレッド？」

ちょっと待て、この子は一体何を言い出しているのだ。デイヴィットは顔を引きつらせながら目の前の我が子の顔を見つめた。エドワードとはまた違った意味で、アルフレッドの事も大切に慈《いつく》しみ、そして厳格に、次期当主となるべく育ててきた筈だった。

「今日、一緒に街に出かけた時にエディが目の前で転びそうになって、隣にいた護衛がその身体を支えました。その時に胸の中がモヤモヤとしたのです。そして双子の事を思い出しながら土産《みやげ》を選ぶエディの顔を見て、この笑顔を一番近くで見ていたのは自分だと、それが毎日見られなくなるのは淋しいと思いました。そして分かりました。エディが淋しいと泣いていたように、私もエディの傍にいられなくなってしまうのが、本当はとても淋しいのだと。すでに報告があがっているかと思いますが、どこかの家の者が動いている事に気付いた時になんとしても守らなければと……私が守りたいと思いました」

「アルフレッド……」

「本気ですよ。分かったんです。他の者になんて任せるのは嫌だ。私以外の人間があの子の隣に立つなんて考えたくない。自分だったらこう出来たなんて後悔もしたくない。だから、強くなります。守れるように。私があの子を幸せにするために。なんと言っても私は父上の息子ですからね。母上を見初めて口説き落とした武勇伝は伺っています」

「だ！　誰がそんな事を、いや、そうじゃなくて！」

「大丈夫ですよ。爵位も余っていますし、跡継ぎも下に二人もいる。エディが成人するまで十一年ですか。ふふふ、楽しみですね。あの子に選んでもらえるように全力で頑張りましょう」

吹っ切れたように晴れやかな笑顔でそう言ったアルフレッドは、ほんの少しの間にとても逞しくなったように思えた。

「…………」

ああ、確かにこの子は自分の息子だとデイヴィットは胸の中でため息を落とした。

こうなったら何を言っても変わらないだろう。一番大切な者を見つけたのであれば、きっとそれを変える事はない。自分もそうだったから、分かる。

「……分かった。選択肢の一つに入れよう。ただし、エドワード次第だ。いいね？　間違っても騙すように言いくるめたりする事は認められない」

「もちろん」

にっこりと笑った顔は自分にも、妻にも似ていてデイヴィットは頭を抱えたくなった。

当主の件も考えなければならないのか。いや、でもそんな事はどうにでもなる。多分。きっと。

「まさかそういう話だとは思わなかったよ」

「私も思いませんでした。でもあの子を守れるのは自分だと信じます。誰にも渡す気はありませんよ。父上を見習って」

「…………そう、だね」

引きつる笑い。

「まずはエディが入るまで、学園の中で少し地ならしをしていこうかな。ああ、王家もしっかりと見張らないといけませんね。それから定期的に情報の共有もお願いしたいです」

アルフレッドが楽しそうに言う。

「情報共有ね。了解しよう」

「ありがとうございます」

似たもの親子は顔を見合わせて「ふふふ」と笑った。

遮音を解いて、アルフレッドが出ていったドアを見つめながらデイヴィットは「さて……」と声を出した。思ってもいなかった展開だった。だけど、これを選択肢に入れた計画を考えてみよう。

愛おしい息子たちのために。

なんだか自分も楽しくなってきたかもしれないと、デイヴィットは思っていた。

◇◇◇

タウンハウスの探検をしたり、中庭のお手入れのお手伝いをさせてもらったり、お菓子以外のお土産《みやげ》を見に街に出かけて、母様と双子たちへのお土産《みやげ》を買ったり、こっそり兄様たちの入学のお祝いも用意をしたり、初めてのコーヒーを飲んだり……王都での時間はあっという間に過ぎていった。

本当は兄様の入学式を見てから帰る予定だったんだけど、父様が入学式の見学は無理そうだと夕食の後に伝えにきた。期待をさせてすまなかったと謝る父様に僕は「大丈夫です」と首を横に振った。

「エドワードを危ない目に遭わせたくないんだよ」

父様の言葉で、僕はどうして急にそうなったのか分かったような気がしたんだ。

聖神殿での事は大神官様が内緒にするって約束してくれたけど、魔物の事とか、色々内緒の事が多いからね。本当は行きたかったけど、今は我慢するよ。大丈夫。

フィンレーでお別れしてそのまま離れて暮らすんだって思っていたのに、王都のお屋敷も見られたし、沢山一緒にいられたから。きっとまたすぐに会えるから。

「エディ」

「わぁ！　アル兄様！」

朝、学園に行く前に兄様が制服姿を見せてくれた。濃紺のすっきりとしたテーラードジャケットとスラックスのツーピース。ジャケットの中は白いワイシャツで、グレーとブルーを基本にしたシンプルなネクタイを締めている。

「どうかな？」

「カッコいいです！」

「ありがとう。エディも五年後には着るからね」

「はい！　それまでにはもっと大きくなっていたいです！」

僕はまだ百三十ティン(百三十センチメートル)。兄様はもう百六十五ティン(百六十五センチメートル)を超えている。

うわ〜ん！　差がありすぎだよ。でも兄様も十一歳とか十二歳で沢山伸びたって言っていたから期待だ！

「えっとご入学、おめでとうございます。これ、王都で流行《はや》っているインクをつけなくてもいいペンだそうです」

差し出した明るいブルーのペンに兄様は少しだけ驚いて、すごく嬉しそうな顔をした。

「ありがとう。大切に使うよ」

兄様はふわりと笑ってペンを制服の上着の胸ポケットに入れてくれた。

少しだけ覗いているペン。

入学式には行けなくなったけど、なんだか一緒に連れていってもらえるみたいでちょっと嬉しく思える。ほんとはね、グリーンのペンも考えたんだ。でも、やっぱり兄様の色を選んだのは他の人のプレゼントもあったから。

「いってらっしゃいませ。そしてフィンレーにも沢山帰ってきてくださいね」

僕が笑ってそう言うと、兄様も笑って頷いた。

「もちろん。お土産《みやげ》を持って、なるべく沢山帰れるようにするよ」

「はい」

泣いたら駄目。だって今日はおめでたい日だもの。分かっているから。どうして一緒に行けないのかちゃんと分かっているもの。それに、ご褒美《ほうび》みたいな時間も沢山もらえたから。涙じゃなくてちゃんと笑って送り出そう。

「じゃあ、そろそろ行くね」

「はい」

泣き出してしまいそうなのを必死に堪《こら》えていたら、兄様が何かを取り出した。

「あとね、エディ。これ」

「え？」

「ふふふ、まさか同じものを選ぶとは思っていなかった。でも私の方が欲張りだな」

そう言って兄様が僕に渡してくれたのは。

「ペンだ……！」

そう。兄様が僕にくれたのは、僕が兄様の入学祝いに選んだインクをつけなくてもいいペンだった。しかもペンの軸はグリーンとブルーが、螺旋《らせん》を描いて綺麗な模様を作っている。

「わぁぁ！　ありがとうございます！　アル兄様。僕、大事にします！　同じものを選ぶなんて、すごく嬉しいです！」

「うん。良かった。じゃあ、行ってきます」

「はい」

玄関まで見送りに出るとなぜか外が賑やかだ。何があったんだろう。思わず不安な顔をした僕に兄様が「大丈夫だよ」って言って、ドアが開かれて……

「あ……」

「来られないって聞いたから来てしまったよ」

「ダン兄様!?」

「エディ、五年後を楽しみにしているよ」

「騒がせるけど、どうしても皆で制服を見せたくてね」

「マーティン様、ジミー様」

まさか皆の制服姿が見られるなんて思ってもいなかった。びっくりしている僕の前に四人は笑いながら並んでくれた。

「み、皆さん、カッコいいです！　おめでとうございます！　こんなのすごいです！」

「ふふふ、作戦は成功だね、アル」

「アルフレッドが昨日の夜に書簡をくれてね」

「マーティ、それは言わない筈だろう？」

「可愛い弟のためだものね」

「ジム」

そうなんだ。兄様が皆さんに声をかけてくれたんだ。

「ありがとうございます。皆様にお会い出来てとても嬉しいです。改めまして、ご入学おめでとうございます」

僕は用意をしていたプレゼントを慌てて出して、一人一人に手渡した。

ダニエル君には藍色《あいいろ》のペン。マーティン君にはブルーグリーンのペン。ジェイムズ君には赤いペン。皆の瞳の色に近いものが見つかって良かった。

皆「ありがとう」と言って兄様と同じように胸のポケットに挿してくれた。

「また会おうね、エディ」

「はい。ありがとうございました」

忙《せわ》しないけれど、それは仕方がない。でもまさか入学式の前にフィンレーのタウンハウスに寄ってくれるなんて思ってもみなかった。本当に驚いたし、すごく嬉しかった。

次々に出ていく馬車を見送って、最後は兄様の馬車だ。

「じゃあ、エディ。今度こそ行ってきます」

「はい。アル兄様、ありがとうございました。いってらっしゃいませ」

馬車に乗り込む前に、兄様が手を広げたから、ギュッて抱きついた。兄様はすぐに背中をトントンってしてくれた。兄様はどうして僕がしてほしい事が分かっちゃうのかな。

「アル兄様……大好き」

「うん。私もエディが大好きだよ。週末は出来るだけ会いに行くね」

「はい。待っていますね」

離れた温もりが淋しいけれど、沢山約束したから大丈夫。乗り込んだ馬車の中から手を振ってくれる兄様に僕は笑って手を振り返した。

うん。ぎりぎりだけど、ちゃんと泣かずに笑ってお見送りが出来たよ。兄様の乗った馬車が小さくなって街の中に溶け込んでしまった頃、マリーがそっと声をかけてきた。

「エドワード様」

「うん、マリー。行くよ」

さぁ、フィンレーに帰ろう。

あれから僕は加護の事も、【愛し子】と呼ばれた事も、そして僕の周りで動き始めているらしい何かの事も出来るだけ考えないようにした。だって僕は自分の出来る事しか出来ないし、本当にしたいのは大事な人を守る事だから。そしてその人たちとずっと仲良く暮らしていきたいから。そのために何が出来るのかは、これから分かっていけばいいんだって思うから。

だから、フィンレーに帰ろう。

兄様と離れる事はとても悲しいけど、でも会いに来てくれるから。だから大丈夫。

それに僕は、真っ白な雪景色も、風に揺れる瑞々《みずみず》しい緑の麦畑も、黄金色に染まる麦畑も、そしてフィンレーで待っている母様も双子の弟たちも、皆大好きだから。

「エドワード、支度が済んだら出発するよ」

「はい！」

父様の声が聞こえた。僕をフィンレーに送り届けてから兄様の入学式に行くんだって。忙しいね。

「母様のお土産《みやげ》を忘れないようにしないとね」って父様が笑う。

そう。王都の新しいお菓子も沢山買ったよ。ウィルとハリーのお土産《みやげ》も買ったしね。

沢山のお土産《みやげ》を持って、さぁ、フィンレーに帰ろう。

「エーイにーたま！」

「エ〜イにーに！」

魔法陣のある別棟から本邸に入ると、二人が飛びつくようにして迎えてくれた。

「わ〜！　ハリー、ウィル。お迎えありがとう。ただいま」

たった一週間足らずなのにすごく離れていたように感じて、二人の姿を見た途端、ああ帰ってきたなって思った

「お土産《みやげ》買ってきたよ」

「おみやえ」

「そう。お土産《みやげ》。お菓子もあるんだ。母様にご挨拶をしたら皆で食べよう」

そう言うと二人は声を揃えて返事をした。ふふふ可愛い。足元にまとわりつく二人に気を付けながら進んでいくと、こちらへやってくる母様が見えた。

「お出迎えいただきましてありがとうございます。ただいま戻りました」

「おかえりなさい、エディ。王都は楽しかった?」

「はい。色々珍しいものがありました。あと、王都のお城でタヌキやキツネやイタチが出たみたいで、父様が呼ばれて忙しそうでした」

「あらあら大変ね。王城の近くには動物たちが住む森でもあるのかしらね?」

母様がにっこりと笑った。うん。やっぱりそう思うよね。

「そうですね。お城の中までタヌキやキツネやイタチが入ってくるなんて、僕も聞いてびっくりしました。あ、お土産《みやげ》を沢山買ってきたんですよ。新作のお菓子も」

「ふふふ、それじゃあお茶にしましょう。二人ともエディが帰ってくるって言って朝から大はしゃぎだったのよ」

「嬉しいです。王都も楽しかったけど、やっぱり僕はフィンレーが好きです」

「そう、嬉しいわ。おかえりなさい、エディ」

母様はもう一度そう言って僕の事をギュッとした。

「ハーイも！」

「ウィウも！」

それを見てウィルとハリーがギュッとしがみついてくる。

皆でくっついていて、なんだかおかしかったけど。

「ふふふ、ただいま」

僕はすごく、すごくホッとして、嬉しかった。

◇◇◇

「エーイにーたま！　とい、とばってくらたい！」

「エ～イにーに！　ウィウのも、とばう！」

朝食を食べ終えると双子たちからお土産《みやげ》に買ってきた鳥を飛ばしてほしいという声が上がるのが最近のお決まりになっていた。だけど王都に行っていた間の授業がお休みになった分、ハワード先生から課題が出ていて、テオからも王室の事を少し詳しくお勉強しましょうって言われているんだ。

それにいくらマークがお世話をしてくれていても、温室もちゃんと様子を見たいし、鍛錬《たんれん》も魔法の練習もきちんと続けていきたいって思っている。

兄様がいなくて淋しい気持ちはあるけれど、時間が足りないって感じるくらい忙しい。

「お勉強が終わったら行くね」って答えて、ハワード先生からの課題を片付けて、毎日少しずつする事になったテオの話を聞いて一旦昼食を取る。そしていつもの鍛錬《たんれん》と魔力を巡らせる練習をして、温室を見て回っていたら、お茶の時間も過ぎていた。マリーが「少しお休みを」って言っていたけれど、そのまま二人の部屋に向かう。

「エーイにーたま！」

すぐに僕に気付いたのはハリー。そしてその声を聞いてウィルもやってきた。

「エ〜イにーに！　とい！」

「うん。ハリーもウィルも朝は我慢が出来てえらかったね。じゃあ、鳥さんを飛ばそうね」

僕がそう言うと二人は「あい！」と嬉しそうに抱きついてきた。

木と布で出来ている飾り用の鳥は、紙の鳥よりも重くて、風魔法のいい練習になっていた。

去年の終わりくらいはまだ紙で出来た鳥を飛ばす事しか出来なかったけれど、聖神殿で風魔法の取得を鑑定されてからは力が落ち着いてきたらしく、以前見たツバメみたいにスゥーッと空中を切るように飛ばす事も出来るようになったんだよ。

そのお陰で二人はお土産《みやげ》の鳥に夢中になっている。この前はウィルが鳥に飛びつこうとして本当に驚いた。同じように生まれたのにウィルとハリーは本当に性格が違う。

「にーに！　びゅー！」

「うん？　ビューンって飛ばすの？　ウィル、この前みたいに追いかけて飛びついたら駄目だよ」

「あい！」

本当に分かっているのかなぁ。そう思いながら僕は青い鳥をビューンと早く飛ばした。

「わぁぁぁぁぁ！」

ああ、やっぱり追いかけようとする。

「エーイにーたま！　ハーイも！　ハーイのといも！」

「ハリーの鳥さんもビューンって飛ばすの？」

「あい！」

にっこりと笑うハリーに応えて、僕は緑の鳥の速度を速めた。

「とい！　ハーイのとい！　しゅごい！」

「いやぁぁ！　ウィウも！　ウィウのといも！」

あああああ、しまった。またやっちゃった。最近二人は対抗心みたいなのも出てきているんだよね。

「あらあら、鳥さんの追いかけっこなの？　ふふふ、どっちの鳥が勝つのかな～」

「母様！　二人を煽《あお》らないでください！」

「エーイにーたま！　ハーイの！」

「エ～イにーに！　ウィウの！」

ほら、やっぱり。もう、こんな時に兄様がいてくれたらって思っちゃうんだよ。僕は胸の中でため息を落としながら「じゃあ行くよ」って二匹の鳥を風魔法で右側からと左側から飛ばした。そして真ん中でシュンと交差して、そのままクルリと回転してまた真っ直ぐに飛ばす。

うん。だいぶうまく扱えるようになってきた。だって風魔法を早く上達させたいんだ。

「とい！　はやぁぁぁぁぁ！」

「わぁぁ！　くぅってした！」

大興奮の二人の手元に僕はそっとそれぞれの鳥を止まらせた。

「ふふふ、鳥さんは引き分け。どっちも上手に飛べたね」

「エーイにーたま！　しゅのい！」

「にーに！　とい、くぅってした！」

「うん。じゃあ、今日はこれでおしまい」

僕の言葉に二人は途端に眉が下がったけれど、すかさず母様が声をかけてくれた。

「エディ兄様にありがとうって言えるのは誰かしら？」

「エーイにーたま！　あいあとごあい……った！」

「エ～イにーに、あいあと！」

ぺこりと頭を下げる二人に僕はつい笑ってしまった。本当に何度見ても可愛いんだもの！

お勉強やお稽古《けいこ》の後は大忙しだけど、明日はどんな風に飛ばそうかなって思っちゃうよ。

「エディ、ありがとう。お勉強の後なのに疲れたでしょう？」

母様にそう言われて僕はそっと首を横に振った。

「大丈夫です。僕も風魔法の練習になりますし。それにあんなに大事にしてくれているんだもの。買ってきてよかったです」

「ふふふ、そうね」

僕と母様の前で、二人は手の中の鳥をそれぞれ用意した籠《かご》の中にそっとそっと寝かせていた。

うん。おやすみさせて、また明日ね。

◇◇◇

「あらあらあら、それでお認めになったのね？」

紅茶のカップをソーサーに戻してパトリシアは優雅に微笑んだ。

「うん。まぁ、そうなるね」

デイヴィットは疲れたような声でそう答えた。

なんの話をしているのかと言えば、フィンレー侯爵家の嫡男で二人の息子であるアルフレッドについてである。

アルフレッドは王都のタウンハウスで聞きたい事があるので時間を取ってほしいとデイヴィットに願い出た。そして、義弟《エドワード》の持つ力の事や、それによって何が起こると予想しているのかという事。さらに魔物の件とエドワード自身の今後について、デイヴィットがどのように考えているのかなどを尋ねてきた。自分がこれからエドワードに対して何をしてやれるのか、どうしたいのかを考えるための情報が欲しいと言ったのだ。

デイヴィットは、アルフレッドがやっと学園に入学する歳の子供である事を考慮し、幾分内容を選びはしたけれど、それでもきちんと話をした。

アルフレッドはショックを受けているようにも見えたが、取り乱さずに最後まで聞いていた。そして彼が導き出した答えが『私を、エディが幸せになれる選択肢の一つに加えていただきたい』だったのだ。

久しぶりに妻と差し向かいでお茶を飲みながらの話は、聖神殿での事や、王城での事、そしてアルフレッドの事と、大量の王都の土産《みやげ》話が中心だった。

昔からきちんと話をしてほしいというタイプの女性だったので、デイヴィットは何かが起きると妻に隠さず話をしてきた。同じ価値観を持っていたい。それが彼女の希望だったから。

「君を口説き落とした武勇伝を聞いているそうだ」

「あら、どなたから聞いたのかしら？　私に尋ねてくれたらいくらでも話しましたのに」

「パティ」

「ふふふ、それにしてもあのアルフレッドがねぇ、誰にも渡す気はありませんなんて。なんでも出来る子で、エディが来るまでは本当に聞き分けの良い優等生という感じだったのに、随分と変わって逞しくなりましたね」

「爵位も余っているし、跡継ぎも下に二人いる。エディが成人するまでの十一年間は選ばれるために全力で頑張るそうだ。そう宣言した顔が私にも、君にも似ていて、これはもう変えられないなと思ったよ。一応言いくるめるのは駄目だと釘は刺してみたけれどね」

「相手がエディでは、出来ないというよりは、エディ自身がそうだとは全く思わないでしょうしね。

デイヴィット、大人は温かく見守ってやるものよ」

パトリシアはクスクスと笑い、デイヴィットは「そうだね」と頷くしかなかった。

「そうそう。エディが面白い事を言っていたわ。王城にタヌキとキツネとイタチが出て、貴方が調教師を呼んで追い出したって。本気で王城の中に野生の動物が来るって思っているみたい。近くに森でもあるのかしらって言ったら、そうですねって。本当に可愛らしい。アルが夢中になっちゃうのも分かるわね。それにあれだけ慕われているのですもの、仕方のない事だわ」

「……ああ、うん。そうだね。まぁ、なるようになるだろう。とりあえずはあの子が自由に暮らせるように守らなければ」

「そうね。でも」

パトリシアは一度言葉を切ってふふふと笑った。

「パティ？」

「エディは可愛らしくて守ってあげたい子だけれど、守られるばかりの子ではないわ。ちゃんと大切な人を守りたいっていう気持ちを持っている強い子よ。そこは間違えたら駄目よ」

「………ああ、そうだった。そうだね」

パトリシアの言葉にデイヴィットは深く頷いた。王都で買ってきた菓子は少し甘すぎるものが多くて、デイヴィットはやはりフィンレーのものが一番だなと思った。そして王都に行ったその日にエドワードが言った『山が見えたり、森が見えたり、麦の畑が広がっていたり、牧草地で牛たちが休んでいたり、一面の雪景色が綺麗だったりしている方が好きかなぁ』という言葉を思い出す。

二杯目の紅茶の残りを飲み干したデイヴィットを見てパトリシアは彼がよく使う言葉を口にした。

「大丈夫よ」

「うん？」

「あの子も貴方の『大丈夫』が大好きって言っていたでしょう？　だから、言ってデイヴ」

「……ああ、大丈夫。きっと。何もかもうまくいくさ」

そして、二人は笑って口づけを交わした。

◇◇◇

兄様が学園に入学してからひと月以上が経ったけれど、兄様がフィンレーに戻ってきたのはまだ一度だけ。魔道具を使った声のお手紙のやりとりは何回かあった。でも、お顔が見えないのはやっぱり淋しくて仕方がない。

本当にアル兄様不足ですって父様に言って、王都に様子を見に行ってしまおうかなんて考え始めていた二の月の半ば。

「アル兄様！　どうしてこちらに？　何かご用事があったのですか？　あ、あの、お久しぶりです。あの、あの」

平日だというのに魔法陣を使って突然帰ってきた兄様に、僕は転移のお部屋まで迎えに行って焦りながらご挨拶をした。

そんな僕を見て兄様は「エディ」って名前を呼ぶと、にっこりと笑って手を広げた。

まるで王都でお別れした時みたいで、僕は思わずしがみつくように兄様の胸に飛び込んだ。

「おかえりなさい、アル兄様！」

「ただいま、エディ。元気にしていた？」

ああ、ほんとに兄様だ。本物の兄様だ。

「はい。でも、全然お会い出来なかったから、ちょっと……ほんとはいっぱい淋しくて、すっかりアル兄様不足になっていました」

「ふふふ、ごめんね。まだ色々と忙しくてね。でもだいぶ慣れてきたから普段のお休みにも戻ってこられる日があると思うよ。エディは変わりない？」

「はい！　あ、すみません。嬉しくて子供みたいにしがみついて。えっと今日はお休みですか？」

話をしながら僕たちは本邸のリビングに向かって歩き始めた。

「ううん。実は王都で流行《はや》っているものがあってね。今日がその日だというから届けたくて来てしまったんだ」

「王都で？」

「うん。こく……大切な人にチョコレートを贈る日っていうものがあってね、王都の菓子店がこぞって新作のチョコレートを出しているんだって。せっかくだから見に行って、買ってみたよ」

「大切な人」

思わず僕の胸がトクンって鳴った。大切な人って言ったよね？　わわわ、すごく嬉しい。

「そう。これは母様や皆で一緒に。こっちの袋に入っている小さいボーロはウィルとハリーに」

リビングのソファに腰かけ、兄様は色々な包みを見せてくれた。そして最後に出てきたのは金色の可愛い箱だった。

「それから、これはエディに」

「僕に？」

「うん。これを見てすぐにエディが浮かんだよ？　開けてごらん？」

「はい！」

そう言われて、ドキドキしながらグリーンのリボンを解いて、金色の五角形の箱を開けてみた。

「わぁぁぁ！　薔薇《ばら》の形のチョコレートだ！　きれい、色んな色がある」

「ふふ、色ごとに違うフルーツの味がするんだって。楽しんで食べてね」

「ありがとうございます。大切に食べます」

「ずっと大切にしていたら美味しくなくなっちゃうよ。美味しいうちに食べて。気に入ったならまた買ってくるから」

「はい。でもやっぱり大事に食べます」

思わず箱をギュッてしてしまうと、兄様は嬉しそうに笑った。

「あの、アル兄様は、すぐに帰らないといけないのですか？」

「うん。明日も授業があるしね」

「そうなんですね」

そうだよね。普通の日だもの、仕方がないよね。

「でも。お茶くらいは飲んでいけるかな」

「そうしたら、今日はイチゴを粉末にして入れたクッキーがあるんです！」

「イチゴを粉末？」

「はい！　温室で収穫したイチゴをシェフが氷魔法で凍らせて、風魔法で粉末にして、それを生地に入れて焼いたんです。すごくいい香りなんですよ」

「二の月だけどイチゴが採れちゃうんだね」

「えへへ。はい。もう少しするとマンゴーも出来ますよ」

「そう。エディはすごいね」

そんな話をしていると「アルにーたま！」と双子たちと母様もやってきた。

兄様がボーロやチョコレートを渡して、皆でクッキーを食べて、買ってきたチョコレートもつまんでいると、そろそろ兄様は戻らなければいけない時間になってしまった。

「また、帰ってきてくださいね。出来ればそんなに時間が開かない方がいいです。マンゴーが出来たらお知らせします」

「うん。ありがとうエディ、またね」

こうしてほんの少しだけど帰ってきてくれた兄様に感謝をしながら、僕はいただいた薔薇《ばら》の形のチョコレートをもう一度見た。

すると母様がクスクスと笑って口を開いた。

「『告白の日』にチョコレートを持ってくるなんて、アルもやるわね」

「『告白の日』？」

え？　それってどういう事だろう。僕が不思議そうな顔をすると母様は意外そうな表情になった。

「あら？　アルはなんて言って持ってきたの？」

「えっと、大切な人にチョコレートを贈る日」

「ふ～ん。そうなのね。エディ、いい事を教えてあげましょう。『告白の日』にチョコレートをもらった人はお返しをしないといけないのよ？」

「お返し？　え？」

「そう。大好きですっていうプレゼントだから、私もですって一ヶ月後にお返しするのよ」

「ええ!?　知りませんでした。もちろん僕はアル兄様の事が大好きですから、ちゃんとお返しします！　何にしようかな」

「ふふふ、そういう風に考えていると淋しくないでしょう？」

「はい。母様、ありがとうございます！」

うん。確かにそうだ。兄様に何をお返ししようかなって考えるのはすごく素敵。

そんな風に暮らしているとあんなに淋しかったのに、ひと月があっという間に過ぎていく。

『告白の日』のひと月後は、『お返しの日』とか『愛の日』っていうらしい。

愛の日ってちょっとびっくりしたけど、そうだよね。告白ってそういう意味もあるんだよね。

そんな事を考えたら、本当にこの日にお返ししてもいいのかなぁって迷ったんだけど、せっかく兄様が『告白の日』に持ってきてくれたんだから、僕も大好きっていう気持ちでお返ししようと思った。そうだよ。『愛の日』じゃなくて、『お返しの日』として渡したらいいんだよね。

そこで調べてみたら、『告白の日』はチョコレートって決まっているみたいだけど、『お返しの日』はどんなものをお返しするのかは決まっていないみたいなんだ。え～、困ったなぁ。

でも食べ物をもらったんだから、やっぱり食べ物をお返しするのがいいんじゃないかな。だとすると何がいいんだろう。

「せっかくだからその日に持っていった方がいいよね？」

その日はお休みじゃなくて平日だから、僕もお勉強があるし、兄様も学校がある。

とはいえ、やっぱりその日に贈らないと意味がないから、兄様が学園から帰る頃に向こうに行って、渡して帰ってきたらいいかな。本当は色々お話ししたいけど、それはまた兄様がフィンレーに帰ってきた時にすればいいものね。

「えっと、じゃあ何にしようかな」

温室の果物で何か作るのを考えたけど、こちらに帰ってきた時に一緒に収穫しているからあんまり特別な感じがしないよね。う～ん。『告白の日』みたいにチョコレートとかって決まっていたらいいのにな。そうしたらチョコレートで特別な感じのものが出来ないかってシェフに相談するんだけど。

「ドラジェは前に作ったしなぁ」

兄様からいただいたのは薔薇《ばら》の形のフルーツチョコレート。それならクッキー？　でもクッキーは結構作っているしなぁ。この前もちょっと珍しいものが手に入ったからって、ユージーン君からいただいたココナッツをクッキーに入れて皆で食べちゃったしなぁ。

「…………そうだ！」

僕はそう叫ぶと急いでお部屋を飛び出した。

「王都で今流行《はや》っているお菓子？」

「はい！　母様ならご存じかと思って」

「そうねぇ。でもどうしたの？」

「えっと、あの、この前アル兄様からチョコレートをいただいて、母様から『お返しの日』があるとお聞きしたので何にしようかと色々考えたのですが、これというものがなかなか思い浮かばなくて」

「ふふふ。そうね、そういえばもうすぐだったわね」

母様は楽しそうに笑った。

「『告白の日』はチョコレートって決まっているみたいですけど、『お返しの日』は特に決まっていないみたいなんです」

「そうねぇ。それでエディはどんなものが贈りたいの？」

「う～ん。アル兄様なら多分どんなものでも喜んでくださると思うんですけど」

「ふふふ、きっとそうだわね」

「はい」

「なので出来ればちょっとアル兄様が驚くようなものがいいかなぁと思います。でもアル兄様が驚くようなお菓子なんて思いつかないです」

「アルが驚くようなお菓子はきっとないでしょうね」

「そうですよね」

僕がため息をついて頷くと母様はふふふと小さく笑った。

「こんなにエディが色々考えて悩んでいる事を知った方がアルは驚くかもしれないわ」

「でもせっかくの『お返しの日』ですから、悩んでばかりではなく何かプレゼントをしたいです」

しょんぼりとしてしまった僕に母様は「ああ、そういえば」と呟いてから言葉を続ける。

「少し前からこういう形のお菓子が流行《はや》っているのよ」

母様はそう言って、持ってきた紙に不思議な形を描いた。

「ハートマークといって、心臓の形とか幸せの形とか、愛の形とか言われているらしいわ」

えっと、どうして心臓の形が幸せとか愛の形になるのかな？

「エディ、心臓は心と思われているのよ。心の形、自分の気持ち、そこから幸せとか愛とかそういった方に考えたのではないかしら。それにこの形、なんとなく可愛いじゃない？」

まるで僕の心の声が聞こえたかのような母様の言葉に僕はコクコクと頷いた。そうだよね。確かに心のプレゼントだ。僕はハートマークの描かれた紙をいただくとお辞儀をして母様のお部屋を出た。

「よく見るとなんだか葉っぱにも似ている。ふふふ、幸せとか心かぁ、何か……あ」

流行《はや》り始めているというハートマークを見ながら僕は小さく声を上げた。そうだ。兄様と初めて食べたあれにしよう。この形のものを僕は見た事がない。愛とかいうのはちょっと恥ずかしいけど、幸せの形ならいいんじゃないかな。

「よし！　シェフに作り方を教えてもらおう！」

ようやく決まった贈り物にホッとしたのと同時に、僕はなんだかすごく嬉しくて、楽しい気持ちになった。


そうしてやってきた三の月の十四日。父様の許可をもらって、僕は魔法陣を使って王都のタウンハウスへと向かった。もちろんマリー達も一緒にね。僕が行く事は昨日のうちに、タウンハウスの執事のロジャーにテオから伝えてもらった。兄様には内緒で行く事も。

最初は驚いていたけれど、兄様からプレゼントをいただいたのでお返しをしたいからと言うと笑って了解してくれた。

僕のマジックバッグの中には昨日作ったプレゼントと、母様から預かったミルクで作ったジャムが入っている。フィンレーのミルク製品は王都でもすごく人気があるんだって。なんだか嬉しいな。

「お久しぶりでございます」

魔法陣を出るとロジャーがお辞儀をして迎えてくれた。

「はい。お久しぶりです。皆さんお元気ですか？」

「はい。お陰様で。庭師があの後とても感謝をしておりました」

「え？」

「お手伝いいただきました花の植え替えですが、非常に根付きが良く例年になく花が長持ちいたしました。その他のところにも色々と良い影響がございまして」

「わぁ、そうだったんですね。良かったです。そうしたら一年に何回かはお庭の手入れをお手伝いさせてもらおうかなぁ」

僕がそう言うとロジャーは「そうしていただけますと、庭師とシェフが喜びます」と言う。

「え？　シェフもですか？」

「はい。エドワード様のお菓子のお話はとても楽しくて、刺激的だと申しておりましたよ」

「ええ!?　そうなのか。なんだか嬉しいです。では今度はゆっくり来るようにしますね」

「はい。お待ちしております」

ロジャーと別れてリビングのソファに腰かけると、マリーが紅茶を出してくれる。

「ねぇ、マリー。誰かに感謝されたり、褒められたりするのって照れちゃうけど嬉しいね」

僕がそう言うとマリーは嬉しそうに「はい」と答えた。


さて、そろそろ兄様が学園から戻られる時間だ。なんだかちょっとドキドキする。兄様は僕がいたら驚くかな。『告白の日』のお返しですって渡したらどんな顔をするかしら。

しばらくすると玄関の方がちょっと騒がしくなった。馬車が戻ってきた音がして、少しして玄関のドアが開いた音がする。もうすぐ、もうすぐ兄様がやってくる。そしてリビングに続く扉が開いた。

「……エディ？」

兄様はびっくりした顔をしていた。それからすぐに「何かあったの？」と心配そうな顔で僕の傍にやってきた。

「わわわ！　すみません。驚かせて。いえ、あの、驚かそうとしていたんですけど」

なんだか僕の方が驚いちゃった。

「えっと、あの、今日が『お返しの日』だって聞いて」

「お返しの日？」

「はい。『告白の日』にチョコレートをもらったら『お返しの日』にありがとうってお返しをするんですよね？　僕知らなかったんですけど、母様に教えていただきました。一部ではえっと……『愛の日』とか言われているみたいですが、僕は『お返しの日』として。あの……チョコレートありがとうございました」

僕は綺麗に包装をした箱を差し出した。

「あ、ありがとう」

兄様はまだびっくりしている様子で、箱を受け取ったまま僕の隣に腰を下ろした。

「ふふふ、色々考えたんですよ。何がいいかなって。『告白の日』はチョコレートって決まっているみたいですけど、『お返しの日』はちゃんと決まっていないみたいで」

「ああ、うん。そうみたいだね。開けてもいい？」

「はい！」

僕が元気良く返事をすると兄様は少しだけ笑って包みを解いた。そして。

「…………エディ？」

「ふふふ、驚きましたか？　ハートマークのマカロンです！」

「うん……そうだね。これはどうして？」

「え？　あの、王都で少し前から流行《はや》り出した形だって聞いて。ハートの形は幸せとか大好きって意味があるみたいです。それで、アル兄様と初めて食べたマカロンがいいかなって思ったんです。あの、駄目でしたか？」

僕は赤いマカロンが今でも大好きなんだけど、兄様はあんまり好きじゃないのかな。僕がちょっとへにょって顔をしたら、兄様は「まいった」と呟いて顔を少しだけ赤くした。

「アル兄様？」

「ああ、ごめんね。大丈夫。えっとありがとうエディ。まさか今日エディからお返しがもらえるなんて思ってもいなかったからびっくりしたんだよ。でもすごく嬉しい。ふふふ、ハートマークか」

そう言って兄様は赤いハートのマカロンを一つつまんで口に入れた。

「美味しいね。エディが作ったの？」

「シェフに教えてもらって一緒に作りました」

「そう。上手に出来ている。エディも食べよう」

「え？　でもアル兄様へのお返しなのに」

「一緒に食べた方が美味しいよ、きっと。はい」

そうして兄様は僕の口の前にマカロンを差し出した。

「じ、自分で食べられますよ？」

「うん、でも、はい」

「…………い、いただきます」

パクリと食べたマカロンはあの時と同じように少し甘酸っぱくて美味しくて。

「やっぱり僕、マカロンが好きです」

「うん。私も大好き」

にっこりと笑ってそう言った兄様に「良かったです」と答えながら、僕はなぜかちょっとだけ顔が熱くなった。その後随分してから、ハートのマークのものを贈る意味の中に『私の心を貴方にあげる』っていうものもある事を知って、僕はどうしていいのか分からなくなるほど恥ずかしくなった。

◇◇◇

三の月の終わり。フィンレーの雪も溶けてきて、春の花々が可愛らしい蕾《つぼみ》を付け始めた頃、部屋の中にリンっていう小さな小さな音が響いた。

何かと思っていたら、兄様からの声の書簡だった。あれ？　でもこれってもしかして……

「魔法書簡？」

わぁ！　すごいな。もう出来るようになっちゃったんだ。

僕はまだ声を記録する魔道具と転送の魔道具がないと使えない魔導書簡しか送れない。

でも兄様はきっと音の魔法で記録して、声を送る事が出来るようになったんだね。だって、魔道具で送られてきたものは魔道具のところに届くけど、今日の書簡は僕の机の上に届いたんだもの。

転送の魔道具は屋敷の中の決められた場所にある。僕の場合はテオのもとに届いて、テオからマリーへ、マリーから僕へ届けられるの。

「わぁ、こうやって届くんだ。僕も早く出来るようになりたいなぁ」

机の上でクルクルと回る小さな光に手を触れると、パッと光って手紙になる。それを持って魔力を通して、決めておいた言葉を呟くと、手紙にかけられていた音の魔法が兄様の声を聞かせてくれるんだ。ドキドキとする胸を押さえて僕は兄様と一緒に決めた言葉を呟いた。

「アル兄様」

なんだかちょっと照れるけど、分かりやすいよねっていう事で手紙を開く言葉は名前にしたんだ。それに名前を言うと本当に兄様が来たみたいでしょう？　僕の魔力と合言葉に反応して手紙はもう一度光って記録した「音」を再生し始める。

『エディ、ちゃんと聞こえているかな？　どうにか声を送る魔法が使えるようになったよ』

「……っ！　アル兄様だ！」

すごい！　魔道具の時よりも綺麗に聞こえる。

『王都はこの前雪が降ったよ。この時期に雪が降るのはとても珍しいそうだ。大した雪ではなかったけれど、他の皆はものすごく寒そうにしているし、馬車は急な雪で大変な事になって少し笑ってしまった。エディは元気かな？　風邪はひいていないかな？』

「大丈夫です！」

僕は思わずそう返してしまった。

『そろそろ母様がエディのお茶会の準備を始めている頃だね。今度帰る時は王都で流行《はや》っているケーキをお土産《みやげ》に持っていくね。まだあまり長くは送れないからこれくらいで。思っていたよりもフィンレーに戻れないけれど、身体に気をつけて。淋しくなったらまた王都に遊びにおいで』

終わってしまった声の魔法。

「行きたいです」

そう答えて、ものすごく淋しくなった。

去年までなら朝食の時に必ず会えて、お勉強やお稽古《けいこ》でお昼がずれなければ昼食も会えて、それで運が良ければお茶の時間にも会えて、夕食にも会えて……

その他にもお庭にいる時にバッタリ会えたり、時々は温室や双子のところで会えたり、回数は減ってしまったけれど、ご本だって読んでもらう事もあったたし、ああ、そうだ。あの小説の世界について作戦会議もしていた。

「ううう……やっぱりどう考えても少なくなりすぎだ。アル兄様不足だ」

今のところ会えたのは月に一度の割合で、その内の二回は平日のとても短い時間だった。もちろん、それはそれで嬉しかったんだけど、やっぱり一ヶ月に一度というのは、今までに比べるとすごく少ないと思う。

いただいたお手紙を見つめて、僕はもう一度魔力を通した。

「アル兄様」

名前を呼ぶと再生される声。

『エディ、ちゃんと聞こえているかな？』

声の書簡は嬉しいけれど、淋しい。

『淋しくなったらまた王都に遊びにおいで』

「はい、でももう少し我慢します」

だって淋しいなって思うのは毎日だから、毎日行きたくなっちゃうもの。いっその事、行く日を決めちゃえばいいのかな。ああ、でも忙しい時に訪ねて行ったら困るよね。

「難しいなぁ。やっぱり早く音の魔法と転送の魔法を使えるようになろう」

声の魔法書簡が直接兄様のところに着くようになったら、もう少しだけ送る回数を増やしてもいいよね。そう考えたらちょっとだけ楽しくなって、僕はお返事のお手紙を書き始めた。だってそのまま魔導具に声を入れたら途中で何を話しているのか分からなくなっちゃいそうだから、一度お手紙を書いて、次に声を入れるんだ。

「ええっとなんてお返事しようかな」

僕は何度も何度も考えて二日後にやっとお手紙を完成させると、その次の日に魔道具を借りて声を入れた。

『アル兄様、お手紙ありがとうございました。もう声を送る魔法を使えるようになったのですね。すごいなぁ。僕も早く出来るようになりたいです。雪が降ったなんて驚きました。皆様風邪はひいていませんか？　フィンレーは雪が溶けてだいぶ地面が見えてきましたよ。でも鍛錬《たんれん》しながらのお外のお散歩はまだ出来ません。あ、こちらは皆元気です。温室の植物たちも元気です』

手紙はまだ続いているのに、なんだか目頭が熱くなって僕はギュッと口を結んだ。そうして一つ深呼吸をしてから再びゆっくり話し出す。

『お会いしたいです。淋しくて会いに行くと毎日会いに行きたくなりそうなので、今度行く時を決めたらいいのかなって思いました。ひと……ふた月に一度とかはどうでしょうか。それなら父様もいいよって言ってくれるかしら。学園はどうですか？　またお話聞かせてください。待っています』

最後まで読み終えて魔道具を切った。

「ふぅ……やっぱり難しいな。早く僕も魔法書簡が送れるように頑張ろう」

声を入れた書簡はテオに頼んで兄様に送ってもらった。

そして五の月のはじめ、僕はようやく欲しかった魔法を手に入れた！

嬉しくて思わず「やった！　出来るようになった！」と声に出してしまったよ。

音の魔法は風属性の魔法の派生とも言われていて、風魔法の属性を持つ者が取得しやすいんだ。だから風魔法を一生懸命練習した。双子たちの鳥を飛ばすのもいい練習になった。

魔道具だと声の記録をやり直しするのが大変だし、一生懸命話そうとするとよそゆきの感じになったり、ちょっと焦っちゃったりしちゃう事があるんだ。もちろん兄様は目の前にはいないけど、いるみたいにお話し出来た方がいいなって思うから。

ギリギリになっちゃったけど、なんとか間に合った。だってこの週末には兄様のお誕生日があるんだもの。帰ってこられますか？　って聞いてもいいよね？　それで、もしも無理だったら次は行ってもいいですかって聞いてみよう。

父様も兄様のお誕生日だからってお話ししたらきっといいよって言ってくれると思う。その時は僕一人だけでのお誕生日のお祝いになっちゃうけど、ちゃんとプレゼントを持って……

あ、温室のイチゴも持っていこう。タウンハウスのシェフにケーキを作ってもらえるかな？

こっちのシェフに作ってもらってもいいけど、やっぱりタウンハウスのシェフにお願いした方がいいよね。だって、こっちのシェフのケーキを持っていったら、タウンハウスのシェフの事を良く思っていないように思われちゃうかもしれない。そんなの困るでしょう？

そうだ！　もしも向こうでお祝いになったらロジャーたちにも一緒にお祝いしてもらおう。だって皆でワイワイした方が賑やかで楽しいもの。

なんだかちょっと楽しくなってきたけれど、落ち着いて。

えっと、まずは魔法が出来るようになった事をお知らせして、それからもうすぐ兄様の誕生日だけど、こっちに戻ってこられますか？　って聞いて、それからもしもお忙しくて戻ってこられなかったら僕がそちらに行ってもいいですかって聞く。

よし。大丈夫。一つ、二つ………大きく息を吸って、吐いて。もう一度………

『アル兄様、お元気ですか？　エディです……』

僕はドキドキする胸を押さえながらゆっくりと話し出した。

◇◇◇

部屋の中にリンという小さな音が鳴った。

何かと思って音の方を向くと机の上にキラキラと輝く光が見える。

魔法書簡だと分かった。という事はもしかして。私は机に向かい、現れた光にそっと触れた。

光は予想通りに手紙の形になった。見えた署名はエディのものだ。

「ああ、エディも音の魔法が使えるようになったんだね」

ふわりと笑って、手紙を持ったままそっと魔力を通す。

「エディ」

名前を呼ぶと再生される声。

『アル兄様、お元気ですか？　エディです。僕もやっと音の魔法が使えるようになりました。僕の時と同じように小さな音がして手紙が届いたのをお知らせしてくれましたか？』

なんだか嬉しそうな顔が浮かんできて私はふっと笑みを零《こぼ》した。

『えっと、もうすぐアル兄様のお誕生日ですね。こちらへ帰ってこられますか？　あの、お誕生日のお祝いをしたいです。でも、もしもお忙しくて難しそうだったら、ぼ、僕がそちらへ行ってもいいですか？』

それを聞いて私はああ、誕生日かと思い出す。バタバタしていてすっかり忘れていた。

『戻ってこられるならフィンレーでお祝いの準備をします。お忙しければ、そちらへ出かける準備をします。もしも、とてもお忙しくてお時間がないようでしたら、プレゼントだけお送りしますね。温室のイチゴがちょうどアル兄様のお誕生日の頃に美味しくなりそうで…………ケーキとか……あ……れ？　……お、お返事お待ちしています』

「……！　エディ？」

まさか、話しながら泣いていた？　私はもう一度手紙に魔力を流した。うん……ちょっと涙ぐんでいるような気がするな。話しているうちに淋しくなってしまったのかな。

手帳を開いてすぐに予定を確認した。ルフェリットは六日で一週間。五週で一カ月、そして十二カ月で一年なので、日にちと曜日はどの月であっても変わらない。前日に学園が終わってすぐに向かえば、一泊してゆっくりする事が出来る。

エディが来てから誕生日は特別な一日になった。視界の中に映った、保存魔法がかかった青い星型の花。花言葉を知らなかったエディが選んだ水色の花はブルースター。「幸福な愛」とか「信じ合う心」という意味を持つ。

「うん。なんとかなりそうだな」

そして愛おしい義弟《エディ》の顔を思い浮かべながら声を吹き込んで、送り返した。

◇◇◇

リンと可愛い音がして僕は顔を上げた。

さっき兄様に送った書簡に少しだけ落ち込んでいた僕は、机の上でクルクルと回っている小さな光に慌てて手を伸ばした。

「すごい、すぐにお返事が来た」

触れた途端、光は手紙の形になる。

さっき送った魔法書簡は失敗だった。だって会えないかもしれないなって思ったらすごく悲しくなってきちゃったんだ。でもやり直しをしたら、もっと変な声になっちゃいそうな気がしてそのまま送ってしまった。兄様はどう思ったかな。泣いていると思われちゃったかな。

手の中の手紙に魔力を流して、僕は兄様の名前を呼んだ。

「アル兄様」

『エディ、音の魔法、上手に出来ていたね。これで沢山魔法書簡を送る事が出来るね。楽しみだな。誕生日の事、ありがとう。自分ではすっかり忘れていたよ。エディがいないと駄目だね。前日学園が終わって急いで課題を終わらせたらそちらに行きます。泊まれるからゆっくり出来るよ。そうそう、こちらで悪戯《いたずら》好きの妖精の本を見つけました。もう大きくなったから自分で読めるかもしれないけれど、エディが良かったら一緒に見ませんか？　エディや皆に会えるのを楽しみにしています。温室のイチゴもね。では、また手紙を出すね。大好きなエディへ。アル兄様より』

「…………わぁ……妖精のご本。アル兄様、覚えていてくださったんだ」

嬉しくて、先ほど失敗をしてしまった事も忘れて僕は声を出していた。

「それに、大好きだって……」

嬉しいな。きっと兄様は僕が悲しくなって泣き出しそうになったのが分かっちゃったんだ。だからすぐにお返事をくれたんだと思う。これはきっとギュッとしてくれる代わりの言葉だ。

「僕も大好きです」

さぁ、兄様が戻ってくるぞ。とびきりのお誕生日にしよう。ふふふと笑って、僕は兄様の手紙をギュッと抱きしめた。

「ありがとうございます、アル兄様！」

そして僕はもう一度短い手紙を送った。

『お返事ありがとうございました。お誕生日の日、お会い出来るのを楽しみにしています。イチゴのケーキも作ります。今年も兄様のお誕生日のお祝いが出来て嬉しいです。待っていますね。だ……大好きなアル兄様へ。エディより』

◇◇◇

離れて暮らす事になった最初の年の誕生日。でもいつもと同じようにお祝い出来て嬉しいな。

兄様の十三歳のお誕生日はもちろん大成功だった。

「お祖父様、お久しぶりです！」

兄様が学園に入ってから、早いものでもうすぐ一年が経とうとしていた。

「うむ」

お祖父様は僕に魔法の指導を行うために月に一度くらいフィンレーに来てくださるようになった。お祖父様の土魔法と空間魔法はルフェリット王国でも指折りだそうで、とても勉強になるんだ。だってね、あっという間に大きな畑が出来上がったり、大きな土壁が出来たり、ものすごく大きな穴が出来たりするんだよ。穴っていうか、谷？

「すごいです!!」って大興奮した僕に、講義を見にきた父様が「……程々にしてください」って頭を抱えていた。

その他にも薬草の研究もすごくて、僕が知らない薬草について沢山知っていて、その事を春のお茶会でトーマス君達に話したら、薬草のお勉強をする時にはトーマス君とスティーブ君がやってくるようになった。参加をさせてほしいって申し入れをしたんだって。二人が言うにはお祖父様はものすごく、ものすごく、ものすごく！　すごい知識を持っていらっしゃるんだって。トーマス君だけでなく、珍しくスティーブ君も興奮していた。お祖父様ってすごいなぁ。

今日は二人が来る薬草のお勉強じゃなくて魔法のお勉強。もちろんブライトン先生との魔法のお勉強はずっと続けているよ。お祖父様のお勉強は僕の加護やスキルに関する事が多いんだ。

「今日は以前言っていたマジックバッグを作ろう」

「わぁぁ！　やったー」

僕は思わず声を上げてしまった。

以前、アル兄様が貸してくださったマジックバッグ。あの時はワイルドストロベリーの株を東の森から沢山持ってきてくれたんだよね。

でもせっかくお祖父様が兄様にくださったものだから、兄様は使っていいよって言ってくれたけどお返ししたんだ。だってあると便利だから。

「まずは好きなバッグを選びなさい」

そう言うとお祖父様は色々なバッグを出してくれた。

「うわわわわわ!!」

すごいです、お祖父様。なんだかバッグ屋さんみたいです。

「ど、どれにしようかな。リュックみたいになっているのも使いやすそうだけど、やっぱりこういうななめがけのもいいですよね。こっちのポーチみたいなのはあると便利かもしれない。う〜ん、色はどうしようかな、迷います」

僕が迷っているとお祖父様は「練習用にすればいい」と迷っていたものを全部残した。

「あ、ありがとうございます」

すごいなぁ。ちゃんとマジックバッグが出来たらお友達にもあげればいいね。

さて、バッグが決まったら次はいよいよマジックバッグの作成だよ！

「マジックバッグは、要するにバッグに空間魔法を付与したものだ」

お祖父様の言葉に僕は「はい」と頷いた。

「空間魔法には大きく分けると空間を繋げる魔法と空間を作り出す魔法がある。空間を繋げる魔法の代表的なものは転移魔法だ。着点の座標軸を割り出して、魔法を構築すれば理論的にはどこにでも行けるとされているが、そこに意図しない何かがあったり、あるいは軸自体が捻《ね》じれていたりすると弾かれてしまうというリスクがある。それを考えると転移魔法は行った事がある場所の方が安全で、尚且《なおか》つ移動を妨《さまた》げるものが存在しないという条件をつけて使用した方がいい」

「ふわぁ、む、難しいのですね」

僕が出来るかなってドキドキしているとお祖父様は「一度術式を覚えてしまえば簡単だ」と言う。そうなのかな。でもその術式っていうのが難しそうだよね。

「マジックバッグの場合は先ほど言った空間を作り出す魔法だ。空間を移動する魔法よりも扱いやすい。空間の大きさや、時間経過の有無の調整が出来るし、持ち主以外には使えなくする事も可能だ」

「それはすごく便利ですね」

「空間の大きさは魔力量にもよる。あまり大きな空間を作り出そうとすると、魔力不足になってしまうからな」

「はい。気をつけます」

「付与自体はそれほど難しくはないが、まずはどのようなものを組み合わせて作られているのか分かっていた方がいいだろう。この魔法陣を見てみなさい」

お祖父様はそう言って羊皮紙に描かれている魔法陣を広げた。

「うわぁぁぁぁぁぁ！　すごい、こ、細かい」

沢山の文字がものすごく細かく書かれているというよりは描かれているという感じだ。

「文字で書き出すとこうなる、という例を見るのも良い勉強だ。複雑そうに見えるが、よく読んでいけば意味が分かる。意味が分かればそれがどの順番で、どのように付与されているのかを解く事が出来る」

「はい」

そう説明されて僕はもう一度魔法陣を見た。するとその中に【空間拡張】とか【時空】とか【時間経過】とか【付与者】という文字があるのが分かった。

「あ、そこにそれぞれの大きさとかを加えていく感じなのかな」

「うむ。そういう事だ。原理さえ分かれば後は付与していくだけだ」

お祖父様はそう説明して魔力を練り始めた。きっとお祖父様は魔力を練り上げるような事をしなくてもこの術式を簡単に発動出来る筈だ。それをこうしているのは僕のためだ。

魔力が大きな人はその魔力が光のように見える。さらに、その魔法自体を文字として視せる事も出来るのだ。ただそのためには一気に魔力を流してはいけない。魔力を練って、細く、緩やかにこの魔法陣に流し込んでいるのだ。

羊皮紙に描かれていた魔法陣の文字は空中に光の文字となって浮かび上がってゆらゆらと揺れている。細かな文字が大きく、はっきりと分かるように、黄金色に光る魔力を纏って浮かぶ術式。それがうねうねと動きながら陣を組んでいく。

そして陣が完成すると魔法陣はさらに眩しく光り、付与するバッグに吸い込まれ、バッグ自体が輝いて……元に戻った。

「ふわぁ……」

僕は思わず力が抜けたような声を出してしまった。目の前には先ほどと変わらなく見えるバッグがある。でも……

「見てもいいですか？」

「うむ」

お祖父様の返事を聞いて、僕はバッグを手に取った。

「わぁぁ！　本当にマジックバッグだ！　こんなにすぐに出来ちゃうなんて、お祖父様はすごいです！」

空間魔法は魔力量を多く使うため、取得が難しい魔法で、僕のようにスキルでついている人は珍しいって聞いた。

お祖父様は土属性と風属性の雷魔法をお持ちで、空間魔法は自分で取得したって言っていた。

「こちらのバッグはどれくらいの容量を付与されているのですか？」

「うむ。サロンくらいか」

「へ？　サロン？　サロンが入っちゃうくらいのものがこの中に入るんですか？」

すすすすすごすぎます!!

「エドワードは少しずつ試しなさい」

「はい。分かりました」

「練習用に残りのバッグやポーチも置いていこう」

「わわわわ！　ありがとうございます！」

僕がお辞儀をするとお祖父様は少しだけ笑った。

「出来たものを信頼出来る者にやるのは構わん。所有者のみが扱えるようにするのは後からでも出来る。式は後ほど書いて渡そう」

「分かりました。ありがとうございます」

「ただし、扱える者だけだ。幼い子には与えてはならん」

それはウィルとハリーの事だ。そうだよね。どういうものなのかを判断して使える人じゃないと何があるか分からないからね。

「はい」

「あくまでも、信頼出来ると思う者だけにしなさい」

「はい」

「まぁ、きちんと出来てからだがな」

「！　はい」

うん。プレゼントしようにも、まだ作れていないものね。それから僕はもう一度魔法陣を見直して、術式を組み立てる練習をした。お祖父様みたいに術式を浮かび上がらせるような事はとても出来ない。頭の中でどの魔法を、どれくらいの大きさでつけるのかを考えて、魔力を練っていくのはかなり難しい。

最初のポーチは空間だけの付与。次は空間と時間経過なしの付与。

空間もきちんと大きさを指定した筈なのにものすごく小さくなったり、反対に大きくなってしまったりして、このままではポーチやバッグが足りなくなるかもしれないと思ったら、お祖父様は僕が失敗したものから術式を外して元に戻してくださった。何から何までお祖父様はすごい。結局五つ作って一つだけ成功した。それ以上作るのは止められたんだ。

成功したポーチは空間は縦も横も高さも全部十ティル（十メートル）で時間経過なし。

シンプルだけど僕がやりたいなと思った、整理する機能がついている。

例えば一の薬草と二の薬草と三の薬草をしまっておいて、後から一の薬草を入れるとちゃんと一の薬草に足されていて、バッグの中に何がいくつ入っているか分かるようになっているの。

引き出しみたいに出来ないのかなって言ったら、お祖父様がどういう事だって反対に尋ねてきた。

それで説明して、相談をして、考えてくださったんだ。だってさ、色々入れていたら何を入れていたのか忘れちゃう時もあるでしょう？　そういう時に中身と数量が分かるメモみたいなものがあったらいいなって。

バッグを開けて「インベントリー」って言うと中身が本当にメモみたいに空間に映し出されるの。お祖父様は可視化が出来るようにしたって言っていた。それでこれをいくつって思って手を入れるとちゃんと出てくるんだよ。魔法ってすごいな。

「エドワードは面白い事を考える」って、お祖父様はなんだか楽しそうだった。

初めて作ったマジックポーチはすごく考えたけれど、父様にプレゼントする事にした。明日から繰り返し練習して、母様には可愛いポーチを。兄様には学園でも使ってもらえるようなバッグをプレゼント出来たらいいな。ウィルとハリーにはもう少し大きくなってからね。

「ありがとうございました」ってお祖父様にご挨拶をしてからリビングに行くと、双子たちと遊んでいたお祖母様と母様もやってきたので皆でお茶の時間にした。

「ふふふ、やっぱりフィンレーのチーズを使ったケーキは美味しいわね。最近は生クリームのようなチーズを使った冷たいチーズケーキが流行《はや》っているそうですよ」

さすが、母様。王都に行かなくても王都のお菓子事情は完璧に把握しているね。

「わぁ、食べてみたいです」

「今度シェフに作ってもらいましょう」

母様が笑ってそう言った。お祖父様と、お祖母様と、母様と皆で食べた、生クリームを載せたふわふわのチーズスフレは美味しくて、僕はここに兄様がいたらいいのになって思った。

◇◇◇

「王家のお茶会というのは毎月開かなければならないものなんだろうか」

珍しく不機嫌そうな表情のままアルフレッドが口を開いた。

前期最後の講義が終わった教室はがらんとしていた。もう少しで七の月の終わり。ルフェリット王国はバカンスシーズンに入る。王都の学園も明日から九の月の半ば近くまで長期の休暇となる。

暑い季節を涼しい土地で過ごそうと、貴族たちは避暑地に出かける事が多い。休みになればその分課題も出るが、石造りでどうしても熱のたまりやすい王都を抜け出して、それぞれの領地や避暑地に向かう生徒たちは多い。もちろんアルフレッドもフィンレーに戻る予定だった。

しかし今日の午後、明日開かれるお茶会の招待状が届いたと、学園にいたアルフレッドに知らせが来た。王家からだったため、わざわざ学園まで知らせを寄越したのである。

「……父上に無視をしてもいいか聞いてみようか」

「アル、さすがにそれはどうかと思うよ」

ジェイムズが苦笑して口を開いた。そう、この知らせはジェイムズたちにも届いていた。

「だって非常識なのはあちらだよ。学園が明日から休みに入るのは分かっているのにこんなものを急に送ってくるなんて。しかも茶会は先月も開いているというのになんの話があるんだろう。私は別に側近になるつもりなどさらさらないんだ。卒業したらフィンレーに戻る気でいるしね。毎年きちんと領地に戻るのも大事な事だよ。今どういう状態になっているのか知らないとね」

「うん。それはそうだけどさ」

昨年、学園に入学してからほぼ毎月のように行われてきた第二王子主催のお茶会。側近を決めたいという事は言われていたが、一年以上経った今でも決まっていない。というのも昨年の秋に第二王子の母、グレアム・オスボーン・ルフェリット王の側室であるアデリン・クレバリー・コルベック妃が急死したからだ。

病を抱えていたわけではない、ただ少し体調が悪くなり大事を取って休んでいた。それだけだった筈なのに一日、二日と経つうちにベッドから起き上がれなくなり、あれよあれよという間に意識がなくなり、帰らぬ人となったのだ。あまりの急変に毒殺や呪詛《じゅそ》なども考えられ、徹底的に調べられたが結局その証拠があがる事はなかった。

ルフェリット国王は壮健で、跡取り問題も特になく、第一王子が王太子となっており正室と側室の関係も悪くなかった。それでも、噂というものはどこからか湧いて出て、無責任に流れるものだ。

正室のディアンナ・コートニーズ・ルフェリット王妃と側室のアデリン妃は仲が悪く、彼女は自分の子供であるシルヴァンを王太子にしたかったのだと根も葉もない話が出たのである。

アデリン妃の喪《も》に服する間と、おそらくはその噂が抑えられるまでの間、第二王子のお茶会はなくなっていた。だが、年が明けそんな噂も消えてきた頃から、再びお茶会と称する側近選びが復活して現在に至っている。

「さっさと決めれば良いのにと思うけれど、なかなかうまくいかないみたいだね」

ダニエルがやれやれとばかりに言った。

「決めようと思うと横やりを入れる古狸がいるからだよね」

マーティンの言葉は大体容赦がない。それを聞きながらアルフレッドはため息を落とした。

はじめの頃は王室の状況や、その他の高位貴族の子息たちの状況を探る場として、アルフレッドもそれなりに気を張って参加をしていたのだ。だが、月を重ねるごとに何を思って集めているのかが分からなくなった。固定化している顔ぶれは自分を含めて何人もいるが、毎回変わる面々もいる。

何を思って集めているのか。固定化をしている顔ぶれについて調べ、二度と呼ばれなくなった人物について調べ、さらに数度顔を出した人物についても調べた。

そして、アルフレッドに近づいて義弟《エドワード》の事を探るような素ぶりを見せた人物は徹底的に調べ上げて父に報告をした。きちんとした情報を得る事が重要。裏の裏まで読んで行動する。それは当たり前の行為で、それ自体に苦はなかったが、こう無意味に毎月毎月縛られるのはどうなのか。

「………昨日、予定通りに戻ると知らせたばかりなのに」

押し殺したようなアルフレッドの声にダニエルが苦笑した。

「相変わらずの兄バカだな」

「なんとでも言ってくれ。何も決められないような人間の下につきたいと思う者はいない」

「アル」

ジェイムズが困った顔をしてアルフレッドの肩を叩いた。

「きちんと遮音はしているよ。最大レベルでね」

そう答えるとマーティンがにっこりと笑って、「さすが」と言って言葉を続けた。

「とりあえず、返事は出さないとね。この時期にわざわざやるんだ。何かあるんだろうとは思うよ」

「ああ、それも考えての八つ当たりだ」

「要するに、我々はアルの愚痴《ぐち》を聞いたってわけか」

ダニエルがニヤリと笑ってまとめる。

「まぁ、この日付を考えた奴の事はきっちり調べるつもりだけど」

「怖～い。ああ、それにしても学園が休みになった翌日に茶会。なんだろうね。いよいよ側近を決めたって事かな？」

「それなら丁重にお断り申し上げなければ」

「本当にアルはブレないね」

楽しげに笑うマーティンを見ながらアルフレッドは言葉を続けた。

「王家の中の誰かの臣下にはなるつもりはない。もちろんそれを否定するつもりもない。色々な考え方があるし、それぞれ決めた生き方がある。けれど私はあくまでも王国から領地を賜《たまわ》った侯爵家の一員でいいと思っている」

近衛騎士団の団長である父を持つジェイムズは「そうか」と短く答えた。アルフレッドもまた「ああ」と返事をした。

「とにかく、欠席は認められないと思うから、偵察がてら参加しよう。何か面白いネタがあるかもしれないよ？」

「マーティ、お前が面白いって言うとロクな事がないからな」

「ひどいね、ジム。さて、じゃあ帰ろうか」

その言葉で遮音を解いて、四人は教室を出て馬車待ちに向かった。

その夜、アルフレッドは父とエディの両方に魔法書簡を出した。

父からは出席して内容を知らせるようにという返事が、エディからは『ご用事が出来たのなら仕方がありません。ご無理をせずにお戻りください。待っています。戻れる日が決まったら教えてくださいね。でも長いお休みだから嬉しいです。あ、ポニーじゃなくて普通の馬に乗れるようになったので、一緒にお散歩もしたいです。ではまたお手紙を出します。お休みなさい』という返事が来た。

「おやすみ、エディ」

アルフレッドは手紙にそう返事をしてから、ふぅっと本日何度目かのため息を漏《も》らした。

学園が長期の休みに入った翌日、アルフレッドたちは王宮内にあるサロンの一室にいた。

「急の招待になり申し訳ない。学園がこれからひと月以上の休みになってしまうので、その前に顔を合わせておきたいと思ってね」

主催のシルヴァン・コルベック・ルフェリット第二王子はそう言ってにこやかに笑った。

招待状が届いたのは八名。内四名がアルフレッドたちであり、残りが公爵家一名、侯爵家一名、伯爵家二名である。ほぼ固定化されているメンバーだ。

出された食事や茶菓子をつまみ、探り合うような会話をしながら様子を窺っていると、シルヴァン王子がゆっくりと口を開いた。

「自領に戻る者もいると思うので、少し早いがこの辺りで一度閉めよう。今日集まってもらった者たちは今後、私の側近候補となる。最終的には学園の卒業に合わせ、それ以後側近として私を手助けしてもらいたい。お互いに王国の発展のため、力を尽くしてほしいと思う。なお、卒業後は領地に戻る者もいるだろう。それに関してはこれから話を詰めていきたいと考えている。よろしく頼む。私は王太子殿下をお助けしていく立場となる。様々な噂が流れたと思うが、それは揺るがない。そのつもりで務めてほしい。以上だ」

ロイヤルシルバーと言われる王家特有の銀色の髪の第二王子シルヴァンはそう宣言してお茶会を終了した。候補となった者たちは特に何かを言う事もなく王城を後にする。否《いな》、王城で何かを言う事は出来ないから言わないだけだ。今日の詳細を持ち帰り、保護者達と話をしなければならないのはどこの家も同じだ。

「こんな事だろうと思った」

帰りの馬車の中でアルフレッドはポツリと呟いた。

さて、どのように動けばいいだろう。卒業までは王城の中を探る事が出来る位置にいた方がいい。けれど、そこに囚われると動きにくくなるし、いざという時に否と言えなくなる。それはまずい。匙《さじ》加減《かげん》が難しい。何より自分の最終学年にはエディが学園に入学する。

自分が卒業してからエディが卒業するまでの五年間の事も考えなければならない。

そして、あの物語の事も。

（どの位置にいるのがいいだろう……）

馬車の速度が落ちる。そろそろタウンハウスに着く。

「……早く戻りたいな」

再び小さく漏《も》れた言葉は本音だ。考えなければならない事は山積みだけど、なんだか無性にフィンレーに、エディの傍にいたくなる。

（まったく、しっかりしないといけないな……）

これで領主となれば、ここに領地経営の事が降りかかってくるのだ。弱音を吐いている暇はない。まずは今日の件を父に報告して、残った友人以外の候補者たちの情報をもう一度調べようとアルフレッドは頭の中でこれからの事を組み立て始める。シルヴァンが『噂』とわざわざ口にしていたので、それも調べてみないといけない。それから休み中の課題についての足りない資料を集めて、あとは、ああ、お土産《みやげ》も考えないといけないいな。もっともそれは楽しみでしかない。止まった馬車。開かれたドア。

「おかえりなさいませ」

「ただいま。ロジャー、少し話を」

「畏《かしこ》まりました」

少し重い気持ちを振り払って、アルフレッドはタウンハウスの中に入った。

書簡を出すとその日のうちにフィンレー当主である父、デイヴィットもやってきて、学園の卒業まではシルヴァンの側近候補として務め、その後は状況を見て判断するという事が決まった。

アルフレッドが考えていたのと同様に、デイヴィットもアルフレッドの卒業後、タウンハウスにエディだけが残る事になる五年間をどうするか決めかねていたようだった。

とりあえず側近候補として第二王子の傍にいて王城の中を見る事が出来るというのは、現時点では得策だろうとアルフレッドは思い始めていた。その位置ならば父とは異なる視点からエディに対して怪しい動きをしている者がいないか注意を払えるだろう。

「面倒事は多いだろうが、まぁ王族やその近辺の者を観察するのも、侯爵家の跡取りとして良い勉強にはなるだろう。正式な辞令の書類が届いたら手続きをしてしまうよ」

「はい。よろしくお願いします」

デイヴィットの言葉にアルフレッドは頭を下げた。

◇◇◇

王国の北東に位置するフィンレー侯爵領に夏の訪れを感じさせる七の月のはじめ。山々とその裾野に広がる森が様々な色合いの緑で彩《いろど》られている中、大サロンでは招かれた沢山の客人が壇上を見つめていた。

「デイヴィット・グランデス・フィンレーが三男。ウィリアム・フィンレーです」

「同じく四男のハロルド・フィンレーです。本日は私達の五歳のお披露目《ひろめ》会にいらしてくださり、ありがとうございました」

「沢山のお祝いのお言葉をいただき、とてもうれしく思います。これからもどうぞよろしくお願いいたします」

二人の挨拶に会場から拍手が湧き起こる。フィンレー家の双子の五歳のお披露目《ひろめ》会。

もちろん嫡男であるアル兄様の時よりは規模は小さいけれど、僕の時よりは招待客が多い。僕の時は五歳の誕生日からだいぶ遅れての開催だったし、多分父様は『ペリドットアイ』の事があったから、本当に信頼出来る人間たちだけの紹介にしたかったんだろうと今だから分かる。

もっとも僕はあの時でさえドキドキでいっぱいいっぱいだったから、それよりも多い人数の中でこんなにもちゃんとご挨拶出来る二人に感動だよ。

すごいね、ウィル、ハリー。これで社交の始まりだから、今度は二人のお友達選びになるんだね。どんな子たちがお茶会に来るのかな。皆と仲良く出来るといいね。

それにしても早いなぁ。ウィルとハリーがもう五歳。兄様は今年高等部に上がった。『記憶』の小説も大きな事件が起きるのは僕が学園に入る前だから、兄様も僕も『世界バランスの崩壊』という事と、【愛し子】がいつ現れるのかっていう事を注意して見ている感じかな。

今日の主役は双子たちで、僕は出来るだけ目立たないようにしている筈なんだけど、一部の人からフィンレーの秘蔵っ子とか言われて、さっきから何度もご挨拶を受けている。父様はどうしても二人のフォローに入ったり、友人候補たちを紹介したりするので、見かねた兄様が僕の傍に付いてくれた。

招待されている人たちだけだから、そんなに強引な人はいないんだけど、年が近かったりする子がいるお家《うち》の人がお話をしに来て、兄様がにっこり笑って話の誘導をしてくれているんだ。

僕は今のお友達がすごく好きだし、お話ししていると楽しいし、そんなに沢山のお友達がいなくてもいいかなって思っちゃうんだよね。兄様も本当に親しいお友達は三人だけだし。

「疲れていない？」

兄様が飲み物を持ってきてくれて、そう尋ねてきた。

「はい。今日の主役は二人なので」

「うん。だけどエディと話したいと思っている人も多いみたいだからね」

苦笑に近い笑みを浮かべた兄様に、僕は「そうですね」と困った顔をして頷いた。

「でもアル兄様がお話の誘導をしてくださるので助かっています」

それに兄様がちょっと他の人と話をしていると、僕の友達たちが寄ってきて、割り込めない感じで話をしてくれるお陰で、何か話したそうにしている人たちは近寄れなくなってきた。悪いなぁとは思うんだけど、きっとちゃんと話さないといけない人は父様が間に入ってくる筈だから、それ以外の人たちとは基本的には話をしない事にしているんだ。僕は色々と内緒の事があるからね。

「エディ兄様」

双子たちが僕のところにやってきた。

「ウィリアム、ハロルド、改めておめでとう。とても立派な挨拶だったね。ちょっと感動して泣きそうでした」

僕がそう言うと二人は嬉しそうに笑った。

「エディ兄様は何か召し上がりましたか？」

「うん。少しつまんだよ。それよりも二人は？」

「大丈夫です。ウィルは話の間にしっかり食べていますから」

「ハリーも同じだろう？」

「もちろん」

ああ、本当に大きくなったって思う。お祝いの貴族服もよく似合っている。

あんなに泣いて喧嘩《けんか》をしていたのに。背だってもう百二十五ティン（百二十五センチメートル）あるんだって。ウィルはもう少し大きい。お披露目《ひろめ》会の頃の僕は百二十届くか届かないかでドキドキしていたのにな。

「お友達候補の子たちとは？」

「何人か会いました。また改めてお茶会の招待状を出します」

「うん。母様が張り切るね」

僕がそう言うと二人は困ったように笑う。お洋服をどんどん注文するからびっくりしちゃうよね。

「あ、そうだ。二人に僕のお友達を紹介してもいいかな」

「はい」

僕は今日来てくれたお友達を紹介した。エリック君のところは弟が二人と近い年齢なので先ほどご挨拶をしたんだって。僕もエリック君の弟さんにご挨拶した。エリック君とは少し雰囲気が違う感じで、でもしっかりとした子だったよ。どちらかというとウィルと気が合いそう。

「では、エディ兄様、父様に呼ばれたのでご挨拶をしてきます」

「うん。頑張って」

「はい」

双子たちが行ってしまうと入れ違いで兄様が戻ってきた。その後ろにダニエル君たちがいて「鉄壁の守りだね」と笑っている。え？　どういう事？

「うん。エディはエディのままでいてね」

マーティン君の言葉の意味がよく分からない。兄様を見ると「気にしないでいいよ」って言われたからそうする事にした。

この後、久しぶりに会った母様のご両親にご挨拶をして、ハワード先生、それにお友達のお父様方にご挨拶をしてから僕は一足先に奥へ引っ込んだ。今日の主役はウィルとハリーだからね。

僕が下がる時に、お友達の皆も一緒に来た。ウィルとハリーのお披露目《ひろめ》会なのになんだか僕のお茶会みたいだなと思いながら、大人たちがまだお披露目《ひろめ》会に出ているので、お客様をお通しするお部屋の一つで少しだけお話をする事にした。

「それにしても盛況だったね」

レナード君が口を開いた。

「うん。二人が泣いて後追いをしてきた頃の事を思い出して涙が出そうだった」

「エディ、それはちょっと」

ミッチェル君が笑う。

「ふふふ。だってそんな感じ。大きくなったなぁって」

「確かに立派でしたね」

にっこり笑うトーマス君って何か癒《いや》される。

「ありがとう」

「それにしても結構エディと話したい人が多かったように見えたな」

クラウス君が珍しくそんな事を言い出した。

「うん。よく分からないけど秘蔵っ子とか言われていたみたいだね。まだ学園に上がる前だし、お茶会に出る事も少ないからそのせいかな」

僕がそう答えると皆は曖昧《あいまい》に笑った。

「その辺りはきっとアルフレッド様がきちんと把握なさっているでしょうね」

これはユージーン君。

「うん？　ああ、話しかけてきた人？　そうだね。一応僕も顔と名前は覚えたけど」

「主役よりもエディ様の方がメインになっていた方たちはきちんと把握しておかないといけませんよ」

スティーブ君が締めくくるようにそう言った。

「うん。そうだね」

やっぱり何かの意図を持ってそうしているって事だから、注意をしておかないといけないね。

「でも皆がかわるがわる傍にいてくれたから本当に助かったよ。二人のお祝いに来てくれたのになんだか僕の方に気を遣わせてしまって申し訳ない」

本当にお友達の皆には色々助けられているんだ。ほら、前にも魔物の時とか不安に思う事を話した後、父様に相談をして改善した事もあったからね。

「いや、こちらこそ。普段はあまり交友のない方たちとも話が出来て楽しかったです」

レナード君は相変わらずお兄さん的な存在だ。

「それなら良かった。でも双子たちの成長もだけど、なんだか皆と初めて会った日の事を思い出して変わったなぁって思っていたんだ。特にクラウス君なんて」

「え？　俺？　まぁ鍛えているから」

でもニッと笑う顔は小さい時のままだよね。

「うん。今身長いくつ？」

「百六十超えたくらいかな」

「え～！　じゃあ学園に入るころには百七十近くなっちゃうんじゃない？」

「どうだろう？　でも他の皆だって」

そう言われて見ると……うん。レナード君もスティーブ君もエリック君もユージーン君も皆、結構しっかりした体つきになってきている。ミッチェル君なんて本当なら一学年下なのに他の皆とあんまり変わらない。もちろん僕よりも背が高い。

「いいんだ。僕は学園に入るまでには百六十を目指すんだから。一緒に頑張ろうね、トーマス君」

「え！　僕？　ああ、はい。そうですね。一緒に大きくなりましょう！」

そんな話をしているうちにどうやらお披露目《ひろめ》会が終了したらしい。

「終わったみたいですね。ではそろそろ。ああ、今年もお茶会は開かれますか？」

ユージーン君が尋ねてきた。

「うん。多分いつもと同じくらいかな。秋のクリが採れる頃」

「分かりました。楽しみにしています」

「はい。招待状を出しますのでよろしくお願いします。あ、そういえば最近はどうか聞くのを忘れていた。魔物の事、皆さんのところはどんな感じ？」

そうだった。これを聞こうと思っていたんだ。

「そうですね。僕の方は特には変わった様子はないですね」

レナード君とクラウス君とエリック君はそんな感じだった。

「うちの方はハーヴィンの方から逃げてくる人が増えてきました。私の領では直接魔物被害は出ていませんが、ハーヴィンはひどいようですね。隣なので気を付けて見ています」

ユージーン君のところはハーヴィンからの避難民対応か。

「僕の領は街道沿いに魔獣が出ました。幸い冒険者がすぐに退治してくれたので、大きな被害はありませんでしたが、ダンジョンのあるモーリス領が他の皆様よりは近いので注意をしています」

「どういう事？」

僕が尋ねるとトーマス君は再び口を開いた。

「以前から何度か同じような話が上がっていたのですが、モーリス領のダンジョンから魔物が溢《あふ》れているのではという噂があります。でも確定ではないです。スタンピード以外でダンジョンから魔物が出てくるというのはありえませんし、スタンピードが起きているという届け出もありません。ですが調査は続けています。あそこは元々魔素が濃いところがありますから」

トーマス君の顔は少し強張っていた。実際に見た人はいないけれど、魔素だまりから魔物が湧くっていう話もなぜか昔からずっとあって、本当にそんな事があったらどうしようって皆思っているんだ。

「他にもいくつかの領でいきなり魔物が出たという話がありますが、王国に届け出るようなランクのものはないようです」

「何かあるのかって、警戒している領が増えてきているみたいだね」

「調べている人が出てきているのは確かかな。ただきちんとした答えは出ていないと思う」

皆の声を聞きながら、僕は『世界バランスの崩壊』について思い出していた。増え出している魔物は本当にそれに関係があるのかな。増えているのは崩壊が始まっているという事なのかな。

来年は皆十二歳になって、その次の一の月からは王都の学園に通い始める。一学年下のミッチェル君も同じ学年にすると言っていた。学園に入る年、あの小説の中の『悪役令息』が兄様を殺してしまう年。でも僕は絶対に『悪役令息』にはならない。絶対。

「これに関してはまた情報を交換しよう。僕も分かった事は皆に伝えるよ」

こうしてウィルとハリーのお披露目《ひろめ》会と僕のプチお茶会は終了した。


「アル兄様、エディ兄様、今日はありがとうございました」

ペコリと頭を下げる双子にアル兄様がにっこりと笑って口を開く。

「ウィル、ハリー、二人ともとても立派だったよ。社交の始まりの年で色々と大変になるだろうけど、頑張って」

元気良く返事をする二人を見て、僕もニコニコと笑いながら声をかけた。

「二人ともお疲れ様でした。マンゴーのアイスクリームを作ってもらったから、後でシェフに出してもらおうね」

「やったー！」

「エディ兄様大好き！」

「わぁ！」

ピョンと飛びついてきた二人の体に僕はちょっとだけバランスを崩した。それをすかさず兄様が後ろから受け止めてくれる。

「気をつけて二人とも。エディ、大丈夫？」

「エディ兄様、すみません！」

「エディ兄様、大丈夫ですか？」

「アル兄様、ありがとうございます。大丈夫です。二人とも大丈夫だよ。僕ももっと体幹を鍛えて筋肉をつけるよ。二人が飛びついてきてもふらつかないようにしないとね！」

そう言うと三人はなぜかやんわりとした笑みを浮かべた。えっと何？

なんとなく悔しいような、でも楽しいような気持ちになって、僕は二人に「えい！」って飛びついた。

「わ！」

「わぁ!!」

「エディ！」

反射的に手を伸ばした兄様と、同じく手を伸ばしてきたウィル。ウィルの肩を掴みながら僕の身体を支えようとしているハリー、そして兄様はもう片方の手で僕のお腹を後ろから抱えている。すごいな。四人とも転んでない。

「あははは！」

「笑い事じゃないよ、エディ。怪我をしたらどうするんだい？」

「そうですよ。エディ兄様」

「あ～、びっくりした」

なんだか塊《かたまり》みたいになっている僕たちを見て、ちょうどこちらへやってきた母様は「あらあら、仲良しね」と笑った。

色んな話を聞いたけど、今日の終わりにこんな風に笑えて良かった。そんな事を思いながら僕は兄様に抱えられたまま二人をギュッとした。

◇◇◇

僕は十の月に十一歳になった。そしてその年の冬、僕たちは皆でフィンレーの領都グランディスで開かれる冬祭りに来ていた。双子たちにとっては初めての冬祭りになる。

一年の大地の恵みに感謝をして神の像を作り、奉納し、来年もまたよろしくお願いしますとお祈りをするのがフィンレーの冬祭りだ。今回も神殿には行かずに大通りの雪像を見にきた。

冬祭りの間はここでお参りしても神殿の神様にちゃんと届くからね。

「わぁ、本当に大きい、こんなに立派な神様の像って作るのが大変そうだよね」

「雪像もそうだけど、道には全然雪がないってすごいね。どんな魔法を使っているのかな。濡れていないしね。あとさ、雪像と神殿の神様の像がちゃんと繋がっているって面白い」

「冬祭りが始まる前にきちんと繋ぐ儀式をしているって父様が言っていたよ。ウィルちゃんと聞いていた？」

「聞いていたよ。だから繋がっているって知っていただろう？」

二人のやりとりを聞きながら、僕とアル兄様はグランディス様の像にお参りをした。もちろん王国の神様にもね。

「さて、そろそろ父上の開会宣言だよ。広場の方に行こう。護衛がいても私たちから離れないようにね」

「はい」

兄様の言葉に二人は揃って返事をした。僕が冬祭りに来たのは三回目。

兄様が学園に入ってからはなかなか予定が合わなくて、でも僕だけ行くのも嫌だし、お友達と一緒にとも思ったけれど、危険な事があったら困るなって思って行かなかったんだ。

でも来年は僕の予定が難しそうだし、双子たちも一緒に行きたいって言うし、それなら後期の試験は終わっているんだから学園を休んじゃおうって兄様が来てくれたんだ。四人で一緒に冬祭りを回れるなんてすごく、すごく嬉しい。初めてのウィルやハリーよりも僕の方が舞い上がっているかもしれないな。

「エディ。後ろは護衛がいるから一緒にね。皆なるべく傍にいて」

「はい」

兄様にそう言われて僕は兄様の隣に並んだ。

するとハリーが寄ってきて嬉しそうに笑いながら僕と手を繋ぐ。

「ふふふ」

「ああ、そうだね。ハリー。手を繋げば迷子にならないね」

「僕も！」

それを聞いてウィルが反対側の手を握った。

「あはは！　三人並んだら邪魔になっちゃうよ」

「大丈夫だよ。子供だもん。手を繋いでいた方が迷子にならないからね！」

「そうそう。ならない、ならない」

クフクフと嬉しそうに笑っている二人に、僕は繋いだ手をギュッとして「じゃあああんまり広がらないようにね」と言った。兄様はそのまま僕の後ろをついてくる。僕たちの一団の先頭はルーカスだ。

「ああ、もうすぐ始まるね。こっちだよ」

「あ、父様だ！」

僕たちは広場に作られている壇の近くに移動して、用意されていた椅子に座った。

「しぃ！　ウィル静かに」

「分かっているよ」

こそこそとした二人のやり取りに兄様と顔を見合わせて笑って、壇上に現れた父様を見た。やっぱりカッコいいなって思う。それに兄様が父様にどんどん似てきているんだよね。背も会うたびに伸びて、骨格も大人の人になってきているし。そんな事を考えていたら父様の声が聞こえてきた。

「今年も、無事この日を迎える事が出来た事を、心から嬉しく思う」

魔法で街中に届く声。

「王国の神々と、我がフィンレーの偉大なる父、グランディス神に今年の実りを捧げる。新しい年がまた神のご加護があらん事を願って。ここに冬の祭りの開催を宣言する」

初めての時と同じように、わぁぁぁ！　と地鳴りみたいな歓声が響いて、同時に父様の後ろの方にある高い塔からいくつもの光の花が空に咲いた。ウィルもハリーもびっくりしている。僕も初めての時はびっくりしたなって思い出した。

「花火だ！　すごい！　綺麗！」

「ほんとだ！　冬の花火、すごく綺麗だね！」

ああ、そうか。二人はマーティン君が見せてくれたあの夏の花火を知っているものね。さすがに最初の花火は赤ちゃんだったから覚えていないと思うけど、マーティン君はあの後も避暑に来た時は必ず花火を見せてくれるから、二人にとっての花火はマーティン君の夏の花火なんだね。

「終わりの日には魔導士たちが夜に打ち上げてくれるよ。星が零《こぼ》れてくるみたいですごく素敵だから楽しみにね」

あの日、兄様が教えてくれた事を僕は二人に伝えた。

「わぁぁ！　すごい楽しみ！」

「冬の夜の花火かぁ！　綺麗だろうなぁ。夜に見に出かけてもいいですか？」

「もちろん」

「やったー！」

喜ぶ二人を見て、僕と兄様はもう一度顔を見合わせて笑った。


「屋台！　屋台初めてです。エディ兄様！」

「ウィル、屋台は逃げないからエディを引っ張ったら駄目だよ」

「あ、そうでした。すみません」

シュンとするウィルに僕は「大丈夫だよ」と言った。初めての時、僕も大はしゃぎしていたもの。

「色んな屋台があるんだよ。明日も来られるから食べたいなぁって思うものを決めておいて」

「分かりました！」

広場から雪像のある大通りを抜けて屋台のある公園へ移動。知っているものもあるけれど、新しいものも沢山出ている。

「……魔物のお肉とかあるのか」

「すごい！　食べてみたい！」

ハリーとウィルが店を覗きながら話している。ううう、オークとかだよね。あ、なんか他のもある。ボア？　ホーンラビット？　増えている……

「エディ、何か食べたいものがある？」

「ま、魔物は皆で食べてください。僕はガレットを」

「エディ兄様、魔物のお肉食べないの？」

ハリーに聞かれて僕はごめんねと頷いた。

「なんだかちょっと駄目みたい。でもアル兄様とかルーカスとか皆は食べられるから、食べられるだけ食べて皆で分けて？　今日はそういう風にしないと色々な種類が食べられないからね」

「分かりました！」

「ガレットも味が増えているみたいだよ」

「え！　なんの味かな。楽しみ。アル兄様は何か食べたいものが見つかりましたか？」

「そうだなぁ。結構魚の料理が増えたね」

「ああ、そういえば。やっぱりロマースク領との交易が安定しているからかな」

「それもあるだろうね。ああ、ほら前にも食べたクラーケンもあるみたい。串揚げだって、食べてみる？」

「クラーケン……あ、それなら食べられます。二人にも」

「うん」

何品かの料理を買って、いつものように分け合った。ウィルもハリーも嬉しそうだ。

「美味しい？」

「美味しいです！　オークの煮込みトロトロです！」

「……そう。良かったね」

そうか〜、トロトロかぁ。どうしても僕は絵本の中のオークが浮かんじゃうんだよね。

「エディ、こっちが新作のカシスソースだって」

「カシス？」

兄様が濃い赤紫色のソースのかかったガレットが刺さったフォークを差し出してきた。

「え……」

「大丈夫。お祭りだから」

「そ、そうですね。では」

僕は兄様が持っているフォークのガレットをパクリと口にした。

「！　美味しい！　不思議な味！」

「そう？　どれ」

そう言って兄様がガレットを同じフォークで口に入れた。

「……っ！」

「ほんとだ。面白い味だね」

兄様がにっこり笑うから、なんだかちょっと照れる。

「アル兄様、僕も！」

「いいよ。はい」

兄様はそのままウィルやハリーにもガレットを食べさせていた。二人はカシスソースよりも定番のメープルの方が好きだったみたい。

その後もクラーケンを揚げたものを皆で食べたり、お魚を煮込んだものをつまんだりしてお腹いっぱいになった。

「ふふふ、そろそろ二人が眠そうです。一度領主の館に戻りましょうか」

「そうだね。あ、エディ、口のところちょっとだけついてる」

「え!? わぁ! 恥ずかしい」

小さい子でもないのに口の端に食べ物をつけているなんて。しかもそれを兄様に見られちゃうなんて! 僕は慌ててハンカチを出して口を拭いた。

「あんまりごしごしすると赤くなるよ。ほらここ」

唇の端に兄様の指がそっと触れた。

「カシスかな」

「すすすすみません!」

「大丈夫だよ。二人なんてもっとすごい事になっている」

言われて眠たそうな二人を見ると、確かに口元の汚れが笑える事になっていた。

「ソースがかかっていた食べ物が多かったからね」

兄様はハンカチを水魔法で濡らしてハリー達の口を拭《ぬぐ》った。

「わぁぁ!」

「うわわわ!」

「ほら、ちゃんと拭いておかないと口の周りが痛くなるよ」

「ありがとうございます」

「ありがとうございました」

そう言いながらも二人は本当に眠そうだ。朝早くから興奮してはしゃいでいたからね。

護衛におんぶをされて、僕たちは馬車が入る事が出来ない大通りから一本向こうの道に向かった。

大通りは神様の雪像が祀《まつ》られているから、貴族もそうでない人たちも皆歩いて通らないといけない。

迎えの馬車に乗り込むと、二人はもう目も開けられなくなっていた。

「帰ったら着替えて少しお昼寝だね。エディも」

「え！　僕もですか！」

「っぷ！　あははは！　いいよ。好きな事をしていて」

「ア、アル兄様は？」

「父上に明日の予定を確認しに行こうと思っている」

「僕も一緒に行ってもいいですか？」

「うん。じゃあ、館の方で二人を降ろしたらそのまま行こうか。でも確認だけだよ？」

「大丈夫です。父様に宣言かっこよかったですって言いたいし、アル兄様と一緒にいられるのが嬉しいから」

「そう。じゃあ、そうしよう」

大好きな青い目がふんわりと笑った。

父様は神殿が所有している建物にいる。冬祭りの時の拠点になる場所なんだ。

先に兄様がこれから行きますっていうお知らせをしていたので、スムーズに中に入る事が出来た。

「アルフレッド、エドワード、今年の祭りはどうだい？　チビたちは喜んでいるかな？」

にっこり笑う父様に僕は「はい！」と返事をして傍に行った。

「今年の宣言もかっこよかったです」

「そうかい？　それなら良かった。お茶でも飲もう。何か食べたかな？」

「屋台で色々。前に比べて随分食べ物の種類が増えましたね」

アル兄様がそう答えると、父様は頷いて「そうだね。他領との交流が増えているからね。お陰で屋台の出店権は抽選だよ」と言った。

「抽選！　すごい人気なんですね」

「ああ、この期間は屋台にとっては稼ぎ時だからね。さて、他に何か気付いた事があったら教えてほしい」

「はい。以前に比べ、他国の者を見かけるようになってきました。国交の問題があってもギルドに所属している冒険者は行き来が出来ますからね。今日見た限りでは大きな問題は起きてはいないようでしたが、この時期は他領の者たちも多く入ってきますし、貴族と平民たちが同じ場で過ごす期間でもありますので、その辺りは今後課題になってくるかもしれませんね」

「ああ、そうだな。それについては実はもう小さな問題は上がってきている。今後の課題だな。どのような事があったかをしっかり報告するように通達しよう。他には？」

「あの、屋台ですが、もう少し種類ごとにまとまっていると分かりやすいなぁと思いました。以前は回りながら見つける楽しみがありましたが、種類が多すぎて。例えば肉類、小麦を使った主食系、海のもの、デザートとか。見つける楽しみもあるので大雑把な区画で分けるのはどうかなぁって」

僕が言うと父様は嬉しそうにニコニコして「なるほど！　考えてみよう」と頷いてくれた。

その他に兄様は道の混雑状況と馬車道の事、他領からやってきた人の把握についてなど父様に聞いていた。うん。お祭りだから楽しんでほしいけど、やっぱり規模が大きいとそれなりに色々あるよね。

「また何か気付いたら知らせてほしい。エドワードもね。では私からだが、明日の観劇の予定は中止だ。ウィリアムとハロルドが観たいと言うならば別行動をしなさい。あまり制限をしたくないがオルドリッジ公が来訪している」

それを聞いた途端、兄様が難しい顔をした。

「……分かりました。動きについて随時お知らせいただく事は可能でしょうか？」

「ある程度は。まぁ、あちらもこちらの動きを見ているとは思うけれどね」

「了解いたしました。ではあまり目立たないようにします」

「頼んだよ」

「父様？　アル兄様？」

二人のやりとりに不安な表情をした僕を見て、父様が小さく笑った。

「ああ、大丈夫だよ。祭りは誰でも来ていい事にはなっているんだ。だが、誰が来ているのかは把握しておかないといけないからね。それだけの事だよ。あ～、うん。正直に言うとね、会うと面倒な御仁《ごじん》がいらしているんだ。あまり話をしたくないというか、苦手だなと思う人ってどうしてもいるだろう？　せっかくの祭りだ。お互い穏やかに過ごしたいからね。それにね、エドワードにはご子息主催のお茶会の誘いが何度かあったんだが、王都までお茶会に行かせるつもりがなかったからお断りをしていた事もあってね」

苦笑交じりの言葉に僕はコクリと頷いた。

「そうなんですね。分かりました。では僕は観劇をやめます」

父様が面倒なんて言うんだから、僕なんかじゃとても敵《かな》わないものね。それに王都でのお茶会も父様が断ってくれて良かった。観劇は前にしているから行かなくても構わないんだけど、出来ればウィルたちは観られるようにしてあげたい。父様もさっきウィルたちならいいって言っていたし。二人はまだ小さいから、その面倒な人に何か言われるような事はないんだよね？

「エディ、私もだよ。私もその方の事はあまり……」

珍しく言葉を濁して笑う兄様に、僕は思わず小さな声を上げてしまった。

「え！　わ、分かりました。では目立たないようにアル兄様とご一緒すれば良いのですね？　そうですね。四人でいると確かにちょっと目立ちますね」

「うん。ごめんね。でも屋台みたいに場所を特定しづらくて人が沢山いるようなところなら皆でいても大丈夫だからね」

「はい」

僕たちはその他の事も確認をして、明日の夜は父様も館で一緒にご飯を食べようって約束をして馬車に乗った。ウィルとハリーはもうお昼寝から起きているかな。置いていかれたと思っていないかしら。それにしても……

「アル兄様に苦手な人がいるなんてびっくりしました」

「え？」

僕がそう言うと兄様は少し驚いたような顔をした。

「だって、兄様はいつも優しくて、なんでも解決してくれて、かっこよくて、お友達とも仲良くしているし、だからなんだか不思議な感じでした」

「そう？　そうかな。う～ん。エディの中の私のイメージってそんなにすごい人なのか。ふふ、照れちゃうね。いつまでもかっこよくしていないといけないいな」

「大丈夫です！　アル兄様はいつもかっこいいです！」

「ありがとう」

笑ってお礼を言われてちょっとテレッてなった。

よし、明日は目立たないように楽しもう。屋台はまた皆で一緒に行きたいから、先にお土産《みやげ》のお店を見てみようかな。そう口にすると兄様は「じゃあそうしようか」とまた笑ってくれた。

「僕も一緒に行きたいです！　劇見なくていいです！」

「僕もです！　一緒がいいです!!」

そんな双子の声で始まった二日目だったけど、せっかくだから観ておいでと言って、屋台には一緒に行く約束をした。今日もピカピカの良い天気。周りは雪だらけで寒くても気持ちがいい。

今日は小さめの馬車でそのまま出店のある方に向かった。雪像沿いの雪の舞台は神話の劇が行われる。ウィルとハリーはそれを観てから屋台の方に来る予定だ。

「前にジミー様からいただいたクルミとナッツのカラメリゼはまだあるでしょうか？」

「定番のものだと思うから、きっとあるよ。昔エディが言っていた大人の味だね？」

「はい。そうです。母様も気に入っていたのであったら欲しいです。あとは、あの時買ってもらった帽子がもう小さくなっちゃったから、大きいのがあったら欲しいな。あ、二人にも買っていこう。あれはすごく暖かくて屋敷でも結構かぶっていたんですよ」

「ああ、あれは可愛かったね」

「ふふふ。アル兄様と二人でお買い物なんて嬉しいな。こんなに一緒にいられるのは久しぶりです」

「そうだね。なんだか小さい頃に戻ったみたいだ」

「はい」

僕たちは出店の並んでいる道をゆっくりと見て回った。

途中でカラメリゼと、ウィルとハリーに似合いそうな帽子と、それから自分の帽子も買った。オフホワイトでグリーンとブルーの雪のような模様の編み込みがある、耳の方まで暖かい帽子だ。

お熱がある時に兄様にもらった雪のお菓子も見つけた。あの時はシェフが作ってくれたものだったけど、お店にもあるんだな。口の中でシューッと溶けちゃう甘いお菓子。動物や星の形ですごく可愛い。

「母様には何にしようかな。兄様は何も買われないのですか？」

「うん。そうだねぇ」

「あ！　アル兄様、僕ちょっとバッグが見たいです。いいですか？」

「ああ、いいよ」

兄様はそう言って出店だけでなく路面のお店も付き合ってくれた。

「こういうのもいいけど、う～ん。兄様はどんな感じのバッグが好きですか？」

「私？　そうだなぁ。こういう感じは好きかな」

兄様が手にしたバッグを僕はじーっと眺めた。そうか、こういうのが好きなんだ。

「ああ、なるほど。こういうのだとこの色の感じはちょっと渋いですよね」

「そうだね、エディにはちょっと合わないかな」

「そうですね、あ、あれもカッコいいかな」

「どれ？　……うん。それなら使いやすそうかな」

「こっちとこっちなら兄様はどっちが好きですか？」

「うん？　エディ？　自分のバッグを選びに来たんじゃないの？」

「そうなんですけど、兄様はどういうバッグが好きなのかなってちょっと思って」

僕の言葉に兄様はクスリと笑った。

「そうだね。私が好きなのはこれとか、これかな。これならエディも使いやすいんじゃないかな」

「なるほど。分かりました。兄様そろそろ時間です」

「え？　買わないの？」

「今日は下見です。もう少し悩みます。さっきのところのも気になっているので」

「そう。じゃあ二人を待たせると可哀そうだから行こう」

その後は屋台の広場に行ってウィルとハリーと合流した。観劇は面白かったらしい。雪の劇場に感動していた。良かった。そうして昨日気になっていたけれど食べられなかったものをいくつか食べて、持ち帰れるものはマジックバッグに入れてみた。

だって父様は毎年来ているのに屋台とか全然見たり食べたり出来ないものね。今日は夕ご飯が一緒だから、館のシェフに言って少しだけ並べてもらおう。オークの煮込みも買ったよ。でも兄様のマジックバッグに入れてもらった。なんとなくバッグに入れるのが嫌で悩んでいたら兄様がサッと自分のバッグに入れてくれたんだ。さすが兄様。そんな事を考えていると兄様が「エディ」と僕を呼んだ。

「はい」

「道を変えるよ。馬車を反対の馬車道に回しているからね。二手に分かれて移動する」

「え、アル兄様」

言うが早いか兄様は僕の手を引いて違う道に入ってしまった。前にいた双子たちが驚いて戻ってこようとしていたけれど、護衛たちが駆け寄って誘導しているのが見えて、そのまま足を速める。

「あ、あの」

「うん。大丈夫。ごめんね、驚かせて。念のためにだからエディは心配しないで」

「はい」

なんだか分からないまま頷いて、僕と兄様は手を繋いで急ぎ足で歩く。前方に見えてきた見知った馬車は、僕たちが乗り込むとすぐに走り出した。

少し弾むような息で「二人は？」って尋ねると、いつもの馬車道にもう一台馬車が来るから大丈夫だと兄様が教えてくれた。もしかしてこの前言っていた人がいたのかな。ちょっとドキドキしちゃったけれど、会わなくて良かったって思ったよ。

結局何事もなく領主の館に着いた僕たちは双子から「びっくりしました！」と怒られた。でも毛糸の帽子を見せたらやっと機嫌が直った。父様も屋台のお土産《みやげ》を喜んでくれて良かった。

そして明日は冬祭りの最終日。その苦手な人と、かち合うような事がありませんように。


「エディ兄様、アル兄様、早く早く！　もう沢山集まっていますよ！」

「うわぁ、昼もすごいなって思ったけど、夜だとまた全然違う感じです！」

「ウィル！　先に行ったら駄目だよ！　ハリー、危ないから前を見て！」

冬祭りの最終日。お土産《みやげ》をゆっくり見たり、せっかくなので神殿に行ったりして過ごし、早めの夕食を食べたらいよいよフィナーレの時間になった。

僕たちは貴族の席までは行かずに、冬祭りのお手伝いをしている人たちと同じ場所にいた。

ちょっと混んでいるけど、ここの方が前の方よりも空が広く見えるから、花火が本当に降ってくるように見えるんだって。知らなかったな。

ハリーの言葉通り、開会宣言をした壇上に父様と神官様が出ていらした。

「三日間の祭り、皆楽しめただろうか。神に感謝をして、来年も実り多き年になるよう、もう一度祈ろう」

「あ、父様が出ていらした」

父様がそう言って、皆がお祈りをする。僕も、今年一年を感謝して、来年も実りの多い年でありますように。そして、魔物などの被害がありませんようにと祈ったよ。

「皆の祈り、神に届いたであろう。これからも力を合わせてこの領を支えていってほしい。これで今年の祭りは閉会する。皆、息災で。また会おう」

その言葉を合図にあの日と同じように、雪像を照らしていた光が広場の上に集まってグルグルと飛び回って、夜空に弾けるように消えた。

そして一瞬だけ真っ暗になった広場の上でパーンと音がして、大きな大きな光の花が咲いた。

わぁっという歓声。次々に上がる光が弾けて開く花。

「わぁぁ！　エディ兄様！　アル兄様！　すごい大きな花火だ！」

「綺麗！　花びらが星になって本当に降ってくるよ！」

双子たちが空を見上げてはしゃぐ声がする。

夜空に咲いた光の花はキラキラと輝いて、やがて星が零《こぼ》れ落ちるように僕らの上に降ってきた。

『ふ、ふわぁわっ！　き、きれい！　にーさま！　きれい！　お花が、お星さまがふってきます！　キラキラ……すごいっ！　わあぁぁぁぁ！』

あの日の、僕の声が聞こえたような気がした。精いっぱい背伸びをして空に向かって手を伸ばしていた。はしゃいで声を上げても誰も怒らなかった。そしてその次の時は兄様が抱き上げてくれたんだ。降ってくる星がもっと近くなった気がした。

「ほんとにすごいです！　エディ兄様、アル兄様！」

手を伸ばしながら振り返る二人を見て、なぜか僕の視界がジワリと滲んだ。

「エディ？」

「ふ、すみません。なんだか初めて見た時を思い出して」

「……うん。私も思い出した。二人が手を伸ばしているのを見たらね」

「はい。幸せな思い出です」

「そうだね。今年も綺麗だった」

「はい」

「また、来よう」

「はい」

兄様はギュッと抱きしめてくれる代わりに、僕の手を握ってくれた。温かい手に涙は引いて、また一つ幸せな思い出が増える。

星になった花は夜の中に溶けて消え、やがて全ての光が消えると街の灯りが一斉に灯った。

「わぁ！　眩しい！　エディ兄様？」

「え！　エディ兄様どうしたの？」

「ふふふ、あんまり綺麗で感動して涙が出ました！」

僕がそう言うと二人は心配そうに近づいてきた。

「ええ⁉　大丈夫ですか？」

「大丈夫。綺麗だったね」

「はい！　でも本当に大丈夫ですか？　どこか痛くないですか？」

「大丈夫だよ。さぁ、帰ろう。道に雪がなくても周りは雪だらけで冷えるからね。帰ってお風呂に入って寝ないとね」

「は〜い！」

何事もなく終わる一日。良かった。なんとなく後ろの方で少し騒がしい声が聞こえたような気がしたけれど、僕たちは楽しい気持ちのまま馬車に乗って屋敷に戻り、翌日に沢山のお土産《みやげ》を手に魔法陣でお家《うち》に帰った。今度はいつ来られるかな。その時もまた、皆と一緒に来られますように。脳裏にキラキラと輝く冬の花火が浮かんだ。

◇◇◇

冬祭りが終われば一年の終わりもあっという間にやってくる。

年が明けたらフィンレーの農家では魔法で雪を溶かして畑を作り、麦の種まきで忙しくなる。魔力量が足りない人はこの時期だけ働き手を雇うんだ。だからこの季節は他の地域から農村地域にやってくる人もいるし、稼いでいく冒険者もいるってテオに教わった事がある。そうして一の月から二の月のはじめに植えた麦が五の月に収穫される。

兄様は冬祭りの後に王都に戻って、学園がお休みに入ってから改めて帰ってきた。そして学園の新年度が始まると、再び王都に戻った。馬車でなく魔法陣だから出来る事だよね。

でも兄様はそろそろ魔法陣を使わなくても転移が出来そうだよって言っていた。転移だけはどうしても、どうしても、どうしても取得したいんだって。それは父様も同じで、魔物が現れた時、転移魔法が使えない事をこれほど悔いた事はないって言っていた。

僕は空間魔法のスキルがあるので、練習をすれば出来ると思うんだけど、お祖父様に転移の練習は学園に入ってからにしなさいって言われている。万が一失敗するとどこに飛んじゃうか分からないから、もう少ししっかりと転送の魔法が出来るようになってからした方がいいって。

僕は相変わらず鍛錬《たんれん》をして、魔法の練習をして、お勉強をして、そして温室でお花や果物や薬草を育てて、双子たちと遊んで過ごしていた。

そんな中でポツリポツリと聞こえてきたのは魔物が増えているという話と悲しい話だった。

一の月の終わり、父様が硬い表情をしていたのを見てどうしたのかと思っていたら、その日のお勉強後にハワード先生が魔物の出現が増えている事を教えてくれたんだ。

「フィンレーにあの魔熊が出てから、私たちは他の領で同じような事が起きていないか、魔物の数が増えているという声はないか、ダンジョンで変わった事が起きていないか、魔素が恐ろしく濃くなっているところはないかというような事を調べていました」

「はい」

すごい、と思った。僕と兄様も同じような事を考えたけれど、こんなに色々な事は浮かばなかったし、それを調べる手立てもなかった。父様に話をしてからは定期的に各地がどんな状態なのか大まかに聞いてはいたけれど。

「あれから五年近くが経とうとしています。結局なぜあんなところに現れたのかは分からずじまいでしたが、毎年考えにくいようなところに予想外の魔物が出たという話は僅かながら出ていました。しかし、昨年からそんな現象が明らかに増えてきています」

「え？」

あんな化け物があちこちに出始めているの？　僕の顔色を見てハワード先生は小さく笑って首を横に振った。

「あれほどのランクのものは出ていません。それでも魔物が増えてきているという実感が、我々だけでなく他の者たちにもあるのは事実です。しかもあまり見ないような地域の魔物が現れる事も多くなってきている。それがどういった事なのか、過去にもそのような事があったのかを調べていますが、今のところ手掛かりはありません」

「そうでしたか。お話ししてくださってありがとうございます。ちなみにその魔物が出た事による被害はどうなのでしょうか？」

僕は小説の事が気になっていた。もしかしたらあの森に出た想定外の魔物ほどではなくても魔物によって大きな被害が出たところはあるのだろうか。

そして、そこで保護をされた聖魔法を使う子供はいなかったんだろうか。

「そうですね。今のところ大きな被害はありません」

「そうですか」

良かった。あのフレイム・グレート・グリズリーみたいなものが、何も戦う術《すべ》のない人たちのところに出てしまったらと考えるだけでも恐ろしい。

「では明らかに出現する数が増えてきた事で、父様の様子が？」

あの硬い表情はそのせいなんだろうか。

「ああ、いえ、もちろんそれもあるのですが、そちらは別件かと思います」

ハワード先生にしては珍しく曖昧《あいまい》な笑みを浮かべたその顔を見ていたら、僕はなんだか大事な事を忘れているような気がした。なんだろう。これは、そう。兄様を魔力暴走に巻き込んで傷つけてしまう事を思い出せなかった時みたいだ。

そんな事がないように、あの後兄様とは何度も小説の中の記憶を擦《す》り合わせた。そして僕が学園に入る前の出来事以外に大きな事件はないと二人で確認をした。

あとは僕が十二歳で学園に入る前に兄様を殺してしまうような事がなければ、完全に小説とは似ていて異なる世界だと分かった事を、二人でお祝いをしようって。でも………

「確かに魔物の出現が増えてきた件もデイヴィットを忙しくさせている原因です。フィンレーやスタンリー、レイモンドなどのように自領にしっかりとした騎士団を持っている領ばかりではない。そういった領では何かがあった時に王国へ助けを求めたり、あるいは大きな騎士団を持つ領に助けを求めたりする可能性があります。ですが、どこも他の領に無限に戦力を貸し出すわけにはいきません。その辺りの事で王室とのやりとりが必要になる可能性があります」

「ああ、なるほど」

「そしてもう一つは、これはまだ不確かな情報ですが、もしかするとカルロス様やエドワード様にお願いをする可能性もあるかもしれない」

「お祖父様や僕に？」

「はい……」

「それはどういう事でしょうか」

「改めてお父上からお話があるかとは思いますが、お母様のご実家でご不幸があった件はお聞きになっていらっしゃいますか？」

なぜ、ハワード先生がそんな事を言い出すのか僕には分からなかったけれど、先ほど感じた大事な事を忘れているという気持ちがジワリジワリと胸の中に広がり、心地悪さを感じていた。

「はい。あの、母様のお兄様のところで、赤ちゃんが亡くなったと……」

数日前に母様が沈んでいらして、どこか具合が悪いのかお聞きしたら、そう言われたんだ。

初めての女の子でとても喜んでいて、雪が溶けた頃には首も据わってくるからお顔を見に行きたいと思っていたと。

「最近、そういった話も増えています」

「え？　赤ちゃんが亡くなる事が増えているのですか？」

「はい。なんの前触れもなく、少しぐずっているなと思っていたら息が止まっていたと」

「そんな……」

「しかも、それが、圧倒的に女児が多い」

「女の子が」

「そんな事情もあって、魔物の事だけでなく色々と不安材料が重なっているのです」

「そう、だったんですね。あの、それで僕とお祖父様がお手伝い出来る事というのは」

「ええ、これもまだ憶測の域を出ないのですが。もしもそれがなんらかの病の可能性があるのならば、何か薬草などがあればと。すみません。まだこれは本当に分からない事なのです」

「はい。でも、もしも何かお役に立てるとしたら、僕にも声をかけてください」

「ありがとうございます。私ももう少し範囲を広げて調べてみたいと思います」

こうしてハワード先生は算術のお勉強の後に、僕が疑問だった事をお話しして帰っていった。

「魔物が増えている、か……」

それは以前から言われていて気になっていた事だ。その後も父様は調べている内容を教えてくださっていたし、兄様からも僕のお友達からも同じような話を聞いていた。

でも父様たちがそんなに沢山の事を調べていたって改めて知ると、恐ろしくなってくる。

色々と不安材料が重なっているってハワード先生が言っていたという事は、僕と兄様が考えているように、『記憶』の小説に書かれていた『世界バランス』というものが崩れてきているのかな。僕たちは小説の世界と、この世界は似ているようで違うと信じているんだけれど、それでも同じところも確かにあるって思っている。だからあの小説みたいに、僕たちの世界も大きくバランスを崩してしまうんだろうかって何度も考えているものの、確証はない。

「バランスって……なんだろう……」

そして、これからどうなるんだろう。本当にあの小説の通りに【愛し子】は現れるのかな。僕はこのまま本当に『悪役令息』にならずにいられるのかな。

大神官様から【愛し子】なんて呼ばれてしまった僕は、これからどうなるんだろうか。

「……アル兄様に会いたいな。お話ししたい」

ポツリと漏《も》れた言葉。ハワード先生から聞いた事をお話ししたい。そうして先ほど感じた、何かを思い出せないでいるのかもしれないという気持ちも話ししたい。

そう思っているとノックの音が聞こえた。

「はい」

「エドワード、私だ。父様だよ。開けてもいいかい？」

「は、はい！」

どうしたんだろう。ハワード先生のお話だと父様は色々と忙しいみたいなのに。

ドアを開けると、少し困ったような顔をした父様がいた。

「あの」

「ハワードが話した事を、私からきちんと説明しておきたいと思ってね。こういう事は早めにしないと取り返しがつかなくなってしまうから。ああ、座って話そう」

そう言って父様は僕の部屋に入ると、小さなテーブルセットの椅子に腰かけた。僕は頷いて父様の向かいの椅子に腰かける。

「ハワードからエドワードが不安そうにしているって聞いたよ。私の表情が硬い感じがして心配しているとも。ハワードは私が迷っていた事を話してくれたようだ」

「父様は迷っていらしたのですか？」

「どこまで話をしていいのか迷っていたんだ。私たちが掴んでいる情報はまだ不確かなものが多くて。でも確かに出現する魔物の数は増えているし、本来そこにいるべきではない魔物が現れる事も増えている。まるで何かが壊れ始めているかのようだ」

「壊れ始める……」

僕の脳裏に再び『世界バランスの崩壊』という言葉が浮かんだ。

「魔物の出現が増えているのはなぜなのか。これからも調べていかなくてはいけないと思っているよ。それとは別件なのか、あるいはどこかで繋がっているのかは分からないが、女性の死亡率が上がってきている事もね」

「それは母様のお兄様のところの」

「ああ、赤子を含め、女性がいきなり亡くなる事が多くなっているんだ。四年前にお亡くなりになったご側室のアデリン様も病を抱えていたわけでもないのに急死された。それ以後、似たような件をいくつか聞いて、昨年は明らかに増えてきたと感じた。色々と心配な事も、考えなければならない事もあるけれど、また何か分かったらきちんと話をするよ。もちろんエドワードや父上に手伝ってもらう事があれば遠慮なくお願いをする」

「はい」

僕が頷くと父様はいつもの笑みを浮かべた。

「大丈夫だ。グランディス様が守ってくださる」

「はい、信じています」

「急に色々な話をしてすまなかったね。あまり気に病んではいけないよ。エドワードの元気がないと双子たちが大騒ぎになってしまうからね」

「ふふふ、それは大変です」

僕が笑うと、父様は頷いて「また夕食の時に会おう」と部屋を出ていった。僕は閉じたドアを見つめながら先ほど掠めた『何か』を考える。多分兄様も、父様から魔物が増えている事や女性の死亡率が高くなっている事は聞いているだろう。

「やっぱり、お話ししてみよう……」

小説の中の出来事で、思い出せていないものがないか、もう一度確かめるために、僕は兄様に魔法書簡を出した。

兄様はその週末に帰ってきてくれて、二人でもう一度、今度は僕が学園に入ってからの事も含めて考えてみた。でも『記憶』はやっぱり学園の中での話ばかりで、王国全体の状況はハッキリと思い出せない。という事は、それほど詳しく書かれていなかったのかもしれない。

では、もう少し先の話はどうだったのか。『世界バランスの崩壊』が進んできて、【愛し子】たちが集められる時にはどんな事が起きていたんだろう。

だけどその頃の話になると僕の『記憶』はほとんどなくて、兄様の『記憶』も、アニメとコミックスと小説がごちゃごちゃになっているみたいだった。

「確かに何か起きていた気がするんだけど、はっきりと思い出せないね」って兄様は悔しそうに言った。

やっぱり兄様もあの人――『転生者』の『記憶』は残っていても、自我は兄様だから全部を引き出すのは難しいのかな。単純にあの人の記憶が曖昧《あいまい》なのかもしれないけど。

「難しいなぁ」

父様は相変わらず忙しそうだ。ハワード先生はあれ以来その話はしない。

父様と僕が話をしたから、きっと今はそれでいいって思っているんだろうな。

必要な時には父様がきちんと教えてくれるって言っていたし、何か変わった事があれば知らせてくれると思っている。でも……

「本当にこのままでいいのかな……」

兄様ともこの事は何度も話をした。たとえ小説と同じ世界ではなくても、似ているところがあるんだから、僕たちの『記憶』について父様にお話をした方がいいんじゃないかなって。

でもね、それと同時に、話してしまう事であの小説の【愛し子】が現れなくなったらどうしようって思ったんだ。【愛し子】が現れなかったら、世界は崩壊しちゃうのかなって。

だけど、【愛し子】が力に目覚めるきっかけは、恐ろしい魔物が現れてどこかの村が全滅する事なんだよね。だから何度も何度も考えた。【愛し子】が発現をするために、村人が殺されるのが分かっているのにあえて見て見ぬふりをするのか。本当にそれでいいのかって。

もちろん僕たちには【愛し子】がどこに現れるのか分からない。だからそれを調べていても間に合わない可能性だってあるだろう。

グルグルグルグル考えた。

【愛し子】が現れなければこの王国はどうなるんだろう。世界バランスというものが崩れてしまったらこの国はなくなってしまうのではないだろうか。だけど、本当に【愛し子】が現れるなんて保証はどこにもない。それに僕も絶対に『悪役令息』にはなりたくない。兄様も殺させない！

何度話をしても、僕たちは『でも』と『だけど』ばかりで答えが出せなかった。

父様に言っても信じてもらえないかもしれない。ううん、違う。そんな不確かな事を話してもいいのかっていう気持ちもあるんだ。

そんな風に思いながら三の月に入って、雪が溶けてきて、そろそろ春のお茶会について考えようって思っていた時にその話は飛び込んできた。

トーマス君がいるカーライル領の街が魔物に襲われたという一報だった。

◇◇◇

「トーマス君は無事なんでしょうか！　被害はどうなのでしょう？」

群れでいきなり現れたのは猿のようなエイプという魔物だった。それほど高ランクの魔物ではないけれど、出た場所がまずかったらしい。

父様はトーマス君のお父様であるカーライル領主、チャールズ・バークリー・カーライル子爵から救援要請を受けてすぐに魔導騎士隊を派遣する準備をした。他領に自領の騎士を送るなど普通はありえないため、カーライル家からもフィンレー家からも王国にその事を届け出たんだ。

もちろんカーライル子爵はフィンレーへの救援依頼だけをしていたわけではなく、魔物出現の知らせを受けてすぐに自領の騎士団を派遣して、ギルドを通じて近くにいた冒険者たちにも依頼をかけたのだけれど、あれこれ食い散らかしながら行動範囲を広げていく魔猿を封じる事が出来なかったらしい。だから王室で時間をかけて審議をしてから派遣される戦力ではどうにもならないと思ってフィンレーに救援要請の書簡を送ってきたのだと父様は教えてくれた。そして届け出を出したと同時に緊急事態として父様は魔導騎士隊を先に派遣した。

「領主のところは無事だ。現れたのは領都カレンに近いキダンという街のバザールだそうだ」

「街の中に⁉　どうして」

「それもこれから調べなければいけないね。とりあえず届け出が受理されたので、私も治癒魔法の使える者を連れて様子を見てくるよ」

「僕も！　僕も行かせてください！」

その言葉に父様は困ったような顔をして首を横に振った。

「エドワード、それは出来ないよ」

「どうして……」

「どんな状況なのか、魔物がこれ以上出現しないのか、他に出現しそうなところはないのか、せめてそれくらいは確認しなければ。分かるね」

「……はい」

「その代わり魔法書簡で直接状況を知らせよう」

「あ、ありがとうございます！」

「少し落ち着いてからになるだろうけれど、カーライルに連れていく事も考える。だから絶対に祈らないでほしい」

父様の真剣な眼差しに、僕はあの緑色に染まった魔熊を思い出した。

ああ、そうだ。もし訪ねていったカーライルであんな魔法を使ってしまったら、ううん、ここで祈るだけで、万が一にでもあの魔法がカーライルで発現してしまったら……

そして、魔物だけでなくそこにいる人の命まで奪ってしまったら取り返しがつかない。

「………分かりました。約束します」

「行ってくる」

「はい。いってらっしゃいませ。ご連絡をお待ちしております」

父様は約束通りに魔法書簡でまずはトーマス君の無事を、そしてカーライルの状況を知らせてくれた。魔物が現れたのはカーライルの領都に近いキダンという街のバザール。そこにエイプの群れがいきなり湧き、街は一瞬にして恐慌状態になった。

雑食の彼らはバザールで売り買いされていた食べ物を狙い、次いでそこここに植えられていた実の生《な》る木を狙い、さらに力の弱い子供や女性に飛びかかったのだという。僕は書簡を見ながら思わず顔を顰《しか》めてしまった。

近くのギルドから依頼を受けた冒険者たちも来てくれたけれど、数が多く対応が出来ず、その間にも被害は拡大し、魔猿はあちこちに散らばっていく。もともと賢い魔物なのだそうで、単独になれば殺されやすい事を知っている彼らは、最低五匹以上で行動範囲を広げていったらしい。

トーマス君が無事なのは良かったけれど、僕はお祈りをする以外に何か出来る事がないだろうかと考えて、でも思い浮かばなくて、兄様に魔法書簡を出した。

『兄様、お友達のトーマス君の領にエイプという魔物が湧きました。領都から近いキダンという街で、フィンレーに救援の依頼が来たのです。父様からもご連絡があるかもしれませんが、フィンレーからは魔導騎士隊が二隊四十名、先行してカーライルに入りました。父様も後から騎士隊と治癒魔法が出来る人を連れてカーライルに行っています。トーマス君の無事は父様が知らせてくれました。詳しい事はまた連絡が来る事になっています。来たらまたお知らせします』

怖かった。どうしていいのか分からなかった。でも今は何も出来ない。してはいけない事は分かっていた。

「…………っ……」

泣いていても何も解決はしない。今、僕が出来る事は冷静に知らせを待つ事だけだ。

「何か、温かいものでもお淹《い》れしましょう」

マリーが小さくそう言った。

「うん、ありがとう。マリー」

僕は自室のテーブルセットの椅子に腰かけてぼんやりと窓を見た。

まだ山頂付近は雪の残る山並み。ここからでは庭は見えないけれど、そちらはもう雪が溶けているところが多い。あと少しすれば若い緑が一斉に芽吹き、フィンレーは一気に春へと向かう。

ああ、そうだ。傷に効く薬草を多めに育てよう。そしてお祖父様から教えていただいたポーションというものを作ってみよう。大丈夫。行かなくても、お祈りをしなくても、僕に出来る事はある。

コンコンコンとノックの音がした。

「マリー？　紅茶を飲んだら温室に行こうと思うから、ルーカスとゼフに伝えておいてくれる？」

「エディ」

「……っ！」

僕は思わず椅子から飛び上がってしまった。だって。

「アル兄様！」

「魔法書簡をもらったら、いても立ってもいられなくなってしまってね。エディが、泣いているような気がして」

「……っ……」

「よく我慢したね」

そう言って広げられた腕の中に僕は迷わず飛び込んだ。

「アル兄様！　魔物が！　増えている。やっぱり増えています！」

「うん」

「いいのでしょうか？　本当にこのままでいいのでしょうか」

「エディ」

「思い出せない事があるように、どうしても思えるのです！」

「うん。そうだね」

「このまま、ただ、僕が兄様を殺さない事だけを信じて、良かったねって喜んで、それだけで本当にいいのでしょうか？」

「エディ、落ち着いて」

「だって！　だって……【愛し子】を待つっていう事は、どこかの村が、トーマス君のところみたいに滅茶苦茶になって、もっともっとひどくて、皆が殺されて、そうしないと【愛し子】の記憶も力も発現しなくて、でも」

「エディ！」

抱きしめられたまま大きな声で名前を呼ばれて僕はハッとした。

「落ち着いて。泣かないで。自分が泣いている事が分かる？　大丈夫だよ。そのために私はここに来たんだから」

兄様はそう言って僕と視線を合わせるように身体を屈《かが》めて、ギュッとしてくれた。

「大丈夫。今は父上の知らせを待とう」

「……はい」

「それを聞いて、また考えよう」

「はい」

「話をするにしても、父上が帰ってきてからだよ」

「はい。アル兄様、もう大丈夫です」

「うん。マリーがお茶を淹《い》れてくれたよ。それを飲んで、温室に行こうか。何かやりたい事があったんでしょう？」

「はい。僕、今は待つ事しか出来ないけど、傷ついた人たちのためにポーションを作ろうかなって。それなら出来るかなって」

答える間もまだポロポロと涙が落ちて、兄様はクスリと笑いながらハンカチでそれを拭《ぬぐ》ってくれた。

「もしかして作ろうとしているのはお祖父様のポーション？　飲んだ事ある？」

「ありません。でもレシピは教えていただきました」

「ふふ、私はね、小さい頃に一度だけ飲んだ事がある」

「え！　兄様はどこか怪我をしたのですか？」

「魔法を使ってね、初めてだったから面白くてやりすぎた」

少し困ったような、恥ずかしそうな顔の兄様を見て、僕は「アル兄様がそんな事を……驚きです」と信じられない思いで呟いた。

「エディってば、私の事を神様か何かと間違えているんじゃゃない？　色々失敗もしているよ？」

「そうなんですか？　信じられないけど……」

「そう？　ふふ、じゃあそういう事にしておこう。それで話を戻すけど、お祖父様のポーションは泣きたくなるほどまずかった」

「えええぇ!!」

僕はまたびっくりして、今度こそ完全に涙が止まってしまった。

「美味しいポーションが出来るようになればいいんだけどね。あれは小さい子が飲むのはかなり厳しい。多分大人でも結構な覚悟がいるよ」

「そ、そうなのですね。では、考えてみます。美味しいポーション」

「そうだね。それがいい。さぁ、じゃあ紅茶を飲もう。マリーが待っているよ」

「はい。わぁぁ！」

返事をしたと同時に抱き上げられて、声を上げながら兄様の肩口にしがみついた。

「大きくなったね」

「ア、アル兄様もですよ」

「そうだね」

久しぶりに抱っこをされて恥ずかしかったけれど、なんだかすごく嬉しかった。

「アル兄様」

「うん？」

「ありがとうございます」

「うん。一緒に考えよう。どうしたら一番いいのか」

「はい」

兄様はいつの間にかかけていた遮音の魔法を解いてマリーを呼んだ。

兄様と一緒に飲んだ紅茶はとても美味しかった。そして、兄様が来ている事に気付いたウィルとハリーが雪崩《なだ》れ込んできて、僕の部屋は一気に賑やかになった。

◇◇◇

カーライルに行く事が出来たのは、最初の知らせを受けてから一週間が経ってからだった。

もちろんその間に父様から状況のお知らせが届いていたんだけれど、来てもいいよっていうお返事はなかなか出してもらえなかった。

全ての魔猿を仕留めるまでに二日以上を費《つい》やしたと聞いた。

冒険者たちには討伐の報酬をギルドで渡すという触れを出し、他の魔物が寄ってこないように魔猿の遺体を焼き尽くしたという事も、神殿から聖水をいただいて、焼いた後を念入りに浄化したという事も聞いたよ。

傷ついた人はその怪我の程度によって振り分け、フィンレーの治癒魔法士とキダンの街の治癒魔法士、そしてカーライル家の治癒魔法士たちが緊急で設置をした治癒所で治す。

傷がひどい人は領都カレンの神殿へと運んだ。残念ながら亡くなった人もいた。

魔物に慣れていない人たちにとってはランクなんて関係なく、魔物というだけで脅威なんだと、僕はその時に知った。

そうして僕は今、父様に無理を言ってキダンの街を見せてもらっていた。

トーマス君のお父様であるカーライル領主は、屋敷ではなくキダンの街に詰めていて、まずは領に入ったご挨拶をしなければいけなかったというのもある。

簡単なご挨拶だけで失礼をして、父様と一緒に街を歩く。

バザールが開かれていたところはまるで嵐が来たみたいで、まだその傷跡が生々しく残っていた。

「これでもだいぶ片付いた方だよ。最初は本当にすさまじかった」

父様はそう言って少しだけ目を細めた。

魔物に、あるいは魔物との戦いの中で家が壊され住む場所がなくなってしまった人たちを一時的に集めている避難場所も見た。

そして、家の補修をしている人たちがいて、すでに露店を開いている人もいた。

「エドワード、言い方は悪いかもしれないが、ここは一つの手本になる。今後こんな風に魔物が突然現れて襲ってくる事が他でも起こるかもしれない。その時にどのように対応して、どのように街を復興させていくのか。そして救援を求められた他領がどのように手を差し伸べられるのか。困っていた事は何か、良かった事、改善した方がいい事は何か、何が足りて何が足りなかったのか、どうすればもっと助けられたのか。調べ尽くし、記録して残していけば、私たちが生きるこの先の事だけでなく、遥《はる》か後の世にハワードのような人間が拾い上げていく事もある」

「はい」

それから僕たちは少し離れている領主の屋敷に、用意されていた馬車で向かった。

「エディ君！」
「トーマス君！」

馬車が着くと屋敷の中からトーマス君が飛び出すように走ってきた。

「来てくださって、ありがとうございます。本当にありがとうございます」

「ううん。なかなか来られずにごめんね」

僕の言葉にトーマス君は涙ぐんでブンブンと首を横に振った。そしてハッとした顔で父様を見て頭を下げる。

「大変失礼をいたしました。カーライル子爵家次男のトーマスです。このたびは多大なご尽力を賜《たまわ》りましてありがとうございました。このようなところで申し訳ございません。どうぞ中へ」

トーマス君に促されて僕と父様は屋敷の中に入る。中には子爵夫人や家令たちが控えていた。

ご挨拶の後、ようやくトーマス君と二人でお話が出来るようになった。

「いきなりだったんです」

トーマス君はそう話し始めた。なんの前触れもなく、キダンの街に魔物の群れが現れたと、キダンの街の知事から連絡が入ったのだそうだ。

「最初は信じられなくて、でもまずは行って状況を把握しなければと、父上と兄上が屋敷の騎士たちを連れてキダンに向かったんです。そうしたら猿の魔物が暴れていてバザールがとんでもない事になっているって。要所の守りを全て集めてしまうわけにもいかなくて、とにかくギルドを使って冒険者に討伐依頼を出したと。それからさらに屋敷の魔導騎士隊もキダンに向かって……だけど僕は何も出来なくて」

ポタポタとトーマス君の目から涙が落ちる。

「うん。それは僕も同じだったよ。父様に一緒に連れていってほしいって頼んだけど駄目だって言われた。そうするしかなかったよ」

「それでも、僕の魔力がもう少し攻撃性の高いものだったらって思った。そうしたら何か手伝えたかもしれない。一人でも多く助けられたかもしれないいんだ」

ああ、皆同じように感じるんだって僕は思った。何も出来ない、でも何か出来たかもしれないって。

「トーマス君、キダンの街は見た？」

「見たよ。ひどい有様だった。父上は止めたけど、見るのも領主の家の者の役目だって言ったら許可が下りた。エイプが全て討伐されてからだったけどね。それでもそこは恐ろしい光景だった。僕は火の魔法は使えるから、他の魔導騎士たちと一緒にエイプを焼いたよ。せめてそれくらいはさせてほしいってお願いしたんだ」

「うん」

「でもその後に熱を出して、屋敷に戻されちゃったけどね」

「うん」

「怖かった。たったそれだけなのに怖かった。襲われた人たちはもっと怖かったと思う。どうして魔物が湧いたんだろう。どうしてうちの領なんだろう。どこで起こっても命の重さは同じだけど、それでもなんでうちの領だったんだって思いたくなるの」

まるで自分自身に言っているような言葉を聞きながら、僕もあの日の事を思い出していた。

「僕も思ったよ。どうしてあそこにあんな化け物がいたんだろうって。どうしてあの日だったのか。なんで僕はあの日にそこに行こうって思ったのか。なんでアル兄様を誘っちゃったのか。そんな事ばかり考えたよ。でもトーマス君はエイプを焼き払って浄化の儀式までやったんでしょう？」

「うん……」

「それは、自分がやれる事をやったんだよ？」

「……………っ……うん」

「僕も連れていってもらえなくて、でも何か僕が出来る事がないか考えてね。温室に行ったの」

「温室に？」

「うん。薬草を調べに。お祖父様から傷に効くポーションのレシピは教えていただいていたから作ろうかと思って」

「ポーションを」

「でもね。アル兄様が来て、お祖父様のポーションは泣きたくなるほどまずいって」

「え……」

「それでね、飲みやすい、美味しいポーションを作ろうと思っているから、今日は持ってこられなかったの」

ニコリと笑うと、トーマス君は呆然としたような顔をしていた。それを見ながら僕は言葉を続ける。

「起きてほしくないけれど、もしもまた何かあったら、その時は美味しいポーションで傷を治せるようにするよ。今の僕に出来る事を努力する。僕たちはまだ学園に入る前の子供で、直接何かの手伝いが出来る場面は少ないけれど、でも出来る事を出来る限りしていくよ。そこからまた違う出来る事が出てくるかもしれないでしょう？　大丈夫だよ。それをちゃんと見ている人がいるから」

「エ……エディ君、あり、ありがとう。ありがとう……」

「ううん。僕もトーマス君には沢山助けられているもの。図鑑もね、すごく役に立っているよ。これからもよろしくね」

「こ、こちらこそ！」

僕らはギュッと手を握って、泣き笑いみたいな顔をして、それからもう一度頷き合って――

「エディ君が、来てくれて良かった」

「うん。僕も来られて良かった」

ようやく、笑う事が出来た。


僕はその日のうちにフィンレーに戻った。そして、兄様に魔法書簡を送った。

『アル兄様、夜になってすみません。今日トーマス君のところに行って、魔物に襲われた街も見てきました。トーマス君は泣いていました。なんにも出来ないって。どうして自分の領だったのかと思ってしまうって。同じだなって思いました。僕もあの日の事を沢山、沢山、そんな風に思ったから。でもそれでも、今は、自分の出来る事をしたいから。だからアル兄様、僕は、父様にお話をしたいです。父様ならお伽話《とぎばなし》のようなお話でも聞いてくださると、子供の作り話だなんて言わずに、一緒に考えてくださると思うんです。この事でもし【愛し子】が現れなくなってしまったら、この世界の行く先を皆で考えていくというのは駄目でしょうか。父様はまだカーライルでの後処理をお手伝いするようなので、それが終わって戻られてから、お時間を取っていただけたらと考えています。アル兄様はどう思われますか？』

お返事はすぐに来た。

『エディ、まずはカーライルへの視察、お疲れ様でした。街や魔物の状況を私も父上から伺っていました。出来れば直接見に行きたいとも思っています。今回の事で自分のところにもいきなり魔物が現れるのではないかと思う領が一気に増えたと思うよ。その可能性はゼロではないからね。それからエディの気持ちは分かった。私も概《おおむ》ね同じ気持ちだよ。でも少し気になる事があるので、今度そちらで直接話をしよう。それまでに、エディはもう一度……いや、二度考えてほしい。そしてそれが変わらない気持ちなのかを自分の中で確認をしてほしいんだ。落ち着いて、状況がどんな風に変わっても変わらないと思えるなら、父上にお時間を取っていただこうね。私も父上はきちんと話を聞いてくださると信じている。今日はもう寝なさい。眠れないならマリーに温かいミルクティーでも入れてもらうといいよ。それでも駄目なら、そうだね、もう一度書簡をください。子守唄を歌って送ります。ふふふ、でも本当は歌はあまり得意ではないんだよ。おやすみ、エディ』

僕は小さく笑って、お手紙をしまった。

そして、ほんのちょっぴりだけ、兄様の子守歌が聞きたいなぁと思ったけれど……

「おやすみなさい、アル兄様」

ベッドに入って、目を閉じた。

◇◇◇

僕はアル兄様に言われた通りに、僕が『悪役令息』であるという事を含めて『世界バランスの崩壊』という小説の流れを父様にお話しする事を、二度ではなく何度も考えてみた。

それでもやっぱりこのまま起こるかもしれない出来事を黙っていて、【愛し子】が現れるのを待つ気持ちにはなれなかった。

カーライルで見たキダンの街。

あれよりももっとひどい事が起きるかもしれないのだと思うと、恐ろしさに胸が苦しくなる。

もちろん、父様に話をしたからと言ってそれが絶対に防げるわけではないし、ただの自己満足なのかもしれない。その事によって、小説の世界とは異なり【愛し子】が現れなくなるかもしれない。そしてそれがどんな風にこの世界に影響を与えるのかも分からない。でも……

始めから『記憶』の小説の世界とは違っていた。僕は小説の事を思い出した時から『悪役令息』になりたくないって、絶対に兄様を殺したくないって思っていたんだから。

だからどうか、この判断が良い方に繫がっていきますように。


兄様は休日の前にやってきた。学園が終わってすぐに来てくれたみたい。

しばらくはウィルやハリー達と遊んで、それから僕の部屋に来てくれた。

「その顔は、決心は変わらないって感じだね」

にっこりと笑う兄様に僕は「はい」と返事をした。

「うん。私もこれからの事を考えると、やっぱり話しておいた方がいいんじゃないかと思っているよ。それでね、今日話をしたかったのはもう一つの件なんだ」

「もう一つの？」

僕がそう言うと兄様はコクリと頷いた。

「あれからね、もう一度考えたんだ。『病気』や『伝染病』そして『女性』。何か引っかかるものがないか。自分のものになった彼の『記憶』を探ってみた。するとかなり曖昧《あいまい》だけれど、小説の一場面を思い出した。【愛し子】たちが第二王子の母のために薬草を探している場面だ」

「え！　第二王子の……」

あれ？　ちょっと待って。でも確か父様が……

「うん。おかしいよね。第二王子の母である、ご側室のアデリン・クレバリー・コルベック妃は四年前に原因不明のままお亡くなりになっている」

「それって……やっぱりあの小説の世界と僕たちの世界が違うっていう事ですよね？」

「うん。少なくとも全く同じではない。以前にも言ったけれど違っている点が多すぎる。でも同じ点も偶然とは思えないほど沢山あるね」

「はい……」

それが、僕たちが父様に話をする事をためらう理由だった。でも、それでも話をする。救える命があるのならば、僅かな望みでも縋《すが》りたいから。

「話を戻すね。なぜ【愛し子】たちが薬草を探すのか。なんの薬草なのか、アデリン妃は小説の中でどんな病にかかっているのか。でもいくら『記憶』を探しても、どうしてもそれらが分からない。ただ仮説は立てられる」

「仮説、ですか？」

「そう。ここにきて高くなってきている女性の死亡率。なんの前触れもなく調子が悪くなって急死してしまうという症状。小説の中でアデリン妃のために薬草を探している【愛し子】たち。ねぇ、エディ。小説の中でアデリン妃がかかっていたのは、やっぱりあの病気なんじゃないかな。この世界のアデリン妃はもう亡くなられているけれど、その症状はあの病気に似ていた。そして小説の中で【愛し子】たちは薬草を探している。もしかしたら、【愛し子】はその病気に効く薬草を知っているんじゃないのかな？　あの小説の愛し子は『転生者』の筈だ」

「あ……」

そうだった。力の発現についてばかり考えていたけれど、【愛し子】は僕やアル兄様のような存在ではなく、始めから『転生者』として書かれ、周りもそれを分かっているのだ。この世界とは異なる世界の記憶を持つ人の生まれ変わりで、聖属性の魔法を持つ人。

小説には【愛し子】の元いた世界の事は出てこなかった筈だ。でも、もしかしたら僕たちと同じ世界の記憶を持つ人かもしれないし、その人のいた世界では、そういう病気があって、治療薬があったのかもしれない。

それで【愛し子】がその病気を治す薬を作る事になって薬草を探して、第二王子のお母様を救ったのかもしれない？　ああ、駄目だ。僕にはその辺りの事は思い出せない。でも何か病気みたいな話はあったような気がするんだ。

「薬草かぁ。やっぱり今起きている女性たちのそれは何かの病気なんでしょうね。なんの病気なんだろう。原因不明になっているんだから、それも【愛し子】の登場を待たないと分からないのかな。でも薬草を探しているって事は、それに効く薬草があるっていう事ですよね」

「うん。その可能性はあるんじゃないかな」

「これも父様に相談してみましょう。症状を調べて探していけば、もしかしたらもっと早くその病気に効くお薬が出来るかもしれません。それに、この世界ではアデリン妃はお亡くなりになっているから、【愛し子】はその薬草を探さないかもしれませんよね？」

「ふふふ、なんだかエディらしいね。じゃあ、父上には私からお話をしたい事があるって連絡をして時間を取ってもらうね。決まったら知らせるよ」

「はい。お願いします」

『記憶』の話をするのはドキドキするけれど、もしかしたら父様が抱えている事が進展するかもしれない。もちろん魔物が増えているわけも、奇病の件も、お話ししても答えが出ていない事が多いけど、以前ハワード先生がお話ししてくださったように僕たちが考えるよりも、もっともっと沢山の事を父様達は考えると思うんだ。【愛し子】が薬草を探していた話だって、薬草がある事を前提にしてお祖父様に相談したらもっと早く見つけられるかもしれないよ。

そう考えていて、僕はハッとして兄様の顔を見た。

「あ、あの」

「うん？　どうしたの？」

「アル兄様は、今日は王都へ戻られてしまうのですか？」

薬草の事も大事だけど、兄様が帰っちゃうのかっていうのも僕にとっては大事だよ。

「明日はお休みだからこっちに泊まっていく予定」

やったー！　明日まで兄様と一緒にいられるんだ。

「それなら、えっと、温室に行って熟している果物がないか見てきますね！」

「一緒に行こう、エディ。温室がどうなっているのか久しぶりに見たいな」

「分かりました！　ご案内します！」

収穫した果物は沢山で、昼寝から起きたウィルとハリーに「一緒に行きたかった」と拗《す》ねられてしまった。

◇◇◇

父様とお話が出来たのは、それから一週間以上経ってからだった。

兄様はその間に一度、カーライルを見に行っていた。

「なかなか時間が取れなくて悪かったね」

父様はそう言って少し疲れたような顔で笑った。

「…………父様、お疲れですか」

僕がそう尋ねると父様は「少しね」とまた笑う。

「でも二人の話を聞く事は出来るよ。大丈夫」

僕と兄様は顔を見合わせてからコクリと頷いて、真っ直ぐに父様を見た。

「父上は、前世とか、異世界というような話を聞かれた事はありますか？」

「それはまた随分と想定外な話だね？　ああ、そういった話を聞いた事はあるよ？」

「実は、お話をする事をとても迷ったのですが、私とエディにはその異世界の人間の『記憶』があります」

「…………なんだって？」

兄様の言葉を聞いて、父様は大きく目を見開くとそのまま固まってしまった。うん。そうだよね。そうなっちゃうよね。でも兄様は言葉を続けた。

「エディは、ハーヴィン家から助け出された時に他人の『記憶』が出てきて、神殿に運ばれ熱が下がった時にはその『記憶』はすでに自分自身の記憶となっていたそうです。その『記憶』の持ち主は全く分からず、ただこの世界とは異なる人間の『記憶』を持っているという状態です。そして私は、あの魔物との戦いの後に、『転生者』だと名乗る者に身体を乗っ取られました」

「ちょ……ちょっと待ってくれ！　ああ、ええっと……お伽話《とぎばなし》、ではないようだね。うん。私の息子たちがそんな事をわざわざ話す筈がない」

父様は額に手を当てて目を瞑《つぶ》ると、一つ大きく息を吐いて、吸って、再び目を開けた。

「…………うん。いいよ、続けて」

「はい。私の身体を乗っ取ったのはシマダケイゴという、この世界とは異なる世界で生きていた十七歳の男でした。彼は自分の事を『転生者』だと言っていました。私の記憶を自分の中に取り入れる事がうまく出来ないようでした。ですが私の意識は彼に追いやられて、自分の意志では元に戻る事が出来なかったのです。しかし、その事に気付いた私は反対に彼の『記憶』を全て自分の中に取り込みました。そして彼には眠ってもらう事にしました」

父様はその時の事を思い出すように天井を見上げて……視線を元に戻した。

「………ああ、うん。確かにあの時のアルフレッドはまるで別人のようだったね。ではその異世界の『転生者』というのはまだ君の中にいるのかい？」

「はい。おそらく。彼が消える事で、取り入れた『記憶』も消えてしまうと困ると思ったので。でも出てくる事は出来ないと思いますよ」

「そう……まぁアルフレッドがそれでいいのなら。ああ……ええっと、うん。それで？」

「はい、聞いていただきたかったのはその『記憶』の中にある小説の事です」

「小説？」

父様の目が少しだけ細くなった。

「はい。私とエディの内にある違う人物の『記憶』の中に、同じ『記憶』がありました。『愛し子の落ちた銀の世界』という小説です。その小説は私たちが住んでいるこの世界と似たところが沢山ある話でした。王国の名前。エディが保護されてフィンレーにやってくる事。フィンレーの敷地内に魔物が出て、エディが魔力暴走を起こす事」

「………どういう事だい？」

父様の顔は強張っている。

「分かりません。なぜこの『記憶』の持ち主の世界にある小説と、この世界が似ているのか。ただ異なる事も沢山あります」

「父様！　僕は『悪役令息』で、兄様を殺してしまうんです！」

「――――！　なんだって!?」

父様は今度こそ大きな声を上げると、ギョッとしたような顔をして僕を見た。すかさず兄様が苦笑しながら口を開く。

「エディ、それじゃあ、いきなりすぎて分からないよ」

「ああ、すみません。あの……父様、兄様、僕もお話をしてもいいですか？」

「……うん。いいよ」

兄様はチラリと父様を見てそう言って、父様は表情を強張らせたまま「聞こう」と言ってくれた。

「えっと、『愛し子の落ちた銀の世界』という小説の中のエドワード・フィンレーは『悪役令息』と呼ばれていて、学園に入る前に兄様を殺してしまうのです。そして、【愛し子】たちに意地悪をしたり、罠をしかけたり、【愛し子】を助けるために集う人たちとの仲を裂こうとしたりして反対に断罪されて殺されてしまうんです」

「うん、エドワード、ちょっと待ってくれるかい？」

「はい、父様」

父様は頭を抱えるようにしてしばらく固まっていた。そして。

「……アルフレッド、それはその小説の中に書かれている事なんだね？」

「はい。現実とはかなり異なっていますが、小説の中での主要な人物のほとんどがこの世界に実在しています」

「なるほど。うん、いいよ。エドワード、話を続けて」

父様からそう言われて僕は話を再開させた。

「はい。僕は僕がエドワード・フィンレーだって気付いてから、あの小説の事を思い出しました。僕の中の『記憶』の彼はその小説が好きで何度も読んでいたから、僕が『悪役令息』になるっていうのはすぐに分かったんです。それに小説と同じように僕はフィンレー家に引き取られたし」

「うん」

「でも僕は『悪役令息』になんかなりたくなかった。それにここに来て父様や母様や兄様にお会いして、すごく嬉しくて、アル兄様の事も絶対に殺したくなかった。もちろん僕自身も断罪されて殺されるなんて嫌でした。それで『悪役令息』にならないように、アル兄様を殺さないようにしようってずっと思っていました。今も思っています。でも僕は小説の事をきちんと全部思い出すのが難しくて。もしもちゃんと思い出して僕が僕でなくなっちゃったらって想像すると怖くて。魔力暴走の事も起きてから思い出しました」

「そうか……」

「あの小説はとてもこの世界に似ていて、でも違う事も沢山あるから。僕はもう『悪役令息』になんかならないと思うけど、それでも学園に入るまでは注意をして、無事に入学して、兄様も無事だったら、ほらやっぱり違うよねってお祝いしようって言っていたんです。ほんとはお話しするのはどうしようかって迷っていました。でもトーマス君の事があって、あんな風にどこかの村が襲われるかもしれないのに黙っているのが苦しくて、父様なら聞いてくださるんじゃないかって思って、兄様にお話ししました。それで、それで……」

「うん。分かった。その小説がどんな小説なのかは分からないけれど、父様はエドワードが『悪役令息』なんていう者にはならないと思うし、アルフレッドの事も殺したりはしないと思うよ。というか、悪役という言葉がエドワードの真反対にあると思うけどね。襲われるという村の事もエドワードの気持ちは理解出来る。さて、ではその物語の概要と、どこが同じでどこが違うのかを教えてもらっていいかな？」

父様の言葉に兄様が再び口を開いた。

「物語の概要は【愛し子】と呼ばれる主人公が魔物に襲われた事により『転生者』である記憶を思い出すと同時に聖魔法の力を発現し、『世界バランスの崩壊』を食い止めるために集まった仲間たちと戦うというものです。その中でエドワード・フィンレーは『悪役令息』という立場で【愛し子】たちの前に立ちはだかり、敗れます」

「…………なるほど。ある種の英雄譚《えいゆうたん》のような物語なんだね。それで？」

「この世界と同じ点は、エディが保護をされてフィンレーに来た事。フィンレーの敷地内に魔物が出てエディが魔力暴走を起こす事。私の友人三人の名前。王国のあちこちに魔物が出現し始める事。おそらく女性たちの死亡率が上がってきている件もかなり似ています」

「ふむ。それはかなり興味深いね」

父様は小さく頷いた。

「そして、現時点で異なっているのは、エディと私たちの仲が良い事。エディの魔法属性が闇魔法でない事」

「待って、闇魔法？」

「はい。小説の中ではエディに加護はなく、属性も闇です」

「……続けて」

「はい。双子が生まれている事。エディの友人たちが決まっている事。アデリン妃がお亡くなりになっている事」

「アデリン妃が？」

「小説の中で【愛し子】はアデリン妃のために薬草を探していました」

父様はまた考え込んでしまった。それを見ながら兄様は話を続ける。

「これから起きると書かれている事は、どこかの村で魔物が現れ、一人生き残った子供が【愛し子】として力を発現させる事。ちなみに【愛し子】は『転生者』と呼ばれる異世界人の生まれ変わりと記載されています。そして、エディが『悪役令息』になっていて私を殺す事。その後【愛し子】とその仲間たちを陥れようとしたエディが断罪され殺される事。さらにエディの死後に『世界バランスの崩壊』が加速し始めるとありました」

「先ほども言っていたね。その『世界バランスの崩壊』というのは？」

「今、各地で起きている事がその予兆だと思われます」

兄様の言葉に父様は目を大きく見開いた。

「それは具体的にはどういう事なんだい？」

「残念ながら、この『記憶』の持ち主はこの小説を最後まで読んでいません。もしかしたら未完だったのかもしれません。しかも小説以外にも、コミックスという紙に描かれた絵物語になったり、アニメという動く絵物語になったりしていて、その話の細部が少しずつ異なるため煩雑です」

「……アルフレッド」

情けない顔の父様はとても珍しい。うん。でもそうだよね。分からないよね。コミックスはなんとなく『記憶』にあるけど、アニメは僕だってよく分からないんだもの。

「分かりづらいのは承知しています。ですが、この『世界バランスの崩壊』というのが、父上に私たちがお話をしようと思ったきっかけです。先ほど申し上げた通り【愛し子】は『世界バランスの崩壊』を食い止めるために仲間たちと共に戦います。その仲間に選ばれるのが私の友人、ジェイムズ、マーティン、ダニエル、そして第二王子のシルヴァン様です」

父様は大きな大きなため息をついた。

「…………確かに、お伽話《とぎばなし》で済ませるには少し考えてしまう話だね。【愛し子】が現れるのはいつ？」

「分かりませんが、エディと同じ学年で学園に通う筈です」

「そうか。なぜ、アルフレッドはエドワードに殺されてしまうんだい？」

「エドワードが、この世界を憎んでいたからです。彼は孤独で、誰からも愛されないと絶望していたのだと思います。それどころか自分さえも憎んでいた。だから世界を救う力を持つ【愛し子】を殺したかった。それに気付いた私が説得しようとして、殺されてしまったようですね」

「なるほど。まぁ、うちのエドワードがアルフレッドを殺してしまう可能性がない事はよく分かったよ。さて、では少し整理をしよう」

「はい」

父様の言葉に僕たちは頷いた。

「まずエドワードが『悪役令息』というものになるという事は忘れよう。それはこの世界ではありえない。その時が過ぎたら盛大にパーティーでも開きなさい」

僕と兄様は思わず顔を見合わせて、笑った。

「色々と抱えていた事があって辛かったね。でもエドワードはその小説のように孤独ではないし、私たち家族は皆君が大好きだ。だから安心して学園に通えばいい」

「はい」

「そして【愛し子】についてだが、現れるのはどこの村かは分からないんだね？」

「分かりません。ですが、先ほどエディが言ったように、全滅するかもしれない村があるのに、このまま黙ってその時を待つという事が私たちには出来ませんでした。話をしたからといって簡単に村が助かるとは思っていません。村人たちが助かる可能性があるかもしれないというだけなのも分かっています。もちろん今回こうしてお話をした事で、【愛し子】の力が発現しなくなってしまう、あるいはその事自体が起きなくなってしまう可能性もあると思っています」

「うん。では、『世界バランスの崩壊』というものについて分かっている事は？」

「分かっているのは魔物があちこちで出現するという事と、おそらくは女性の奇病。女性がどんどん亡くなれば、どのみち先は」

「ああ、そうだね。種の絶滅か。となると王国だけの問題ではなくなってくるのかもしれないね」

「その辺りは憶測でしかありませんが」

「うん。分かっているよ。奇病か……」

「父様、小説の中では先ほど兄様が言っていたように【愛し子】たちがアデリン妃のために薬草を探しています。もしかしたらその病気を治す薬草が存在する可能性があるのではないでしょうか」

僕の言葉に父様は「その可能性はあるかもしれないね」と言って、そのまま黙り込んでしまった。

僕たちは黙って父様を見つめていた。そして………

「二人の中にある『記憶』の不思議な小説の事は分かった。その話がこの世界の預言書のようなものなのか、それともたまたま似ている世界の事が書かれているだけなのかは分からないが、確かにその偶然は見逃す事が出来ない類《たぐい》のものだという事もね。だが、それを教書としてこれから起きうる出来事を全て信じる事は出来ない。アルフレッドが言っていたように、似ている点も多いが、異なる点も多いからね。どこまでを信じる、信じないという事ではなく、同じような事が起こり得るかもしれないという方がいいのかもしれないね」

「はい」

僕と兄様が揃って返事をすると、父様はふわりと優しい笑みを浮かべて頷いた。

「私は、二人の事を信じよう」

「ありがとうございます」

「父様！」

「だが、この件は一旦預からせてもらいたい。少し考える時間が欲しい。今言ったように全ての事が起こると鵜呑《うの》みにするわけにはいかないからだ。分かってもらえるだろうか」

「はい、もちろんです」

「ありがとうございます」

僕たちの返事に父様は、少しだけ情けないような、疲れたような、それでいて決して僕たちの事を突き放したりはしないと言わんばかりの、とても複雑な顔をして「よく、話してくれたね」と声をかけてくれた。

「病気の事は気になってはいて、情報は父上のところに集まるようにしていた。そうではないかと思われる事例、何が疑われ、何を服用してみたかなども集められるだけ集めている筈だ。あの人の腕もかなり長いからね」

「分かりました。では私たちから一度お祖父様にご連絡を取ってもよろしいでしょうか？」

「伝えておこう」

「ありがとうございます」

す、すごい、なんだか一気に話が進んでいるような気がする。

「アルフレッド、もう一つだけ確認だ。その小説ではなぜ魔物が湧いて出るのか、どういった仕組みで湧くのか、誰かが召還をしているのか、そういった事には全く触れられてはいないんだね？」

「はい。私が知り得たところまででは何も」

「分かった。もしも今後、何か新しい事が分かれば教えてほしい。エドワードもね」

「はい」

僕たちは頷いて返事をした。やっぱり父様はきちんと話を聞いてくれた。馬鹿にせず、笑わずに最後まで聞いて、僕たちの事を信じると言ってくれた。

「父様！」

「なんだい？」

「ありがとうございました！　僕は、僕の父様が、父様で良かったです！」

そう言うと父様は少しだけ驚いたような顔をして、再びふわりと笑った。その顔がやっぱり兄様に似ているなと思った。あれ？　兄様が父様に似ているのかな。うん？

考えているといきなり身体が浮いた。

「わぁぁぁ！」

父様が僕を抱き上げたんだ。

「父様も、エディが私の息子で良かった。ありがとう。こんなに可愛くて優しい『悪役令息』なんていないよ。大丈夫。エディは『悪役令息』にはならない。父様の自慢の息子だ」

「はい……はい！　父様」

父様が僕の事をエディって呼ぶのは珍しい。でも、今はすごく嬉しかった。

父様に『悪役令息』にならないと、自慢の息子だと言われて、その首にしがみついた僕は、父様が兄様に笑ってウィンクをしていたなんて事も、それに兄様が少しだけムッとしたような、仕方がないですねっていうような顔をしていた事も、もちろん全く気付かなかった。

◇◇◇

五の月になった！　兄様の十七歳のお誕生日がやってくる！

今年のプレゼントはもうずいぶん前から決まっているんだ。ふふふ、なんと去年の冬祭りの時に兄様と見ていたバッグだ！　お祖父様からマジックバッグの作り方を教わって、それから沢山練習をしたんだよ。

最初に作ったマジックポーチは父様にプレゼントした。それから自分のものはいくつも作った。母様には可愛いレースのついたマジックポーチを作った。

でも、兄様にはまだ作っていなかった。だって、兄様が気に入ってくれるバッグがどんなものなのか分からなかったから。

きっと兄様ならどんなバッグをプレゼントしても喜んで「ありがとう」って言ってくれると思うけれど、兄様が好きなバッグをマジックバッグにしたかったんだ。

去年一緒に冬祭りに行って、お土産《みやげ》選びの時にどんなバッグが好きなのか聞く事が出来たから絶対に完成させたいって思っていた。あの後お店の人に改めて聞いたら、オーダーメイドが可能だったから、バッグの形は兄様が好きだと言ったもので、色は兄様が見ていた少し濃い目のレトロブラウンの革を選んだ。そして留め具の飾り石は、悩んで、悩んで、ものすごく悩んで、小さな石を二つ埋め込んでもらった。

一つは優しいブルーのアクアマリン。

そしてもう一つは柔らかなオリーブグリーンのペリドット。

本当に小さな飾り石だったけれど、なんだか兄様といつも一緒にいられるような気がして、出来上がったそれを見て、僕はとても嬉しくなった。

そして慎重に、慎重に空間魔法の付与をした。空間の大きさは兄様のお部屋くらい。もちろん時間経過がないようにした。そして、お祖父様と一緒に考えた、中身が一目見て分かるインベントリーも付与をしたよ。

いくつもいくつも作ってきたから、付与はしっかりと間違いなく出来たし、念のために鑑定までして確かめたんだ。兄様は気に入ってくれるかな。僕がマジックバッグにしたって聞いたらびっくりするかな。そして留め具の石をどう思うかな。

以前に兄様からいただいたインクをつけなくてもいいペンはグリーンとブルーの螺旋《らせん》模様だった。模様は全然違うけど、二つの色が同じところにあるっていうのを真似てみたと言ったら笑ってくれるだろうか。ちなみに兄様には先週からお誕生日に帰ってこられるか確認をしていて、ちゃんとお返事をもらっているんだ。

「ふふふ、楽しみだなぁ」

後はいつものイチゴのケーキ。でも今年のイチゴは、いつものイチゴとはちょっと違う。以前から果物とかには美味しくなれってお祈りをしていたけど、温室の中はお祈りを試してもいいって言われていたから頑張っちゃったんだ。一応僕も温室の中の植物たちの成長が普通じゃないなって気付いてはいたんだよ。でもさ……

「まさかあんなに大きくなるなんて思ってもいなかったんだもの」

そう、今年のイチゴは僕の両方の手の平を合わせたより大きい。

普通に食べても大丈夫なのかしらと心配になって、悪いものはないかをしっかり鑑定してから、昨日シェフとなぜか母様も来て味見をしたんだ。大きすぎて大味になったりスカスカになっちゃったりしているかもしれないと思ったけど、すっごく甘くて美味しかった！　でも一つでお腹いっぱいになっちゃうような感じだった。

うん。イチゴはね、やっぱりどんなに大きくても子供の拳《こぶし》くらいの大きさでいいと思う。今年のこれは、特別って事で。

僕はドーンと大きなイチゴを飾ったケーキを作ってもらう事にした。

シェフは「見た目が……」って言っていたけど、これも面白いと思うんだよ。両方の手の平を合わせたサイズのイチゴがドーンと載ったケーキ。僕と母様はすごく楽しみにしているんだ。

それにウィルとハリーも何かプレゼントを考えているみたい。ほんとに楽しみだね。

そしてお誕生日の日。兄様のお誕生日はいつも休日の『月の日』で大抵前日からお泊りで来てくれるんだけど、今回は当日にやってきた。

「アル兄様、お帰りなさい。そして、お誕生日おめでとうございます！」

「アル兄様！　お誕生日おめでとうございます！」

「アル兄様、お誕生日おめでとうございます！」

「ありがとう。なんだか大合唱みたいだね。皆元気だった？　お勉強やお稽古《けいこ》は進んでいるかな？」

兄様は笑いながらそう言った。

ウィルとハリーは、今は一緒にお勉強をしているけど、今年の魔法鑑定の後からはそれぞれの先生が決まって一人一人になるって聞いた。

「はい。昨日は算術のお勉強をしました」

「算術か、懐かしいな」

「全部解けました！」

「僕も！」

「ふふ、えらかったね」

「はい！」

二人は嬉しそうに兄様の周りをぴょんぴょんしている。

「エディは？」

「今日は先生が来ない日なのでルーカスと鍛錬《たんれん》をしたり、いつも通りです」

「そう。変わりがないなら良かった」

「はい。アル兄様。あの、この後一緒にお茶はいかがでしょうか。手作りのフルーツティーを用意したんです。あと、今日は王都に戻られるのでしょう？　夕食はご一緒出来ますか？」

立て続けの僕の質問に兄様は笑顔のまま口を開いた。

「ああ、夕食はこちらで皆と一緒に取っていくよ。じゃあ着替えたらダイニングに行くね」

「はい。お待ちしています」

僕とウィルとハリーはにっこり笑って部屋に行く兄様を見送った。

「エディ兄様、すぐに帰られるのではなくて良かったですね」

「うん。そうだね」

「ふふふ、ケーキ楽しみだな」

「もう、ウィルはそればっかり。ケーキは今じゃなくて夕食後だからね」

「分かっているよ。でも楽しみなんだもの」

「それはそうだけど。それよりもちゃんと持ってきたの？　プレゼント」

「うん。ちゃんとバートに持っていてもらってる。ハリーは？」

「僕もティアに渡してある」

二人の専属の護衛とメイドの名前が聞こえた。

「エディ兄様は？」

「うん。僕もマリーに持っていてもらっているよ」

ほんとは持っているマジックポーチに入れられるけど、せっかくマジックバッグを渡すんだから
ポーチから取り出すのはなしだよね。

なぜだかこそこそとした声になるのがおかしいけれど、こんなのも楽しいなと思いつつ僕はダイ
ニングのテーブルの上に飾られているブルースターの花を見て、ふんわりと笑った

そうしているうちに母様がやってきた。残念ながら父様は休日なのにお仕事だ。でも夕食には間に合うように帰ってくるって言っていたし、兄様も夕食は取っていくって言っていたからケーキは夕食後にしてもらったよ。

二階から下りてきたアル兄様を見て母様は「また背が伸びたの？」と驚いている。

そうなんだ。兄様はなんだかすごく大人っぽくなった。冬祭りの時にもそう感じたんだけど、三の月に父様にお話しするので会ったし、先月も一回は戻ってきているのに、さっき転移陣の中から出てきた時はちょっとびっくりしちゃった。それに学園に行く頃に変わり始めていた声も、高等部に入る頃には低くなってきて、最近はすっかり大人の声になっている。

「もう少しで百八十を超えそうです。出来れば父上を抜かしたいですね」

「ふふふ、楽しみにしているわ」

母様が楽しそうにそう言うのを聞きながら、僕はゆっくりと口を開いた。

「オレンジの紅茶とリンゴの紅茶とブルーベリーの紅茶とモモの紅茶、それからワイルドベリーの紅茶があります。どれがいいですか？」

「随分種類が増えたね」

「はい。母様が王都で買われたものを見て、自分で作ってみました」

「エディは天才ね」

「本当に」

「やめてください。えっとバラジャムも用意しています」

「じゃあ、私はワイルドベリーにバラジャムを少し」

「あら、面白そう。私もそれでお願い」

「僕はモモ」

「エディ兄様、僕はリンゴがいいです」

「了解です」

マリーと他のメイドたちが手伝ってくれて皆のお茶を淹《い》れた。リビングに果物の甘い香りが漂《ただよ》う。

そして……

「アル兄様、夕飯の時だと忙《せわ》しなくなってしまうので、プレゼントをお渡ししたいのですが」

「ありがとう」

ウィルとハリーはペンを入れるケースとブックバンド。二人で選んだんだって。シンプルだけどすごく使い勝手が良さそう。

「ありがとう、ウィル。ありがとう、ハリー。大事に使うね」

お礼を言われて二人は少しだけ顔を赤くして照れていた。次は僕。

「お誕生日おめでとうございます」

プレゼントを渡すと兄様は包みを開けて——

「これは……」

「ふふ、兄様が好きなバッグにしたかったので。中は大体兄様のお部屋くらいの広さで、時間経過はありません。お祖父様と一緒に考えた、中に何がどれくらい入っているのかが見えるインベントリーの機能も付けました。兄様しか使えない使用者登録も済んでいます」

「すごいな。バッグ自体も素敵だね。ありがとうエディ、大事にするね」

兄様はそう言いながら留め具のところを見て、笑った。良かった。ちゃんと気付いてくれたんだ。僕の色の石まで入れちゃったからどうかなって思っていたけど気に入ってもらえたみたい。

すると母様がにっこりとして口を開いた。

「あら、素敵ね。だけどエディ、自分の色の石はアルではない他の人には入れたら駄目よ。勘違いされてしまいますからね？」

「勘違い？」

「母上」

兄様が母様を困ったように呼んでいる。

「そろそろ教えておかないと駄目よ。エディ、自分の色の石を贈るのは好きな相手にだけですよ」

「好きな……あ、え……あ！」

瞬間、顔が一気に熱くなった。

「あ、あの、あの」

わぁぁぁぁ！　ちょっと、ちょっと待って！　好きって、好きって。

「これはいいんだよ、エディ。でもお友達にはこういう風にしては駄目だよって事。母上、からかってはいけませんよ」

「あら、からかってはいなくてよ？　そういうものですもの。分かっていないと他で恥ずかしい思いをしてしまうでしょう？」

「は、はい。ありがとうございます。あ、あの、兄様」

「うん。大丈夫。これはすごく嬉しいよ。私もエディの事が大好きだからね。エディは？」

兄様がにっこり笑ってそう言った。

「大好きです！」

僕は迷わず答えた。それを聞いて兄様は嬉しそうに「じゃあ、大丈夫」って笑った。

「大事に使うね。ありがとう、エディ。すごく嬉しいよ」

「あ、はい。でも、あの……」

「ああ、じゃあこうしよう。エディのお誕生日には私も同じ色の石を贈るね。それでおあいこだ」

「ふぇ？」

うん？　どうしてそうなるのかな。え？　好きな人に贈るって……でもおあいこって。いいのかな。本当にそれでいいのかな？

「アル」

「なんですか？　母上。なんの問題もないですよ」

「……ちょっとだけ応援してあげたつもりだったのに。すっかり利用されてしまったわ。さすがね」

「ありがとうございます」

なんだか分からないけれど母様も兄様も楽しそうなので、これはこれでいいんだと思ったよ。双子たちも「僕も大好き！」と大はしゃぎしていたから、ちょっと収拾がつかなくなってしまったけれどね。でも教えてもらって良かった。自分の色の石は好きな人にだけ贈る。お友達に贈ったら駄目。ちゃんと覚えたよ。

そして父様も帰ってきて皆が揃った夕食の後、出てきたイチゴのケーキは、あまりに大きすぎるイチゴに母様は笑い、ウィルとハリーは大興奮して、父様と兄様は絶句。とても美味しかったけれど、来年は普通に育てようと誓った。

なんだか盛り沢山な感じだったけど、アル兄様、十七歳のお誕生日、おめでとうございます。

◇◇◇

王国の中は緩やかに、けれど確かに『世界バランスの崩壊』を連想させるような事が起きていた。でもそれらは劇的に進むわけではなく、父様もハワード先生も、決定的な何かを掴む事が出来ない日々を送っている。

アル兄様のお誕生日からふた月後の七の月。ウィルとハリーが六歳になった。

お誕生日には学園が終わってからの短い時間だったけれど、王都から兄様も来てくれて、皆でお祝いをした。

兄様はインクのいらないペンを、母様はお洋服を、父様は護身用の剣を、そして僕は肩からかける形のポシェットを二人に渡した。

ポシェットにはもちろん空間魔法がかけられていて、中の空間は五ティル（五メートル）の立方体で時間経過なし、それほど大きくないのでインベントリーはつけなかったけど所有者登録はしている。

学園に行く頃にはしっかりしたバッグでインベントリーのついた、容量ももう少し大きなものにしようと思う。

皆からのプレゼントに囲まれて、二人からリクエストのあった『フルーツいっぱい』のケーキを食べて、ご機嫌で過ごした誕生日の翌日。

僕がプレゼントをしたポシェットを持って、二人はグランディスの街の神殿へ魔法鑑定に向かった。魔法陣で行けばあっという間だけれど、屋敷からほとんど出た事のない二人を乗せて父様は馬車で出かけた。途中の畑や牧草地帯や山々を見る事も大切な事なのだと伝えたいからだ。

僕の時もそうだったと懐かしい気持ちで三人を見送った。

午後になり、その日の先生だったブライトン先生の魔法の授業を終えて、魔法の練習場から自分の部屋へ向かっていると玄関の方が騒がしくなった。どうやら父様たちが戻ってきたらしい。

「エディ兄様！」

ハリーが僕を見つけて駆けてきた。

「危ないよ、ハリー。僕はここで待っているから歩いてきて」

「はい」

そう言っている傍からその後ろで「エディ兄様！」とウィルが走り出す。

「ウィルも歩いて。お帰りなさい。二人とも」

二人は言われた通りに歩いてやってきた。その様子がおかしくて僕は手を広げる。

ぱぁっと嬉しそうな表情を浮かべて飛びついてくる身体を受け止めた。

「あははは！　やっぱり二人一度はもう難しいなぁ。ふふふ。ちょうどお茶を飲もうかと思っていたところだよ。僕も着替えてくるから二人も着替えておいで？」

「はい！」

そう言うと二人は嬉しそうに部屋の方に向かった。それと入れ違いに父様がやってくる。

「おかえりなさい、父様」

「ああ、エドワード。ただいま。たまに馬車に乗ると疲れるね」

「ふふふ、そうですね。無事に鑑定が終わったようですね」

「ああ、二人からも話があるだろう。また私も改めて話をするよ」

「はい。これから着替えてきてお茶を淹《い》れますが、父様はどうされますか？」

「少しやらなければならない事がたまってしまっているので書斎にこもるよ」

「分かりました」

父様はちょっと疲れた様子で書斎へと向かった。僕は部屋に戻って着替えをして、約束通りにリビングへ行く。リビングにはすでにウィルとハリーが来ていて、母様もやってきた。

「二人とも魔法鑑定お疲れ様でした。いかがでしたか？」

母様の言葉に、先にウィルが口を開いた。

「はい。僕は火と水の魔法属性がありました。また剣術のスキルをいただきました」

ウィルはとても嬉しそうだ。どちらかと言うとウィルは魔法よりも剣が好きで、五歳のお披露目《ひろめ》会の後から剣術のお稽古《けいこ》を始めている。まだ決まった先生はいないので時々ルーカスや護衛騎士が教えていた。

「火と水ですか。ふふ、アル兄様と同じですね」

「はい」

母様にそう言われてウィルはニコニコとしながら返事をして、果実水に口をつけた。

「僕は土と風でした。土はエディ兄様と、風は父様と母様と一緒ですね。本当は水が欲しかったから一生懸命取得して、エディ兄様みたいに水まきの魔法を使えるようになりたいです。あと」

ハリーはそこで一度、口をつぐんでしまった。

「ハリー？　どうしたの？」

「はい……あの」

「うん？」

「僕はスキルではなくて加護というものが、あるみたいです」

「加護？」

「はい。でもなんの加護かは分からなくて、大きくなったら王都の神殿で調べてみましょうって言われました」

母様と目を見合わせてから、僕は「そうなんだね」とだけ答えた。ここで「僕にもあるんだよ」とは言えないから。そう思っていると母様が口を開いた。

「ハロルド、神官様からも父上からも聞いたと思いますが、加護は恐ろしいものではありませんよ。神様や精霊から与えられる特別な力の事です。いずれそれがどのような力なのかを知って、どのように使っていけば良いのかを自分自身で考える事が大事なのですよ。それに加護持ちの人は実は結構いると言われています」

「え？　そうなのですか？」

ハリーが驚いたように顔を上げた。

「ええ。母様の知り合いには鍛冶の加護をいただいた方がいて、それは素晴らしい剣や弓を作られるのです。ですがもちろんその加護の力だけでなく、その方がきちんと修業をして、どのようなものを作りたいのか自分で考え、技を磨いていく努力があったから成しえたものなのです。加護は恐れても驕《おご》ってもなりません。いただいた贈り物に感謝して、自分のものとして高めていく事が大切です。その加護について知るまでに、ハロルドはまずは自分の属性を磨き、欲しいと思っている属性を取得出来るように努力をしなければね」

「は、はい！　母様ありがとうございます。僕頑張ります」

「自分の事を信じてあげなければ、何事も始まりませんよ。二人とも良いギフトをいただきましたね。おめでとうございます」

にっこりと笑った母様に二人は立ち上がって「ありがとうございます」と頭を下げた。

「父上からまた改めてお話があると思いますが、二人の鑑定も終わったので、今後はそれぞれに先生が付く事になると思います。お互いに認め合い、高め合える存在であってほしいと願っていますよ。エディ、これからも二人の事をよろしくお願いしますね」

「はい、母様。二人とも、これからもよろしくね」

「はい、エディ兄様。よろしくお願いします」

「エディ兄様、よろしくお願いします。水の属性が得られたら、水まきの魔法を教えてください。僕はあの美しい魔法が大好きなんです」

「うん。分かったよ。ハリー」

「ぼ、僕にも！　僕にも教えてください！」

「ウィルは剣術をしっかりやっていればいいよ」

「俺は水の属性を持っているんだぞ」

「ふふ、そんなのすぐに取得してみせる。絶対に」

そんな二人のやり取りを見て、僕はまた母様と顔を見合わせて、笑った。

ハリーの加護が気になるけれど、どうか良い加護でありますように。そして、力を欲しがる人たちに狙われるような事がありませんように。

僕はそう思いながら母様と同じ、王都で流行《はや》り出しているシトロンティーを口にした。

◇◇◇

デイヴィットのもとに「お話をしたい事がありますので、お時間を取っていただけないでしょうか」というハロルドの伝言が届いたのは、魔法鑑定から数日後の事だった。デイヴィットにとって「お話をしたい事があるので」というのは、最近どうも心臓に悪い話ばかりだ。

「なんだろうねぇ」

伝言を持ってきた執事のテオドールは「分かりかねます」とだけ静かに言った。

今は双子たちの勉強や剣術、魔法の師を決めるのに時間を取られている。だが、加護を授かっている息子からの声を蔑《ないがし》ろにするわけにはいかない。

母であるパトリシアがきちんと話をしてくれたが、それでも何か不安に思うところがあるのかもしれない。

それにしても希少な加護持ちが二人もフィンレー当主家に出るとは、デイヴィット自身少し驚いているのも事実だ。ハロルドの加護がどのようなものなのか分かる兆候は今のところない。まったくの未知数だ。

そしてアルフレッドたちから聞いた『世界バランスの崩壊』というものも気になってはいるが、こちらも目ぼしい手掛かりはない。けれど予兆のようなものが出始めている時期に分かったハロルドの加護は、何かそれに関係があるのだろうか。

「やれやれ。当主である前にこの家の中では父親でありたいからね。ハロルドに明日の昼食後と伝えてくれ」

「畏《かしこ》まりました」

一礼をして部屋を出ていく執事をデイヴィットはため息で見送った。

「父様、ハロルドです」

「入りなさい」

約束した時間。ハロルドは緊張した面持ちで書斎へと入ってきた。

「本日はお時間をいただきましてありがとうございました」

「うん。大丈夫だよ。それで話したい事というのはなんだい？」

「はい。魔法鑑定の後にお話をしようと決めていました。加護の事はさておき、属性については良いものをいただいたと思っております。水属性もいずれは取得したいと考えております」

「うん」

「さっそくですが、すでに昨年より私とウィリアムの友人選びが始まっているかと思います」

「うん？」

「友人は十二歳から入る学園の事も見据えている事は理解しています」

「ああ」

「その上で、私を一年早く学園に入学させていただけないでしょうか」

「……なんだって？」

ああ、こんな感じのやり取りを少し前にもやったような気がするとデイヴィットは思った。

「エドワード兄様のご友人である、ミッチェル・レイモンド様は入学を一年前倒しにする試験を受けて来年から学園に通われるとお聞きしました。私もそのための勉強はいたします。友人選びにも関わると思い、お話をさせていただきました。どうか私を一年早く入学させてください」

そう言って深く頭を下げた末っ子に、デイヴィットは「理由を聞いてもいいかい？」と問いかけた。

「……エドワード兄様と、一年でもいいから一緒に学園に通いたいです」

「ハロルド？」

「すれ違いではなくて、一年だけでも一緒に通いたいです」

「ああ……それは」

どういう事なのか。どう考えれば良いのか。痛み出したこめかみにそっと指を当てたデイヴィットにハロルドはゆっくりと口を開いた。

「双子ではなくて、僕はちゃんと僕一人として他の人からも見られたいんです」

「…………」

「父様や母様、兄様たちも、ちゃんと僕を一人として見てくださっているのは分かっています。愛されていないとは全く思っていません。でもウィルとハリーではなくてハロルドとして」

「ハロルド」

「はい。我儘《わがまま》なのは分かっています。でも双子の一人とされるのは嫌なんです。二人で一つじゃない。僕は僕です。僕はいずれここを出ていく身です。それもちゃんと理解しています」

確か、目の前の子供は先日六歳になったばかりの筈だ。前々からウィリアムに比べて少し大人びているように感じていたが、それにしても……

「ウィリアムの気持ちは？」

「聞いていません」

「双子の一人だけが一学年上というのは、少し難しい。ウィリアムが君より劣っていると思う人間が出てくる」

「…………」

「ウィリアムの事が」

続く質問の内容が分かっているのか、ハロルドは勢い良く顔を上げた。

「嫌ってはいません！　大好きです。でも、小さい頃から必ず誰もが皆ウィル、ハリーと呼ぶんです。いつからかそれが嫌で先に話し出すようにしました。なんでも先にしようとしました。一歩先にすると先に僕の事を見てくれる人が増えました。エディ兄様は多分それを早く分かってくれて、僕の方を先に呼ぶようになりました。でもそれだけじゃなくて、比べられるのは別にいいんです。兄弟なんてそういうものだと思っています。年が離れていたって比べられる事もあります。でも、そうじゃなくて、でも！」

「ハロルド、落ち着きなさい」

「……はい」

返事をして真っ直ぐに見つめてくる瞳を見つめながら、デイヴィットは、ああ、と思った。

落ち着けと言っても、もう一度考えてみろと言っても、きっとこの子は何度もそうしてきたとしか思えないだろう。いつの間にこんな風に拗《こじ》らせてしまったのか。きちんと二人を平等に見てきたつもりだったのに。

「…………」

頭の中で友人候補として挙げているメンバーを思い返す。そして、不確かではあるが、その一歳上にどこの家の子息がいるかも考えてみる。

「一年早めるのならば、二人だ。一人だけは認められない」

「…………」

「二人が比べられるというのは、おそらくは一生ついて回る事だと思う」

「……はい」

「でもね、家を出るという事を考えるのは少し早すぎると思うよ？　ハロルド」

「…………」

「出なくても色々道はある。それとも何かになりたいという目標があるのかい？」

「いえ、まだ……でも、僕は四男ですから」

「うん。それでも人生は何があるか分からない。正直に言おう。私はハロルドがそんな風に考えていたなんて思ってもいなかった。私は二人の父として、ハロルドはハロルド、ウィリアムはウィリアムとして見てきたつもりだよ。もちろん、これからもそうしていくつもりだ」

「はい……」

「だけど、ここでハロルドの気持ちを聞けた事はとても良かった」

「父様？」

「うん。拗《こじ》れて取り返しがつかなくなってしまう前に、きちんと聞く事が出来て良かったよ。昔ね、エドワードにも言われた事があるんだ。彼も色々と考えすぎてしまってね。どういうわけか自分がいらなくなった子だなんて思っていた」

「エディ兄様が？」

ハロルドの目が信じられないと言わんばかりに見開かれた。

「髪の色も瞳の色もエドワードは珍しいからね。それで自分だけが違うと悩んでしまったみたいだね」

「そんな、あんなに綺麗なのに………」

「ああ、だけどそれが自分の事になると案外違うように思ってしまうのかもしれない」

「………………」

「とりあえず、学園の入学の件は少し考えさせてほしい。ただし、これからの勉強は全て以前から予定していた通りに一人一人になる。二人一緒でという事はない。それはどちらをどうという事ではなくて、一人一人持っているものが違うからだ。それは分かるだろうか」

「分かります」

「その中で、自分はどうしたいのか、何をしたいのかをよく考えなさい」

「………はい」

「一人の時間が増えるとね、多分、淋しくなると思うよ」

「そんなものでしょうか」

「そんなものさ。一緒に生まれた双子だ。私たちには分からないような絆《きずな》がある」

「……はい」

コクリと頷いた息子をデイヴィットはじっと見つめた。まだ幼さの残る顔。六歳。まだ六歳だ。

「ゆっくり大人になっていいからね」

「父様？」

「そんなに急がないでいい」

「…………」

何を言われているのか分からないというような表情が、思いのほか子供らしくておかしくて、愛おしくなった。

「ハロルド」

「はい」

「エディが好きなのかい？」

「……！」

まん丸になったミントグリーンの目。そして——

「はい。僕はエディ兄様が好きです。大好き。でも、エディ兄様が誰を見ているのかは分かります」

「…………」

今度はデイヴィットが驚く番だった。六歳の子供にしてやられた。

いや、エドワードが分かりやすすぎるのか？

「僕はエディ兄様の一番じゃなくてもいいんです。でも、せめて一年、一学年早く入学が出来る方法があるならば、一緒に通いたかったんです。僕をウィルと同じにせずにいてくれたエディ兄様と一緒に。すみません。我儘《わがまま》なのは知っています。でも僕は、ちゃんとウィルの事も、父様や母様やアル兄様の事も大好きです。それだけは信じてください」

「……もちろん、信じるよ。私もちゃんとハロルドの事が大好きだからね」

そう答えてデイヴィットは少し大人びた末っ子を抱き上げた。

「ゆっくりだよ。ハロルド。楽しい事を沢山経験するんだ」

「父様？」

「まったく、淋しくて仕方がないよ、知らないうちに大きくなる」

「抱っこで父様を独り占めするのは初めてです」

「そうかい？　それは父様がいけなかったな。では抱っこが許される年までは、なるべく抱っこをしてハロルドを独占するとしよう」

そう言いながら高く手を伸ばしてその身体をクルクル回した。

「わぁ！」

しがみついてくる子供の手。

「我儘《わがまま》を言うのは子供の特権だ。出来るだけ早くそれぞれの教師を決めて、一人になる事を経験しなさい。その間に私も色々と考えてみよう」

ゆっくりと小さな身体を下ろすと頬が上気して少し赤くなっていた。

「話はもう大丈夫かい？」

「はい。大丈夫です。父様、ありがとうございました」

「うん。何か話したくなったら、またおいで。ここにため込んではいけない。いいね？」

胸の辺りをトントンとすると、ハロルドはふわっと笑って「はい」と頷いた。

そうして、しっかりとお辞儀をして出ていった小さな背中を見送ると、入れ違いにテオドールが入ってきた。

「はぁ、子供というのは気付かないところで急に大人になる事があるね」

「さようでございますか」

「さて、とりあえずは、気持ちを落ち着けるお茶を。それから二人の教師の選定を急ごう。ああ、あとは一学年上の子供たちについて資料がほしい」

「畏《かしこ》まりました」

有能な執事は静かに礼をして部屋を出ていく。

閉まった扉。漏《も》れ落ちたため息。

「さて、またパティと相談だな」

そう呟いてデイヴィットはお茶が来るまでの間に少しでも仕事を減らすべく、机に向かった。

◇◇◇

九の月の終わり頃、もう恒例になったいつものお友達とのお茶会を開いた。

さすがに六歳からずっと同じメンバーだから、気兼ねなくおしゃべりも出来る。

どうかなと思っていたけれど、トーマス君も来てくれた。カーライルには一度しか行けなかったけれど、それでもキダンの街がちゃんと復活したという事は父様から聞いていたんだ。

「トーマス君。来てくれてありがとう」

「こちらこそ、あの時はいらしてくださって本当にありがとうございました」

「ううん。行けたのは一回きりだったから気にはなっていたんだ。でも元気そうで良かった。街も随分復活したって聞いたよ」

「はい。お陰様で。皆様の領からも救援の物資などをいただきまして。本当に感謝しています」

いつの間にか皆が僕たちの周りに集まっていた。

そうだったんだ。皆の領からも助けが入ったんだね。良かった。

「皆様、本当にありがとうございました」

「直接行く事は出来なかったけれど、役に立ったなら良かった。その後はどう?」

レナード君が口を開いた。レナード君もすっかり大きくなって声変わりも始まっている。背も百六十ティン（百六十センチメートル）を軽く超えているんだよ。

「はい。お陰様で家や店の修復も終わりまして、家自体がなくなった者にも新しく住む場所を用意する事が出来ました。バザールも復活しています。どうぞお近くにいらした時にはぜひお立ち寄りください」

「良かった。聞いた時にはびっくりしたよ。でも本当にいきなりだったたんでしょう？　その後は魔物が現れるような事はない？」

「はい」

尋ねたユージーン君もすっかりお兄さん。スティーブ君と同じで色々な事を知っていて、外国についても詳しいの。話しやすくて、笑うと片方だけえくぼが出来るんだよ。そして百六十ティン（百六十センチメートル）は絶対にある。きっと超えている。

「エイプだったんだよね？　ランクはそれほど高くはないけど、やっぱり突然集団で来ると魔物を見慣れない人にとっては脅威でしかないよね」

魔物の話はやっぱりミッチェル君。ミッチェル君は本当は一学年下なんだけど、前から背が高くて、スラッとした感じ。百五十五ティン（百五十五センチメートル）あるって言ってた。ヒラヒラした感じのお洋服が似合いそうな綺麗なお兄さんになってきている。

「そうですね。そう思います。普通に町で暮らしていて魔物に出会うという事はほとんどありませんからね」

「ねぇ、皆。座って話さない？　いつもみたいに食べながら。ね？」

僕たちは手軽につまめる食事の載ったテーブルの方に移動した。そして僕から料理に手を付ける。なんとなくそれが決まりみたいになっている。

「すまん、不勉強で。エイプっていうのはどういう魔物なんだ？」

クラウス君がすまなそうに言った。クラウス君はミッチェル君とは反対にがっしりとした感じ。でもやっぱり百六十五ティン（百六十五センチメートル）、ううん、もしかしたらそれより大きいような気がする。待って。まだ十二歳だよね？

「簡単に言うと猿の魔物。大型のものになるとキングエイプとか呼ばれています。上位種にはデビルエイプがいます。普通のエイプのランクはそれほど高くはないけれど、群れで行動するし、雑食でなんでも食べます」

「なるほど。ありがとう」

トーマス君の代わりに答えたミッチェル君に、クラウス君は短く礼を言った。うん。そうだよね。ミッチェル君は魔物の事に関しては容赦ないからね。ありのままを話しちゃうものね。とてもいい判断だよ、クラウス君。

「そういえばトーマス様のところは以前も魔獣が出たとお聞きした気がするのですが。その場所と今回の場所は近いのですか？」

スティーブ君が話題を変えるようにそう言った。スティーブ君は眼鏡をかけるようになったんだよ。すごく似合っている。レナード君と同じ頼れるお兄さんなんだけど、レナード君の方が華やかな感じで、スティーブ君は落ち着いた感じなんだよね。

レナード君が金色のイメージなら、スティーブ君は銀色のイメージ。穏やかなんだけど、怒らせたら怖いタイプな気がするの。もちろん怒られた事はないけど。

「ううん。近くはないよ。まぁそんなに大きな領地ではないから遠いってほどではないけど。でも魔獣が出たところも今回のところもその後は特に何もない。以前、魔獣が出てからは、魔素が濃くなりそうな場所はなるべく注意をしていたんだけどね」

「結局、今回もどうして出現したのかは分からないのかい？」

エリック君も気になっていたのか尋ねてきた。エリック君は物腰が柔らかくて優しい。でもちょっとなんだろう。えっとダニエル君に似たものを感じる時があるよ。背丈はやっぱり百六十ティン（百六十センチメートル）を超えてる。皆なんで？

「うん。本当に突然、前触れもなく。いくら調べてもどうしてそんなところにいきなり魔猿の群れが現れたのかは分からなかったんです」

トーマス君の答えに皆はシンとなってしまった。

「あ、ごめんね。なんだか」

「ううん。皆気になっていたから。それに、僕の時も結局どうして現れたのか分からないままだったし」

「そういう事が増えているみたいですね。なんの予兆もなく突然魔物や魔獣が現れる。魔素が濃くなったわけではない。そうなるとなかなか予測するのは難しいですね」

「ええ、常に備えると言っても限界がありますから」

「そうだね、それにそんなに魔導騎士を揃えていられる領も多くはないだろうしね」

「確かにね」

「僕とトーマス君のところ以外は出ていないかな？」

「うちは魔獣は出ました。でも魔素だまりが出来ていたので、そこで穢《けが》れたのだと思います」

エリック君が言った。

「魔獣？」

「ええ、ボアが魔獣化しました。怪我人は出ましたが、幸い軽く済みました」

エリック君が答えるとクラウス君が口を開く。

「魔素だまりを見つけるのも難しいよ。いつも同じところに出来るわけじゃないし」

「ええ、そうなんですよ」

うん。いつも同じところにたまってくれれば定期的に聖水で浄化したり出来るんだけど、どういう仕組みなのか場所は決まっていないんだよね。

「そういえば、以前お話ししていらしたハーヴィンの方はどうですか？」

僕が聞くと、ユージーン君は顔を少しだけ歪《ゆが》めた。そして。

「おそらくは、ハーヴィンはもう駄目でしょう」

「ええ？」

どどどどうしたんだろう。父様は僕の生まれたところだからか、ハーヴィンの事はあんまり言わないんだよね。駄目ってどういう事だろう？

「ご存じかもしれませんが、ハーヴィン伯爵がお亡くなりになってから跡目争いが始まりまして。それで揉《も》めている間に領内に魔獣や魔物が増えてきました。そして領民が他領へ逃げてくるようになったのです。人がいなくなると土地はさらに荒れますし、管理する役人も、それを束《たば》ねる上の者もいなければ、やはり秩序を失います。見かねて伯爵夫人のご実家であるディンチ伯爵様が仲介でお入りになられたのですが、結局物別れに終わったそうです」

「ディンチ伯爵家はベウィック公爵家と繋がりがありますね。確かベウィック公の叔母様がディンチ卿に嫁《とつ》がれているかと」

スティーブ君が尋ねた。

「はい。ですが、この件に関しては公爵家が動かれた形跡は特にないようですね」

「そうなのですね」

公爵家としては遠縁のハーヴィンには関わりたくはないのかな。

「領地内には昨年よりも魔物が多く現れているという情報もあります。逃げてくる領民たちも今年の夏以降は特に多く、いよいよ王室が乗り出すのではないかという噂もあるそうです。そうなればハーヴィンの爵位は没収。領地は召し上げの可能性もあるかと思います。それにどうも、昨年の王国への税も未納になっているとか」

「それは……」

ああ、なるほど。それで公爵家は関わらない事にしたのか。

「税を納める機能も働いていないという事ですか」

「優秀な人材はすでに逃げ出しているという噂もあります」

「皺寄《しわよ》せは結局力の弱い領民に来るんですね」

再びシンとなった場。僕は気になっていた事を聞いてみた。

「ハーヴィンで出た魔物というのは、誰かが討伐しているのですか？　それともそのまま放置されているのでしょうか？」

「王国内には各領にギルドがありますから、冒険者たちが討伐をしている可能性はありますね。もっとも全てではないと思います」

「なるほど。ではそのままになってしまった魔物が他領を襲うという事もありえるのでしょうか？」

「分かりませんが、今のところはロマースクに入った形跡はありません。念のため、領境には多めの魔導騎士を配置しています」

「ロマースクはハーヴィンから逃げてきた領民を受け入れているのですか？」

今度はレナード君が口を開いた。

「勝手に他領の領民を自領の民には出来ないので、保護という形では受け入れていますが、数が増えれば難しいため、王国に対して陳情する事になりました。おそらくハーヴィンと領が隣り合っているところは同じような状況かと思います」

「色々と難しいですね」

「はい。魔物の件だけではなくて色々と心配な話もありますし、学園に入る前になんだか落ち着かない感じです」

ユージーン君の言葉にスティーブ君が「魔物以外の心配な事とはどのようなものですか？　よろしければ教えてください」と尋ねた。

「ああ、まだ不確かな情報なのですが、そうですね。こちらの皆様にならお話ししても大丈夫でしょう。実は女性だけがかかる奇病があるのではないかという噂が」

「女性だけの奇病？」

「ええ、その……すみません。本当にここだけの話に。四年前にお亡くなりになられたアデリン妃もそうなのではないかと言われているのです。何も持病のなかった方がいきなり体調を崩されて最初は軽い風邪か、疲れかといった症状だったのに、数日後には起き上がる事さえ出来なくなり、そのまま亡くなってしまわれると。似たような症例が少しずつ増えてきて、今年は赤子を含めてかなりの数に上ったとか。女性ばかりがかかるので永遠の淑女《エターナルレディ》などという名前までつき始めていて」

「……悪趣味だな」

レナード君が小さくそう言った。

「そ、その病気について何か、お薬とか効く薬草とかそういったものはないのでしょうか」

実は、お祖父様にも相談をして色々な薬草を調べているんだけど、これといったものが見つからないんだ。【愛し子】がどんな薬草を探していたのか分かればいいんだけど。

「今のところは。とにかく原因が分からないので治療法も……」

「例えば、他国で同じような症状の病気があるという話は？」

「私も取引のある国にはそれとなく聞いてみましたが、手掛かりはありません」

「そうですか。それにしても女性ばかりがかかるというのはなんとも奇妙な話ですね」

「ええ、何か手掛かりが見つかれば、それに対応する薬も出来るとは思うのですが。何しろ体調を崩してから亡くなるまでの時間が短くて。数日で起き上がれなくなり、あとは食べられなくなり、眠ってばかりいるようになって、わずか一週間ほどで亡くなってしまうのですから」

「一週間ですか？」

「ええ、子供の場合はもっと早いそうです」

「そんな」

僕は息を呑んでしまった。早いとは聞いていたけれど、まさかそれほどとは思っていなかったんだ。

「すみません。直接の死因はなんなのでしょうか？」

「ああ、それは分かりませんが、おそらくは呼吸器不全かと」

「じゃあ、肺の方の病気なのかなぁ」

「でも肺の病なら胸の苦しさがあると思う。それはないみたいだったから」

「え？」

エリック君の言葉に僕たちは思わず彼を見た。

「ああ、知り合いにいてね。女性には感染《うつ》るかもしれないって看取りは男だけが多いそうだよ」

「感染《うつ》るんですか？」

「かもしれないっていうだけです。でも万が一って事もあるでしょう？　だから男性は妻や娘を患者と思われる女性には近づけたがらない」

「そんな事が起きているのか」

「わけの分からない病気なので、適当な噂でも信じたくなるみたいです。それで、さっきの話だけど、呼吸は苦しそうじゃなかった。本当にコトリと、眠るみたいに逝《い》ってしまいました」

「…………」

それが一体エリック君にとってどんな関係の女性だったのかは、誰も聞く事が出来なかった。隣でトーマス君がボロボロと泣いている。

「わぁ、トーマス君、ごめんね。せっかくのお茶会でこんな話をして」

エリック君が慌ててトーマス君に声をかけた。

「いえ！　大丈夫です！　すみ、すみません！　なんか、大丈夫ですから！　早く病気について明らかになって、お薬が出来る事を願っています！　すみません。ちょっと、顔を洗ってきます！」

「ああ、じゃあ一緒に行こう。一人だと迷うといけない。すみません。エディ様、奥のレストルームをお借りします」

「うん。そうだね」

トーマス君とスティーブ君が小サロンの奥にあるレストルームに向かったのを見て、僕はゆっくりと口を開いた。

「魔物の事もそうだけど、この奇病の事も何か情報が入ったら連絡をするようにしよう。もうあと少しで皆学園に行くし、自分の領も心配だものね」

「そうですね。色々なところの情報が集まってくれれば、大人たちが集めたものとはまた違う視点の手掛かりが浮かんでくるかもしれないしね」

レナード君がそう言うと皆が頷いてくれた。

それから少しして二人が帰ってきたのを見て、テーブルの上の料理は違うテーブルに移して、恒例のクリのお菓子を出してもらった。

「相変わらず、すごいね！」

「ふふふ、今年は渋皮煮というものを作ってもらいました。そしてほんのちょっぴりだけどブランデーというお酒を使っています。ちょっとだけ。香りづけって言っていたよ。あとは新作のモンブラン、クリのズコットケーキ、クリのパウンドケーキ、クリのカラメリゼ、クリとクルミのブラウニー、ちょっと涼しくなってきたけど、クリとチョコレートのパフェというのも作ってもらいました！　これは王都で流行《はや》り出しているんだって。来年皆で王都のパフェが食べられるといいね」

僕がそう説明すると皆が笑って頷いて、それぞれに好きなお菓子へ手を伸ばした。

「うん。やっぱりエディのところのクリは美味しいな」

クラウス君が嬉しそうに言った。

「ふふふ、お祖父様から毎年送ってもらっているからね」

「それにしても、もうすぐなんだね。入学」

パフェを口にしながらミッチェル君が呟く。

「うん。なんだか信じられないけど、学園に皆で通うんだね」

「よろしくね。エディ君」

まだちょっとだけ赤い目をしてトーマス君が笑う。

「うん、もちろん。同じクラスになれるといいな」

「さすがに全員同じクラスは無理かもしれませんが、学年合同の講義もあるらしいので」

ズコットケーキを食べているのはユージーン君。お兄様が通われているから知っているんだって。

僕もアル兄様に聞いておけば良かったな。

「そうなんだ。でも一人だけ違うクラスだったらすごく悲しい」

「どうやら二クラスですから、一人だけという可能性はあまりないと思いますよ？」

「まあ確率の問題だけど単純に考えれば四人は一緒かな」

スティーブ君とレナード君が励ますようにそう言ってくれた。

「うん。出来れば皆一緒がいいけどね」

「そうですね。本当にそうだったらすごく楽しい」

エリック君も笑いながらそう言ってくれた。

怖い話や悲しい話が多くなっちゃったけど、こうしてクリのお菓子を皆で食べて笑えて良かった。

もうじきお開きになる頃、僕は紅茶を淹《い》れ直してもらった。そして……

「一年に二回だけだけど、こうして毎年集まってくれて、沢山お話をしてくれてどうもありがとう。来年は王都の学園に入るけど、これからもどうぞよろしくお願いします」

僕が頭を下げたら、皆立ち上がって頭を下げた。わぁ！　皆座って、座って！

「ふふふ、学園前の最後のお茶会なので、今日はプレゼントを用意しました。気に入ってもらえたら嬉しいです」

そう言って僕はちょっとした小物が入りそうなポーチを皆に渡した。布の色はそれぞれの瞳の色。

レナード君は明るいマリンブルー。

クラウス君はアンバー。

トーマス君は明るめのエメラルドグリーン。

スティーブ君はシルバーブルー。

ミッチェル君はピンクパープル。

エリック君はヴァイオレット。

ユージーン君はローズグレイ。

「えっと、お祖父様に教わって作りました。マジックポーチです。容量は十ティル（十メートル）の立方体。時間経過はなし。中身が分かりやすいように可視化出来るインベントリーというものをつけました。あと、所有者登録もしてあります」

皆はものすごく驚いた顔をしていた。えへへ。

「こ、こんなすごいものをいただいて」

「うん。もらって？　お祖父様が大切なお友達になら差し上げてもいいって仰《おっしゃ》ったから。布製のポーチだから破れたりしないように保存魔法をかけています」

「ありがとうございました。大切に使わせていただきます」

レナード君がそう言うと皆が次々にお礼を言い始めた。

本当に初めてのお茶会から、僕はレナード君にどれだけフォローしてもらったか分からないなぁ。

「じゃあ、今度お会いするのは王都の学園かな？　でも連絡は取り合おうね。では。これからもよろしくお願いします！」

そして皆は笑顔で帰っていった。

◇◇◇

秋のお茶会が終わるとすぐに僕の誕生日がやってくる。

「エディ兄様！」

「こっちだよ、ハリー」

「エディ兄様、僕もいます〜！」

「分かっているよ、ウィル。二人ともお稽古《けいこ》は終わったの？」

「はい！」

「ばっちりです」

そう言って、ひょこっと顔を出した二人を見て、僕は温室から外に出た。

「ふふふ、じゃあ、一緒にお茶を飲もうか」

「はい！」

「エディ兄様、僕、この前のロールケーキも食べたいです」

「あ〜、それはシェフにお願いしないとね」

「駄目ですか？」

「う〜ん、聞いてみるけど、無理を言ったら駄目だよ？」

「分かりました。わ〜い！　ロールケーキ」

「ウィル、まだ食べられるかどうか分からないよ」

「分かっているよ。もし駄目ならフルーツの載ったオムレットにしてもらう」

「ウィルはお菓子の事をよく知っているね」

「はい。母様とエディ兄様のおかげです」

にっこりと笑うウィルを「食いしん坊なだけですよ」とハリーがからかっている。

「いよいよ、明日はエディ兄様の十二歳のお誕生日ですね」

屋敷に向かって歩きながらハリーがそう言った。

「うん。なんだかちょっと信じられないけど、十二歳なんだなぁ」

やっぱり十二歳になると、学園に行く事が一気に現実味を帯びる。

もう少し、あと少し、そうしたら兄様と「大丈夫だったね」のお祝いをするんだ。

「アル兄様は明日ちゃんといらっしゃるかなあ」

「絶対に来るよ。多分学園が終わったらすぐに来るよ。ね、エディ兄様」

ウィルの言葉にハリーが自信満々で返した。そう。明日は土の日。休前日。僕の誕生日。

魔法書簡は送られてきていないけれど、多分明日は出来るだけ早く帰ってきてくれると思うんだ。

「そうだねぇ。アル兄様の事だから遅くても夕食に間に合うように来てくださるんじゃないかな」

「久しぶりに皆が揃うね！」

ウィルが嬉しそうに言った言葉は、そのまま僕の気持ちだ。

「でも来年からはエディ兄様も学園に行ってしまうんですよね？」

「うん。年明けに十二歳になっている貴族の子は皆学園に行くんだよ」

僕が答えるとウィルが「僕も早く十二歳になりたいなぁ」と言った。

「でも十二歳になってもエディ兄様とは一緒に勉強出来ないよ、ウィル」

「え！　なんでだよ」

ウィルが驚いたようにハリーを見た。

「だって僕たちが十二歳になったらエディ兄様は十八歳だから学園を卒業しちゃうもの」

「ええ？　そんなの嫌だよ」

「そうだよねぇ。嫌だよねぇ」

「なんだよ、ハリーは嫌じゃないの？」

「嫌だよ。でも嫌って言っているだけじゃ駄目だからね」

「ハリー？」

「ふふふ」

「なんだよ。急に、気持ち悪いなぁ」

「なんでもないよ。ほら、もう着くよ。エディ兄様、僕たち着替えたらダイニングの方に行きます」

「分かった。僕も着替えてからダイニングに行くね。マリー、着替えは自分で出来るからシェフにロールケーキが作れるか聞いてみて？　駄目ならフルーツの載ったオムレット」

「畏《かしこ》まりました」

マリーが厨房の方へ向かって、僕はルーカスとゼフと一緒に自分の部屋に向かった。

「エディ兄様、明日は楽しみにしていてくださいね。心配しなくても大丈夫ですよ」

「エディ兄様、アル兄様はきっと帰っていらっしゃいますよ」

「あ、ありがとう」

「では、おやすみなさいませ」

「うん、おやすみなさい」

ウィルとハリーに励まされて？　僕は夕食後にお茶を飲みながら話をしていたリビングから自室に戻った。実は夕食の前に兄様から魔法書簡が来たんだ。

学友の領地に魔物が現れたという知らせがあって、ダニエル君たちと情報収集をしていたけど、ハワード先生と一緒に現地に入る事になりそうなので、明日は遅くなってしまうかもしれないという内容だった。

僕は「分かりました。ご無理をされず、お気を付けてください」と短く返事をした。

父様のところにも連絡があったみたいで、父様は夕食にもいらっしゃらなかった。

どこの領に出たんだろう。どんな魔物だったんだろう。怪我をした人はいたのかしら。

「時期的に考えると、【愛し子】が現れてもおかしくはないんだよね」

そうだとしたら襲われた村は全滅だ。

「いやだ、怖い……っ……」

頭の中にキダンの街が浮かんだ。

僕が行った時にはもう魔物もいなくて、街の中も荒れてはいたけれど、そこまで悲惨な状況ではなかった。だけどそれでも十分恐ろしい風景だった。

『世界バランスの崩壊』なんてどうして起こるんだろう。

バランスってなんだろう。

魔物はどこから来るんだろう。

もう幾度も考えた答えの出ない問いかけが次々と浮かんでくる。

「……っ……」

少し、温かいものでも飲んで落ち着こう。いくら考えても、今、僕に出来る事は何もない。

部屋を出ると、それに気付いたらしいマリーがやってきた。

「どうされましたか？」

「うん。あの、ちょっと温かいものでも飲もうかなって」

僕がそう答えるとマリーは何も聞かずに「お持ちしましょうか？」と言う。

「ううん。部屋にいると色々考えちゃうから、リビングに行って飲もうかな」

「畏《かしこ》まりました」

マリーはすぐに温かいミルクティーを淹《い》れてくれた。

「美味しい」

「それはようございました」

「……ねぇ、マリー」

「はい」

「……ううん。なんでもない。大丈夫。なんだか明日十二歳になるってすごいね。マリーとここに来たのは四歳になったばかりの頃だったね」

「はい。そうですね」

「いつもありがとう。マリー、王都でもよろしくね」

「はい。もちろんです。これからもよろしくお願いいたします。少し肌寒くなってまいりましたね。羽織るものでもお持ちいたしましょう」

「ううん。もうこれで部屋に戻るよ。お陰で落ち着いた。ありがとう」

僕はそう言って部屋に戻った。今頃兄様は何をしているのかな。もしかしてまだ魔物の事で忙しくしているのかな。

「……明日は、無理かもしれない」

本当は誕生日だから会いたい。

でも、どこかで誰かが傷ついていて、それを助けようとしているのだとしたら、どちらが大切かと言えば、やっぱり命の方だよね。

「大丈夫。来年は毎日会えるから」

だからどうか、兄様が無理をしませんように。そして万が一にでも怪我をしないでほしい。

心配と不安を抱えたまま僕はベッドに入った。眠気はなかなか訪れなかった。

「エディ兄様、お誕生日おめでとうございます！」

「エディ兄様！　お誕生日おめでとうございます！　こちらは招待状です！　お昼にいらしてください。お待ちしています！」

朝からウィルとハリーはものすごく張り切っていた。朝食の時に渡された手作りの招待状。どうやら小サロンで僕の誕生会を開いてくれるらしい。

「ふふふ、何日も前からものすごく頑張って準備をしていたから楽しみにしていてね」

母様が楽しそうにそう言っていたので、僕も「はい！」と元気に返事をした。

調査のために学園を休んでいるらしい兄様は、当たり前だけれどまだ来ない。普通の時でも土の日の昼は学園で勉強をしている時間だものね。書簡には遅くなるってあったけど、きっと兄様の事だから、出来るだけ早くと思っているんだろうな。

会いたくないと言ったら嘘になる。でもそれ以上に、危険な目に遭ってほしくないんだ。だからどうか、調査が無事に終わりますように。魔物が現れたその領の被害が大きくありませんように。そう願って僕はブライトン先生の講義を受けるため、練習場に向かった。

招待状の通り、お昼に小サロンに行くと、ウィルとハリーと母様と、少し疲れた顔の父様がいた。部屋の中には『十二歳のお誕生日おめでとうございます』と書かれた張り紙と、花の形の色とりどりの紙が沢山飾られていた。

「わぁぁ！　すごいね。二人で飾り付けをしてくれたの？」

「母様もメイドたちも護衛騎士たちも手伝ってくれました！」

「えええ！　そ、それは皆さん、ありがとうございます」

僕がそう言うと脇に控えていた彼らが「おめでとうございます」とお辞儀をしてくれた。

ふふふ、なんだかくすぐったい感じ。

「エドワード、十二歳のお誕生日おめでとう。いよいよ来年は学園に入学だね。楽しい学園生活が送れる事を願っているよ」

「ありがとうございます。父様」

「エディ、十二歳のお誕生日おめでとうございます。これからも元気で、そして来年からは楽しい学園生活が送れるように私も願っています。美味しいものを一緒に考えるのも楽しみにしています」

「はい。母様ありがとうございます。これからもよろしくお願いいたします」

父様は僕にものすごく立派な植物の図鑑をくださった。

母様は王都で着られるようにと、いつの間に作ったのか、またまた沢山のお洋服をくださった。

そして――

「エディ兄様、お誕生日おめでとうございます」

「これは僕たちからのプレゼントです」

二人は綺麗なペンケースと小さな羊のぬいぐるみをくれた。初めての冬祭りの時に二人のお土産《みやげ》にした羊にちょっと似ていて可愛いな。

「ありがとう、ウィル。ありがとう、ハリー。大切にするね。でもどうしてぬいぐるみを？」

それも二つも。

「えっと、それを王都に持っていっていただきたいのです」

「あの、僕たちの代わりです。お守りです」

よく見ると羊たちの首には二人の瞳の色の細いリボンが付いている。

「ああ、ほんとだ。二人の色のリボンだね。可愛い」

「本を見たら、昔の魔除けのおまじないが書いてあって。それを描いて入れてあるんです」

「そうなの？　嬉しいな。じゃあ二人に守ってもらう感じだね」

そう言うと二人は嬉しそうに笑った。

「もう一つです」

言葉と同時に二人は小サロンの庭に通じるガラス戸を開いた。大きなガラス戸の向こうには綺麗な青空が見える。秋の庭には鮮やかな緑も、アーチの薔薇《ばら》の花もないけれど、秋らしい高く澄んだ青い空には、羊雲と言われる白い雲がぽこぽこと浮かんでいる。穏やかな昼下がりの風景だ。

一体何が？　そう思った途端。ウィルが何かを小さく口にして、その手から水が現れた。

「水まきの魔法……」

キラキラと輝く優しい雨みたいな魔法は確かに僕が考えた魔法だった。手から溢《あふ》れ出る優しい雨が、あの日と同じように庭の中に七色の小さな虹を作り出した。

そして……

「……っ！　鳥？」

昔、二人にあげた布製の鳥がその雨をよけるようにしながら飛んでいる。

「わぁぁぁぁ！　すごい！　すごいね、ウィル！　ハリーもすごい‼」

僕はそのまま庭に出て二人の魔法を眺めた。

霧《きり》のような細かい雨が作るキラキラとした小さい虹、その間を青と緑の鳥が気持ち良さそうに飛んでいる。なんて優しくて、美しい魔法だろう。

僕はすごいしか言えなくて、でも本当にすごくて、綺麗で、嬉しくて……

やがて水は消え、鳥たちはすうっと僕の手に止まった。

「おしまいです」

「ご覧いただきまして、ありがとうございました」

ぺこりと頭を下げる二人に、僕は思わず飛びつくようにしてしがみついていた。

「わぁ！」

「エディ兄様！」

「ありがとう。すごく、すごく綺麗で優しい魔法でした。二人はすごいなぁ。もうこんなに魔法が使えるようになっているなんて知らなかった」

「ありがとうございます。僕も風魔法を取得出来るようにしたいと思っています」

「僕も、今日は風魔法だったけど、今度は水まきの魔法を見ていただけるようにしたいです」

兄様が来られないかもしれない事と心配する気持ちで、ちょっと落ち込んでいたけれど、ものすごく素敵なプレゼントをもらってしまった。二人にはありがとうの気持ちでいっぱいだ。

「とても、とても素敵な誕生日です。ありがとうございます」

その後、僕たちはフィンレーのチーズを使ったフロマージュチーズケーキというシェフの新作を食べて大満足で部屋に戻った。


「エドワード、せっかくの誕生日だけど、少しいいかい？」

双子たち主催の誕生会が終わった後、父様が僕の部屋にやってきた。

お話は予想通り、兄様のお友達の領に現れた魔物の事だった。ダニエル君たちのところではないって聞いて僕は少しだけホッとしてしまった。

現れたのはコカトリスという石化の魔法を使う厄介な魔物で、それがいきなり三体現れて、街は一時パニックになったらしい。

魔物自体はすでに討伐されて、石化の解呪が出来る魔導士たちがそちらに何人も入っているとの事だった。要請という形でフィンレーからも魔導騎士たちが派遣されたって聞いた。

兄様は父様の代わりに現地の様子を見に行っているんだって。

「すまないね。アルフレッドもこちらに来たかっただろうが、私が王宮の方に呼び出されていてね。色々な手配をするだけで精一杯だった。出来るだけ早い段階で現地の状態を把握したかったので、結局あちらの方は昨日からアルフレッドに任せる事になってしまった。ハワードが同行しているので、後処理についてはそれほど多くはならないと思うんだが、今日中にこちらに戻ってくるのは難しいかもしれない」

「そうでしたか。お話ししてくださってありがとうございます。大丈夫です。もう魔物が退治されていてアル兄様に危険がないのであれば安心です」

「ああ、それは大丈夫だと思うよ」

父様はそう言うと、ふっとその表情を和《やわ》らげて再び口を開いた。

「早いものだね。もう学園に入る年だ」

「ふふふ、僕もそう思います。昨日ここに来た時の事を思い出していました。僕は例の『記憶』があったので、小説みたいに何もご挨拶が出来ない事がないようにって実は必死でした。でもいざ母様や兄様にお会いしたらそんな事も忘れてしまって嬉しくて、楽しくて、初めて見るお菓子に興奮していました。父様が迎えに来てくださって本当に良かったです。ありがとうございました」

「それなら良かった。私もエドワードが息子になってくれて本当に良かった。改めて、十二歳のお誕生日おめでとう。まずは、例のお祝いが出来るように祈っているよ」

「はい！」

「ああ、それと、今のところ二人が言っていた【愛し子】の情報はなさそうだね。なんとか、被害は最小限に食い止められるようにしたいと思っているよ」

「はい。よろしくお願いします」

父様はこの後また王城に行くと言って部屋を出ていった。昼は僕のために戻ってきてくれたんだって思うと嬉しくて、胸の中が温かくなる。それに【愛し子】の話を父様と出来る日が来るなんて考えもしなかったなと僕は小さく笑ってしまった。

あともう少し。早く兄様と一緒に『悪役令息』にならなかったお祝いをしたい。

「コカトリス……か。人を石にしてしまうなんて怖いな」

ポツリと呟いて、窓を見たら、外は日が傾き始めていた。誕生日はもう少しで終わる。


結局、夕食の時間が終わっても兄様は現れなかった。魔法書簡も来ない。忙しいんだなって思った。だからどうか、無理をしないで、危険な事がありませんようにと何度も繰り返し願った。書簡を出そうかと迷ったけれど、それも止めた。だって、来られなくて悪かったなって兄様ならきっと思っているもの。だから兄様から連絡が来るまでは何も送らない。

「……それにしても二人の魔法はすごかったなぁ」

思い出す水と風の魔法。本当に綺麗で、優しくて、大好きっていう気持ちが詰まっているような魔法だった。

「よし、明日の準備をして早めに寝よう」

明日は月の日。休日だけど、来年から学園が始まるので出来るだけテオの授業を受ける事にしたんだ。今は王都についてや、学園の情報など事前に覚えておいた方がいい事を教えてもらっている。

加護の件もあるし、どういう事を注意すればいいかもう一度ちゃんと聞いておかないとね。ちなみにこの家で僕の加護の事を知っているのは父様と母様と兄様と、家令のチェスターと執事のテオとマリーとルーカス。王都ではきっとロジャーも知っていると思う。

そうだ。加護の事も色々考えなきゃいけないな。学園に入ったらどういう風にしたらいいのか、父様とも相談をしておこう。

その瞬間、何かが鳴った気がした。ううん、いつもの魔法書簡とは違う、なんだろう？

僕は部屋の中を見回した。特に変わった事はない。

でも直後、部屋の端の空間がゆらりと揺れた。

「え？　何？」

思わず身構えた身体。

ドクンドクンと鼓動が速くなる。まさか魔物？　屋敷の、部屋の中に魔物が現れるの？　そんな事がありえるの？　だけどその次の瞬間、姿を現したのは……

「アル兄様！」

「ははは、遅くなってごめんね、エディ。お誕生日おめでとう。十二歳だね」

「…………っ……」

これは、僕が見ている夢なのかしら。

「驚かせてごめんね。本当はタウンハウスに一度戻ってから、魔法陣で来ようと思っていたんだけど、そうすると今日中に間に合わないかもしれないと思って、出先から直接飛んでしまった。無事に着いて良かった」

にっこりと笑った顔は確かにアル兄様で、僕は嬉しいのと、驚いたのと、無事で良かったっていう気持ちで頭の中がグチャグチャになって、そのまま立ち竦《すく》んでしまった。

「エディ？」

「アル兄様、転移が……？」

「ああ、うん。そうだよ。これはどうしても使えるようになりたかったからね。行った事のある場所なら行けるかな。でもまだうまく制御が出来ていないから、魔力をかなり消費するんだ。それよりもギリギリになってしまったけれど、どうしても今日中におめでとうを言いたくて。改めて十二歳のお誕生日おめでとう、エディ」

「あ、あり、ありがとうございます！」

その瞬間、僕は兄様にしがみついていた。会えないって思っていた。でも兄様はちゃんと来てくれた。転移も出来るようになって、やっぱり兄様はすごい！

「間に合って良かった。誕生日のプレゼントをね、持ち歩いていたんだ。最悪転移して渡しに行こうって。まさか本当にそうなるなんて思わなかったけど」

「ま、魔物が現れたって」

「うん。でもすぐに討伐されたから、厄介な魔物の割に被害は少なかったと思う。どこの領も警戒していたからね。今回は子爵領で、自領に大きな騎士団がなくてね。領主から直接王宮の方に救援依頼が入ったんだ。それで父様たちが呼び出されて動いた。でもいつもフィンレーや大きな戦力を持っている領が駆り出されるというわけにはいかない。今後については王室と相談をしていかないといけないって、フィンレーだけでなく他領も動き始めた。本当はもう少し早く具体的な取り決めが出来ていればスムーズだったんだけど、やれるところがやればいいというような人間もいるからね。せめて高位の人間はやれる努力はしてもらわないと。ああ、ごめんね。せっかくの誕生日に。

「ええっと、これはお誕生日のプレゼント」

そう言って兄様はしがみついていた僕の背中をポンポンと叩いてそっと離すと、以前贈ったバッグの中から綺麗な包みを取り出した。

「ありがとうございます」

うっすらと涙が浮かんでしまったのを見られたくなくて、僕は俯《うつむ》きながらそれを受け取って、開く。

「え！　これって！」

「あの時、気に入っていたみたいだから。まさかエディが同じものを私に選ぶなんて思ってもいなかった。色違いのお揃いになっちゃうけど、使ってもらえると嬉しい」

そう。包みの中には僕が兄様にプレゼントをしたバッグと同じ形で、少し柔らかめの優しいベージュブラウンの革で出来ているバッグがあった。まさか兄様が同じものを同じようにオーダーメイドしていたなんて。しかも……

「……兄様の石だ」

表の留め具のところに埋め込まれている優しいブルーのアクアマリン。

「うん。約束通りにね。中にエディの石も入っているんだ」

開いてみると中にあるポケットの左右に飾り石としてペリドットが埋め込まれている。

「ありがとうございます。大事にします。大事に、大事にします」

僕はバッグを抱きしめた。

「それから、これはいつもの。学園に行くようになるし、どうしようかと思ったんだけど」

「つけます！　学園に行っても。僕のトレードマークですから。これじゃないと駄目です」

「……そうだね。じゃあ今年もプレゼントするね」

兄様はそう言っていつも通りに水色のリボンを僕に渡してくれた。

「髪は切らないの？」

「少し揃えるくらいにしようと。リボンが結べなくなると嫌だから」

僕の答えに兄様は少しだけ困ったような顔をして、そっと僕の髪をひと房掴んだ。

「アル兄様？」

「……ううん。なんでもない。そうだね。エディがこの色のリボンをしていないとなんだか落ち着かないね」

「はい」

それから僕たちは一階でお茶を飲んだ。

兄様はこのまま王都に戻ると言う。明日はハワード先生と今回の報告書をまとめる約束をしているんだって。お休みなのに大変だ。そしてもちろん父様にも報告をしなければいけない。

ここに来る事は父様にはもう知らせてあって、報告は明日っていう事にしてもらったって笑っていた。さすが兄様。

本当に短い時間だったけれど、プレゼントをいただいて、お茶を飲んで、話をして。そうして魔法陣の前、僕は兄様を見送りに来た。

「遅くにありがとう。また改めてエディにも話をするね」

「はい。お疲れ様でした。無事に戻られて本当に良かったです。プレゼントもありがとうございました」

「うん。間に合って良かった」

「僕も、今日お会い出来ると思っていなかったから、アル兄様にお会い出来て良かった。ありがとうございます。会いに来てくださって、本当に、本当に嬉しかったです」

なんだかまたじんわりと目が熱くなった。いけない、いけない。

兄様がせっかくいらしてくれたのだからちゃんと笑顔でお見送りしなきゃ。

「…………エディ。それはちょっと反則……」

「へ？　反則⁇」

何が？　え？　何が駄目だったの？　びっくりして、何がいけなかったのか不安になってしまった僕を、兄様は笑いながらギュッとしてきた。

「わぁ！」

兄様はどんどん大きくなっていく。

僕は相変わらず百六十ティン（百六十センチメートル）ないままなので、腕の中にすっぽりと収まってしまう。

「兄様また背が伸びましたね？」

「さあ、どうだろう。測ってないから分からないな。でもエディも少し伸びたかな」

「伸びてないです。百六十ないのは僕とトーマス君だけです」

「そうなの？」

クスクスと笑う声が耳元でして、少しくすぐったい。

「……うん。やっぱりエディにはこのリボンがよく似合うね」

「アル兄様？」

兄様はそう言うとちょっとだけ身体を離してからさっきみたいに僕の髪を一房掬《すく》って、そっと唇を寄せた。

「え……」

トクンと胸が小さく鳴った気がした。

「ふふ、おやすみ、エディ」

「お、おやすみなさい、アル兄様」

離れた温もりが淋しいなって思った途端、頬っぺたに触れた唇。

「ふぇ⁉」

つい変な声を出してしまった僕に、兄様はふわりと笑って魔法陣の中に消えた。

誕生日のおやすみの口づけは一瞬で、ひどく、優しくて。僕は赤い顔のまま、しばらく空《から》っぽの転送陣を見つめていた。

◇◇◇

今年の冬祭りは行かない事にした。

学園に入学するための準備もあるし、なんとなくそんな気持ちになれなかったんだ。

双子たちには行っておいでって声をかけたんだけど、エディ兄様と一緒にいる時間が減るから行かないと言われて、僕も兄様の時に同じような事を言っていたなと思い出して笑ってしまった。

僕のお誕生日の前の日に、兄様のお友達の領に現れた魔物の件は、フィンレーを含めて迅速に対応してくれた領があったから大きな被害にはならなかったけれど、それでもやっぱり亡くなった人も、怪我をした人も、心に傷を負った人も沢山いた。

だけど、魔物の出現はそれだけでは終わらなかった。増えているという言葉を裏付けるように、十一の月の始めにも魔物が出たという知らせが来た。

今度はマーティン君の領の近くで、そこには自領の騎士団もいたんだけど、現れたものがワイバーンだったので、レイモンドや周辺の領から救援が入って、大きな被害にならずに済んだんだ。ワイバーンは空を飛ぶから、近くの領は自分のところにも来るかもしれないって思うものね。

確実に増えてきている魔物の被害。

どこから現れるのかまったく予測が出来ないというのが恐ろしくて、兄様が言っていた通り、どの領でも警戒をしているし、どういう風に救援を呼ぶのかも考えている。

もちろん前回の事があって、王室も救援をどのようにすればいいのかを本格的に考え始めたらしい。

そして、他国の情報も集めているって父様が言っていた。他の国でも同じような事が起きていないか、崩壊という事だけでなく、バランスというものに関しての手掛かりがないかを探しているんだって。

小説にあった『世界バランスの崩壊』というのは、今の時点では僕と兄様と父様だけが知っている事だけど、父様はお祖父様や信頼している仲間の人には話をしているかもしれない。でもそれでいい。もしかしたらそれはあの小説の中の事だけかもしれないけれど、こうして似たような出来事が起きているんだから、これからも似たような事件が起きる可能性があると思って色々な人が考えた方がいいんだ。そんな事を考えながら過ごしていた十一の月の終わり。

「エディ兄様、変な夢を見るのです」

ハロルドがそう言ってきた。隣にはウィルもいて、心配そうな顔をしている。恐らく、最初にウィルに相談して、僕に話をしてみようという事になったのだろう。

「うん。顔色があんまり良くないね。お熱は？」

「ないです。でも頭がすっきりしません」

「横になっていなくて大丈夫なの？」

「それで寝ちゃうと変な夢を見るから嫌です」

それはちょっと駄目なんじゃないかな。睡眠が足りなくなると体力がどうしても落ちてくる。体力が落ちれば食欲も落ちて悪循環になってしまう。

「ハリー、お医者様に診《み》ていただこう？」

「病気じゃないです」

「うん。でも睡眠が足りなくなるのは良い事ではないよ？　頭がすっきりしないのはそのせいじゃないかな。そのうちに食欲がなくなったり、体力がなくなったりしてしまったら困るでしょう？」

「駄目だよ！　そんなの駄目だよ！　ハリー、ちゃんとお医者様に診《み》ていただこう！」

すでに涙目になっているウィルに「ウィル、大丈夫だよ」と声をかけて、僕はもう一度ハリーに向き直った。

「それはいつから見るようになったの？」

「………一週間くらい前」

「そう。どんな夢だったか教えてくれる？」

「それが、起きるとよく覚えていなくて。でも眠ると見るから眠りたくなくて」

「う～ん。じゃあ、覚えているところだけ教えて？　例えば、そうだなぁ、ウィルが出てきたとか」

「え？　僕？」

いきなり名前を出されたウィルがびっくりしたような顔をした。

「ううん。出てこなかったと思います」

「じゃあ、僕は？」

「……エディ兄様も、アル兄様も出てこなかったと思う」

「そう。じゃあ何が出てきたのかな。ほんのちょっぴりでも思い出せるものがあったら教えて？」

「………知らない人」

「え？」

「知らない人が出てきて笑っています」

「ええっ！」

それは怖いかもしれない。

「ええっと、知らない人は笑っていただけ？　何かをしていたの？」

「分からないです。知りたくないです」

クシャリと顔を歪《ゆが》めてしまった末弟に、僕はその身体をそっと抱き寄せた。

「うん。大丈夫だよ。怖くないよ。じゃあ、知らない人が夢に出てきてハリーは怖かったんだね」

「分からないです。僕は見ているだけなの。それでその人……ううん、人じゃないかもしれない人がこれだよって」

「これだよ？　何か見せてくれたの？」

ハリーはコクリと頷いて僕にしがみついてきた。どうにもわけの分からない夢だ。でもこれ以上を聞くのは、今は無理かもしれない。

「最後に一つ。ハリーが見ている夢はいつもその知らない人が出てくるの？」

「……多分」

「そう。じゃあ、また夢を見たら今度はエディ兄様の事を思い出して？　怖い夢を見た時はその続きを考えちゃうんだよ。そうするとその通りに進んでいく事が多いんだって」

「ほんとに？」

「うん。そうなる事が多いみたい。だからその知らない人が出てきたらエディ兄様といっしょに風の魔法で逃げるんだよ。それでね。父様がやってきて、うちの息子に何をする！　って言うの」

「ええ？　父様が？」

「そうそう。もしも父様がやられそうになったら、きっとお祖父様が出てきてくださるよ」

「ふふふふ、お祖父様強い」

「そうだよ。だって、前に土魔法でお庭に谷みたいな大きな穴をあけて、父様が泣きそうな顔をしていたもの」

ついに二人は声を上げて笑い出した。

「ありがとうございます。僕、やっぱりちょっと怖かったんだと思います。でも今度同じ夢を見たら、何が言いたいのか全然分からないからちゃんと話してって言ってみます。そうですよね。僕の夢だもの。本当に怖かったらエディ兄様と一緒に逃げるようにします」

「あははは、そうだね。ハリーの夢の中で、二人で一緒に逃げるなんて面白いね」

「えええ！　僕も仲間に入れてよ」

そんな事を言い出したウィルに二人で笑った。うん。少し顔つきがマシになったかな？

「でもハリー、無理は駄目だよ。眠れなかったり、怖い気持ちが続いたりするようならお医者様に相談しようね。それから、もしまたその夢を見た時は僕に教えて？」

「はい。またお話しさせてください」

二人は自分たちの部屋に戻っていった。なんだか気になるけれど、僕はそのまま鍛錬《たんれん》に向かう。

なんとなく、そう。なんとなくだけれど、少し攻撃魔法の数を増やしてみようと思った。

あの魔熊が出た後もそう思って増やしてはいたけれど、もうちょっと攻撃性の高いものを覚えるとか、威力を強くするという事を考えたいんだ。今度ブライトン先生がいらしたら聞いてみよう。魔力量は大丈夫な筈だから、今の属性での攻撃魔法の他に取得出来そうなものもピックアップしてもらって。あとは、ああ、そうだ。学園に入ってからなら転移魔法を練習してもいいってお祖父様が言っていらしたから、それも考えないといけない。

「なんだか忙しいな」

でもその方がいい。忙しくしていた方が、自分は何がやりたいのかが見えてくる。他の事を考えすぎてしまわないでいい。それに、気になっている事はもう一つある。

永遠の淑女《エターナルレディ》と呼ばれているあの奇病の事だ。

僕は父様にいただいた植物図鑑を読んでいるんだけど、あの本は他国の植物についても書かれていたんだ。きっと父様もそれを考えて僕にプレゼントをしてくれたんだろう。

【愛し子】たちがどんな薬草を探していたのか分からないんだから、今は効能や組み合わせなどを考えていく事しか出来ない。時間はかかるけれど仕方がない。少しでも早く薬草を見つけたい。

「僕は僕の出来る事を頑張るしかない」

そう自分自身に言い聞かせるようにして過ごしているうちにやってきた十二の月。

入学の準備は順調に進んでいて、制服も出来てきた。タウンハウスの僕の部屋もマリーを中心に整えられ、警備も増やす事が決まった。

父様はいつも通りに冬祭りに出かけた。フィンレー領主の大切な役目だ。ただ、各地に魔物が出ている事もあって、今回は魔導騎士隊をグランディスに連れていった。

『何事もなく無事にお祭りが終わりますように』という僕の願いが聞き届けられたかのように冬祭りは滞《とどこお》りなく終わり、このまま静かに新しい年がやってくると思っていた冬祭りの数日後、その知らせは入ってきた。

『書簡で失礼いたします。ロマースクのユージーンです。隣領のハーヴィンの領境の村に多数の魔物が現れたという情報が入りました。ロマースクとは反対のマーロウ伯爵領に近いところなので、マーロウからの騎士が助けに入ると思われます。ハーヴィンにはすでに騎士団は存在していないと思われます。取り急ぎ一報を』

僕は思わず震え出した身体を抱きしめた。

◇◇◇

その知らせはハーヴィン伯爵領に密偵《みってい》を入れていた多くの領におそらく一斉に届いた。

『ハーヴィンとマーロウ伯爵領の境に近いイリスク村に多数の魔物出現』

そしてそれを受け取った領主たちはおそらく誰もが「また面倒なところに」と思ったに違いない。

現在ハーヴィンは領主不在のまま、元領主の娘婿と元領主の弟がそれぞれに領主代理を名乗り、何年にもわたって争いを続けている。一時期はエドワードを取り戻し、領主として擁立《ようりつ》しようとする弟側の動きもあったが、それはデイヴィットたちにこれでもかというほど潰されて、今は娘婿と弟の泥仕合の様相を呈《てい》している。しかし残念ながら、どちらも当主としての才はない。

ハーヴィンの命令系統はほとんど生きてはおらず、それぞれの町の役人たちが各々《おのおの》勝手に統治をしている状況になっているようだが、もちろんそれも確かではない。

統《す》べる者がいない荒れた大地からは魔素が湧き、それに触れた獣が魔獣化して暴れ、どこからか魔物が湧き出すようにして現れるため、逃げ出す領民たちは年々増えている。

領民が減れば税収も減る。それを止めるべく罰則を勝手に作り、周知しないままで囚われる者が出て、また人の心も大地も荒れるという悪循環となっていた。

周辺の領からも王室にどうにかしてほしいという嘆願が届き、伯爵夫人の実家であるディンチ伯爵家が仲裁に入ったのだがうまくいかず、王国への納税も滞《とどこお》っている事から、ついに王室の手が入ろうとする矢先の出来事だった。

当然どんな理由があっても他領に兵力を勝手に入れるわけにはいかない。けれどハーヴィンから王室へ救援依頼が出る事はないに違いない。

自領へ魔物が入ってきたという大義名分を掲げてマーロウ伯爵家の騎士団が入る事はギリギリどうにかなるだろうか。それとも直接王室に救援軍を要請した方がいいのか。だがそれも今揉《も》めている最中の事案なのだ。

「まったく間が悪い！」

デイヴィットは思わず声を上げてしまった。

ようやく終わった冬祭り。ホッとしたのも束の間、今度はこの騒ぎだ。こうしている間にも被害は広がっていくだろう。救援を出すならば出来るだけ早くが望ましい。けれど、エドワードとの事でゴタゴタのあったフィンレーから救援を送るというのもまた難しいところだ。万が一にでもエドワードの件を蒸し返されるのは遠慮したい。

「どうしたものか」

「旦那様」

「なんだ」

「エドワード様が至急お話をしたいと仰《おっしゃ》っています」

「エドワードが？」

一瞬だけ間を置いてデイヴィットは「すぐに来るように」とテオドールに伝えた。エドワードがこんな事を言うにはきっと何か理由がある。

「失礼します」

「入りなさい」

短いやりとりで部屋に入ってきた途端、エドワードはすぐに遮音の魔法を使って口を開いた。

「父様、おそらく【愛し子】です」

「！　ハーヴィン領か？　どうしてそれを」

「ロマースクのユージーン様から魔法書簡が来ました。マーロウ伯爵領側の領境の村で魔物が多数出たと。思い出せずにいたのですが、確か【愛し子】を保護したのはマーロウという貴族です。アル兄様にも先ほど書簡を出しました」

「……分かった。悩んでいる暇はないな。すぐに手を打つ。ハワードのところに行ってくる」

「はい」

エドワードの短い返事を聞きながらデイヴィットはハワードへ先触れの書簡を入れて、すぐに消えた。


「やぁ、デイヴィット。来るかなと思っていたよ。でも先触れとほとんど同時というのはちょっといただけないな」

エドワードの家庭教師でもあるハワード・クレシス・メイソン子爵は、にこやかに笑いつつそう言ってデイヴィットを出迎えた。

「ハーヴィンの件は？」

「もちろん聞いている。王室は相変わらず、これからどうするのか人を集めて会議をするらしい。君のところにもそろそろ招集が来るんじゃないかな？」

「馬鹿らしい会議よりも先に手を打ちたい。【愛し子】らしい。マーロウに保護をされるという事を思い出したとエドワードが伝えに来た。可能性は高いだろう」

それを伝えるとハワードの表情が変わった。

「本当に現れるんだね」

「まだその可能性が高いというだけだがね」

「ああ、そうだね」

アルフレッドとエドワードの話を、デイヴィットは最初に父、そしてハワードに伝えた。

自分は息子たちの話を信じる事にしたけれど、他の人間にとってこの話が本当に受け止められるものなのか。信じて、尚且《なおか》つ、今まで通りに協力してもらえるようなものなのか。それともお伽《とぎ》話《ばなし》にもならない戯言《ざれごと》だと一蹴《いっしゅう》されてしまうのか。それならば父であるカルロスと共に息子たちを守るだけだと思っていたが、蓋を開けてみればハワードからは「なるほど興味深い」の一言で、エドワードが『悪役令息』だという話に腹を抱えて笑っていた。

ともあれ、共通の認識で相談出来る相手がいるのは心強い。異世界についてはさておき、実際前世の『記憶持ち』という例は結構あるのだという。

その後ケネスとマクスウェードにも話をした。二人はさすがに目を白黒させていたが、その話を信じる事にしたようだった。

「とりあえずマーロウ伯爵家とは親交があるので、王室へマーロウから救援の要請を出すように助言をしてみました。同時に領境を魔物が越えたという名分でハーヴィンに騎士団を入れるように進言。すでに入っている筈です。さらに、ギルドへ情報を流し、ハーヴィン内のギルドからイリスク村へ高ランクの冒険者たちが向かっており、たまたま領内に居合わせた腕の立つ者たちはマーロウの自領騎士団に合流。マーロウ伯爵がマーロウ領内でかき集めた傭兵《ようへい》という名目でイリスク村へ向かうという手筈です。現在王室にはハーヴィン周辺の領から、ハーヴィンに多数の魔物が出たという情報は本当かという問い合わせと救援要請、そして救援を認めるための手続きが殺到している状況になっていると思います」

「さすがだな」

「ええ。一応ケネスとマクスウェードにもこの流れでいくという話は伝えています。ああ、それから私の領はハーヴィンに近いので、状況把握のために入りたいという申請を出しています。知り得た情報はお知らせしますという事でね。流す情報はもちろん精査しますがね」

「なるほど。ではそこに紛れ込ませてもらうかな」

「せめて代理にしてください」

ハワードは小さく笑った。

「やはりあれだけやり合っているとまずいか」

「王家からフィンレーに依頼が出ればまた違うでしょうが、そうなると茶々を入れてくる馬鹿もいそうでしょう？　フィンレーにはエドワード君がいますからね。ああ、また連絡が入りましたね」

そう言ってハワードは現れた書簡を開いた。

「ああ、イリスク村はほぼ全滅ですね。数人生き残っていて保護をしたようです」

「…………現れた魔物はなんだったんだ？」

「始めはラタトクス（栗鼠《りす》の魔物）が群れでやってきたみたいだ。この栗鼠《りす》が出ると高ランクの魔物がいる可能性が高いと言われているね。それを証明するように、ダイアウルフ（恐狼）が数頭現れ、さらにその後ろにキュウキ（有翼の虎の魔物）が控えていたそうだ。ラタトクスの群れも厄介だが、ダイアウルフも攻撃性が高いし、キュウキは好んで人を食らうからね。戦う術《すべ》もない村人ではどうする事も出来なかっただろうね」

「そうか……それで保護をされたのは」

「それはまだ」

「……そうか」

二人はそのまま黙り込んだ。

言葉と同時に先触れが来て、少し後にケネスが姿を現した。

「おや、またお客様だ」

「王宮の会議が紛糾《ふんきゅう》していて話にならない！」

開口一番にうんざりとした声でそう言ったケネスにハワードは笑い、デイヴィットは「だろうね」と肩を竦《すく》めた。

「お前のところにも面倒くさい呼び出しが行った筈だがね」

「その前にこちらに来ていたんだ」

「俺もそうすれば良かったたな」

「どうやって出てきたんだ？」

「話になりませんな！　って元凶の公爵様を睨んで出てきた。これで何か罰則があるようなら俺も独立を考える。馬鹿の犠牲《ぎせい》になるつもりはない」

心底腹を立てている様子のケネスに「行かなくて正解だったたな」とデイヴィットはため息をついた。

「で？　あっちはどうなっている？」

「生き残った数人を保護したそうですが、誰をどう保護したのかはこれからです」

「なるほど。では王宮で実にならない会議をしている間に村はほぼ全滅したのか。魔物は？」

「ラタトクスは散っているそうですが、ダイアウルフとキュウキは討伐出来たようです」

「キュウキか……厄介なものが出たな。あれは空も飛べるから始末が悪い」

ケネスは思わず苦い表情を浮かべた。

「マーロウ伯とはあまり親交がないんだ。ちょっと訪ねていくのは無理があるな」

「ああ、うちも。しかも出たのがハーヴィンだからね」

ケネスとデイヴィットがそう言うとハワードが口を開く。

「私から情報を送ります。【愛し子】の事を含めて。これからマーロウに助言の結果を伺いに向かいます。面倒なので調査は王室から許可が下りてからにしますが」

「おい、待ってくれ。【愛し子】ってまさか」

「その可能性が高い」

「本当に現れたのか」

「まだ可能性だが、例の話の中ではマーロウに保護をされるらしい」

「……うぅん。そうか」

「ここまでの経過をマクスウェードにも伝えておいて。続報は全員に送るから。また拗《す》ねられても鬱陶《うっとう》しいしね」

ハワードの言葉に二人は苦笑して了解した。

アルフレッドとエドワードの話の通りに魔物に襲われた村。一人だけ助かるという村人は、実際には数人が保護をされたという。それがどういう事なのか。本当にその物語と同じ【愛し子】と呼ばれる子供が現れたのか。

「ああ、返ってきた。うん。来てもいいみたいだから行ってくるね。また話し合いが必要ならこちらから声をかけるよ」

「ああ、分かった」

「頼んだ」

　そして三人はメイソン子爵領を後にした。


「今日はちゃんと来られたんだね」

にこやかにそう言ったのはルフェリット王国国王、グレアム・オスボーン・ルフェリットだった。

ハーヴィンでの魔物襲撃の翌日の呼び出しである。今日は余計な者はおらず、実質は国王と二人での話し合いだ。

「申し訳ございません。外出をしており、知らせを受け取るのが遅くなりました。また、ハーヴィン領という事もあり、フィンレーが動くと色々と詮索《せんさく》されるかという気持ちも正直ございましたので」

「ああ、うん。そうだね。ところで『ペリドットアイ』の子は元気？　学園には通うのかな？」

「……はい。無理のない程度には通わせるつもりです」

「それなら良かった」

相変わらず食えない笑顔でおっとりとそう言うグレアムに、デイヴィットもまた表情を崩さずに「ありがとうございます」と頭を下げた。

「加護の事や『ペリドットアイ』の力について、私は特に公表するように求めているつもりはないよ？」

「はい」

「ただ、フィンレーは元々力のある領だからね、そこにさらに大きな力が、と懸念《けねん》する者もいるんだよ」

「大きな力という意味が分かりかねますが、戦力的な事でしたら、私の領は国境に面しておりますので、きちんとした力を備えるのは致し方ないかと存じます。もっともフィンレーに限らず同じような条件で自領に騎士隊を抱えているところは他にもあるかと思われますが。ルフェリットは大陸の中ほどに位置しておりますので」

「まぁ、そういう事にしておこうか。確かにルフェリットは南北が海と山脈で、東西は他国に挟まれている。そのために防衛出来る者たちを国境沿いに配置しているんだ」

「はい。ですが、その事をどうにも本来の意味に取らない方々が増えてきているように存じます」

「ああ、そうかもしれないね」

「国を守る立場はいずこも同じ。ましてや高位の方々には、よりそれが求められているのではないかと思うのですが」

「デイヴィット」

さすがに苦笑を漏《も》らしたグレアムに、デイヴィットは顔つきを変えないまま言葉を続けた。

「王国内で相互に助け合うというのは分かります。ですが、出来るところがやれば良いという考えには同意いたしかねます」

「…………」

「また、私は自分の息子に奴隷《どれい》のように紐をつけて使い捨てるつもりは毛頭ございません。何かありましたら、フィンレーの意地をかけて守りたいと存じます」

「分かった。分かった。そう脅すな。そのような真似をするつもりも、させるつもりもない。何かあれば必ず筋を通す事にするよ」

「……………お話はそれだけでございますか？」

「相変わらず親子そろって人の話を聞かないね」

「…………」

部屋の中に沈黙が訪れた。そして、それを破ったのは国王であるグレアムだった。

「私も動きそうな者たちへの牽制《けんせい》は出来る限りしよう。目に余る者がいれば好きにすればよい。事後処理は王室で行う」

「ありがとうございます」

「話を変えよう。君が会議に来られなかった昨日、魔物たちに襲われたハーヴィンとマーロウの境の村で一人だけ生き残った子供がいる。神殿で治療をし、昨晩遅くには意識も戻ったそうだ。防御の魔法を使った形跡があったので調べたところ、どうやら聖魔法の使い手らしい。そのまま聖神殿へ送る事も考えたが、少し予見もあるようだと報告を受けた。とりあえず、王室からマーロウに保護をさせ、学園に通わせて様子を見る事にしたよ。面倒なところから横やりがあればまた考える」

「…………さようでございますか」

「そちの次男と同じ学年だ」

「…………」

「さて、国にとって吉と出るか、凶と出るか。見極めねばな」

「……御意《ぎょい》」

にっこりと笑う王に、デイヴィットは腹の中で『この狸！』と毒づいた。

◇◇◇

あの日、【愛し子】が現れたようですって魔法書簡を出してすぐに、兄様は転移でフィンレーに来てくれた。

父様にお話しして部屋に戻ろうとしたら「エディ」って名前を呼ばれたんだ。

これからどうなってしまうのかなって不安だったから、僕は兄様の顔を見てそのままじがみついてしまった。兄様はそれを受け止めて、そっと抱きしめてくれた。

僕は父様がハワード先生のところに行った事を伝え、兄様はジェイムズ君たちから主《おも》だった当主たちに王室から召集がかかった事を聞いたと教えてくれた。

そしてその日、兄様はずっと僕の傍にいてくれた。

父様は一度ハワード先生のところから戻ってきた。でも、先生がハーヴィンの隣領のマーロウ伯爵家と繋がりがあって支援に行ったので、何か分かったらお話しするよって言って、またどこかに出かけてしまった。

それから少しして、父様からの魔法書簡が来て、僕たちは村に現れた魔物の事と数名の子供が助けられた事、そして一人の子供だけが生き残った事を知った。

間違いなく【愛し子】だって思ったよ。だから僕は本当に怖くなってしまったんだ。

もうそんな事はないって信じていたのに、【愛し子】は小説と同じように現れてしまった。

こんなに一生懸命『悪役令息』にならないように頑張ってきたのに、何かの力で一気に引き戻されてしまったらどうしよう。今回の事が、本当に小説通りに引き戻す力だとしたら、そしてその力によって僕がやっぱり『悪役令息』になって、兄様を殺してしまったら……

どうしたらいいのか分からなくなるくらい、怖くて、悲しくて、苦しくなる。

「本当に現れると、やっぱり怖いです」

「大丈夫だよ。まだ【愛し子】と決まったわけじゃない」

「はい……でも前に、アル兄様が言っていた『強制力』っていうのが本当にあったらどうしよう」

「平気だよ。どんな事があってもエディは『悪役令息』にならない。早くお祝いをしたいね」

「はい。お祝いしたいです。『記憶』の小説と違うねって」

「うん。必ずしよう。約束だよ、エディ」

そうして一旦ほっとするけれど、すぐに不安な気持ちが押し寄せてきて、何度も同じような事を繰り返してしまう僕に、兄様は嫌な顔ひとつせずに話を聞いて「大丈夫だよ」って言い続けてくれたんだ。

あれこれと忙しく動いていた父様は、事件の翌日の午後、国王陛下からの呼び出しを受けて王城へと向かった。

そして、後期の試験が終わっていた兄様は、少しだけ早めに冬休みを取って、そのままフィンレーにいてくれる事になった。

「エディ、朝食をほとんど食べていなかったから、シェフがお菓子を作ってくれたよ。ほら、マカロンもあるんだ」

兄様はそう言ってメイドさんみたいに小さなワゴンを押して僕の部屋にやってきた。

「……わぁ、ほんとだ。赤いマカロンもある」

「うん。一緒に食べよう。大丈夫だよ。このマカロンを初めて食べた時から、私たちの出会いは小説とは違っていた。それを信じてこれからの事を一緒に考えよう」

兄様の言葉にコクンと頷いて、僕は自分の部屋のテーブルセットの椅子に腰を下ろして、兄様と二人だけのお茶会をする事になった。

だけど、つまんだ赤いマカロンを口に入れた途端、またジワリと涙が出てきてしまって僕はそっと声を出した。

「色々考えたんですけど……万が一にでもアル兄様を殺してしまったら困るから、僕は学園に入るまで兄様に会わないようにします」

兄様はすごく悲しそうな顔をして「そんな事を言わないで」って首を横に振った。

「そんな事をされたらエディに嫌われているみたいで悲しいよ」

「アル兄様を嫌う事なんてありません！」

自分で言い出した事なのに『嫌う』という言葉が悲しくて、僕はボロボロと泣き出してしまった。本当に涙の栓《せん》が壊れちゃったみたいだ。

「泣かないで、エディ。大丈夫。私は死なないし、エディも『悪役令息』になんかならない。ちゃんと眠らないから不安な事ばかり考えてしまうんだよ。少し眠ってごらん。それとも私がいない方が眠れるかな？」

「ううう……」

自分から会わないなんて言ったのに、今度はいない方がって言葉に悲しくなってしまうなんて、僕はなんだか小さな子供になってしまったみたいだって思った。それでも兄様は呆れる事も困った顔をする事もなかった。

「大丈夫だよ。どこにも行かない。エディの傍にいるよ。ああ、そうだ。前に二人で眠ってしまった時みたいにあの部屋に行ってみようか。ローソファに座って、毛布を頭から被って、二人で本を見よう。おいで、エディ。以前《まえ》に誓った筈だよ。エディは私の騎士で、私はエディの騎士だ。騎士の誓いはきっと強い守りになる。だからエディは私を殺せない。私はエディに殺されない。だって私たちはお互いを守るんだからね」

兄様はそう言って、涙で濡れる僕の目に優しい口づけを落とした。

右目、左目、そして「おまけ」って言っておでこにも。

「わあぁぁぁ……」

「ふふふ、もう涙の出ないおまじない。さあ、行くよ。悲しい気持ちを吹き飛ばすような騎士の話がいいな。もちろんマカロンや他のお菓子も持ってきてもらおう」

兄様は僕の手をギュッと握って歩き出した。悲しくて、どうしていいのか分からなかった気持ちは、一歩ごとに消えてゆくような気がした。そして全て消えてしまった後には、温かい気持ちがどんどん湧いてくるんだ。

僕たちはあの小さなお部屋で一緒に毛布を被って騎士様の出てくる絵本を見た。伝説の剣を手に入れて、出てくる魔物を次々に倒していく話だ。

兄様の声はすっかり低くなっていて以前の声とは違うけれど、とても素敵でカッコいい騎士様の声だなって思った。

僕はお姫様が無事に助け出される前に眠ってしまったらしい。だって物語の最後が全然思い出せなかったんだ。ただとても温かくて、気持ちが良くて、【愛し子】の事も、『悪役令息』の事も、引き戻す力の事も、何も考えずに眠ってしまった。

眠りに落ちる前に「おやすみ」って両方の瞼《まぶた》に温かい何かが、おまじないみたいに触れた気がしたけれど、それが夢なのか、現実の事だったのかも分からなかった。

◇◇◇

「あ、また雪が降ってきた。今年はよく降るなぁ」

窓の外を見て僕は小さく声を上げた。

部屋の中は魔道具で暖かくなっているけれど、廊下に出るとすごく寒い。あと一週間くらいで今年が終わる。そうして来年になったら僕は王都の学園に兄様と一緒に通うんだ。

もっとも兄様は高等部で僕は初等部だけど。それでも同じ学園の中にいられるのが嬉しい。

助けられた子供は、僕が思い出した通りにマーロウ伯爵に保護される事になった。やっぱり特別な力を持っているらしいって父様が言っていた。だから平民だったけど、マーロウ伯爵家の養子になって学園に通う事になったんだって。

ルシル・マーロウ。

どうしてその名前をここに来るまでに思い出せなかったんだろうって兄様とも話した。

小説の中では『ルシル』と呼ばれていた筈なのに。

それにマーロウ伯爵家の事も、その名を聞いてから【愛し子】を保護する家だと思い出した。さらにルシルの事は父様からマーロウ伯爵に保護をされたと聞いて思い出した。しかも兄様もだ。

「…………やっぱり何かの力が働いているのかな」

そう思うと怖い。でも……

「大丈夫。アル兄様が大丈夫って言うから、大丈夫」

それに、今までに沢山『悪役令息』にならない方法を考えてきたもの。

いじめない、近づかない、邪魔しない。隅っこの方で静かにそっとしている。そうして僕は僕がこの世界で出来る事をしていくんだ。当面は美味しいポーション作りかな。ふふふ。

『世界バランスの崩壊』とか、気になる事は色々あるけれど、それをあの小説のように【愛し子】たちが解決してくれるのであれば、僕はそっと応援しながら見守って、他に何が出来るのかを考えればいい。それに加護の力の事もあるから、目立たない方がいいし。ああ、そうだ。【愛し子】たちが探さないなら、あの奇病に効く薬草も引き続き探さないとね。

「お友達もいるし、王都でもお茶会が開けるといいな」

こうして楽しい事を探していれば、きっと兄様との『お祝いの日』がやってくるよ。

「エディ兄様ー！」

ウィルとハリーが向こうの方から走ってくるのが見えた。

「危ないよ、二人とも。歩いておいで」

「リンゴです！」

「真っ赤で大きいです！」

「……はぇ？」

なんの事か分からず呆然としているうちに二人は僕の目の前で止まった。

「エディ兄様、温室のリンゴが大きく、赤くなっています！」

期待に満ちた目でそう叫ばれて、僕はやっとその意味が分かった。

「そうなんだ。朝見た時はまだかなって思っていたけど、グランディス様にお願いが届いたのかな」

「僕も沢山お祈りしました！」

ウィルが顔を紅潮させながら興奮したように言うので、僕は思わず笑ってしまったよ。

「じゃあ、収穫をして、シェフに頼んでコンポートにしてもらおう。それで夕食の後にバニラアイスを添えて出してもらおうかな」

「やったー！　真冬のアイスクリームってすごく嬉しい。しかも甘いリンゴ煮と一緒」

「も～、ウィルったら。よだれ垂れてるよ」

ハリーの言葉に、ウィルは慌てて口元を押さえてからムッとした声を出した。

「垂れてないよ！　エディ兄様、早くリンゴを取りに行きましょう」

「うん。そうしようか」

僕たちが並んで歩き出すと後ろから「賑やかだね」って声がかかった。

「アル兄様、これからリンゴを収穫してきます。夕食後のデザートにアイスクリームを添えたコンポートを出してもらおうかと」

僕がそう言うと兄様は「ああ、温かい部屋で冷たいアイスとコンポートなんていいね」って笑った。そして「じゃあ、私も収穫を手伝おう」って並んで歩き出した。

前にははしゃいでいる双子たち。隣にはニコニコしている兄様。

「アル兄様」

「うん？」

「ありがとうございました。兄様がずっと『大丈夫』って言ってくださったお陰で、こうして楽しい気持ちで新しい年を迎えられそうです」

「そう。それなら良かった。エディが元気じゃないと、屋敷の中は火が消えたようになってしまうからね。エディにはいつも元気に笑っていてほしいな。来年からは一緒に王都だね。これからもよろしく、エディ。ああ、二人が待っているから少し急ごうか」

そう言って差し出された手をギュッと握りしめて、僕たちは手を繋いだまま温室に向かった。僕よりも大きくて温かい手。

大丈夫、きっと、大丈夫。この手があれば、絶対に、大丈夫。

「あ！　エディ兄様とアル兄様が手を繋いでいる！　僕も繋ぎたい！」

ウィルの声を聞いて、僕の顔はリンゴのように赤くなった。

この作品に対する皆様のご意見・ご感想をお待ちしております。

おハガキ・お手紙は以下の宛先にお送りください。

【宛先】

〒150-6008 東京都渋谷区恵比寿4-20-3 恵比寿ｶﾞｰﾃﾞﾝﾌﾟﾚｲｽﾀﾜｰ8F
（株）アルファポリス　書籍感想係

メールフォームでのご意見・ご感想は右のＱＲコードから、
あるいは以下のワードで検索をかけてください。

アルファポリス　書籍の感想　検索

ご感想はこちらから

本書は、Webサイト「アルファポリス」（https://www.alphapolis.co.jp/）に掲載されていたものを、改稿のうえ、書籍化したものです。

悪役令息《あくやくれいそく》になんかなりません！僕《ぼく》は兄様《にいさま》と幸《しあわ》せになります！ 2

tamura-k（たむらけー）

2023年 10月 20日初版発行

編集－反田理美・森 順子
編集長－倉持真理
発行者－梶本雄介
発行所－株式会社アルファポリス
〒150-6008 東京都渋谷区恵比寿4-20-3 恵比寿ｶﾞｰﾃﾞﾝﾌﾟﾚｲｽﾀﾜｰ8F
TEL 03-6277-1601（営業） 03-6277-1602（編集）
URL https://www.alphapolis.co.jp/
発売元－株式会社星雲社（共同出版社・流通責任出版社）
〒112-0005 東京都文京区水道1-3-30
TEL 03-3868-3275
装丁・本文イラスト－松本テマリ
装丁デザイン－おおの蛍（ムシカゴグラフィクス）
（レーベルフォーマットデザイン—円と球）
印刷－中央精版印刷株式会社

価格はカバーに表示されてあります。

落丁乱丁の場合はアルファポリスまでご連絡ください。

送料は小社負担でお取り替えします。


ISBN978-4-434-32791-9 C0093